はじめに

文学の危機？

文学は危機に瀕しているという指摘はしばしばなされてきたし、ほとんど紋切型の言説である。たしかに現代では、全体的な価値観の変化、人文学の有用性への懐疑、インターネットの普及にともなう活字文化の衰退など、文学の危機を唱えることを正当化してくれるような社会状況が目につく。しかし現在でも世界中で文学は絶え間なく実践され、優れた作品が数多く生みだされ、多くの人々に読まれ続けている。人間の表現媒体が多様化することによって、文学の存在感がかつてと異なってきたことは認めるにしても、それはかならずしも文学の弱体化ではない。

既に二〇〇年前の十九世紀初頭に、フランスの思想家スタール夫人(1)やボナルド(2)が述べたように、**文学は社会の表現**であり、社会が変化するのだから文学も時代とともに変貌するのは当然である。「変貌」と「危機」を安易に混同してはならないだろう。そもそも文学はしばしば危機を経験したのであり、その危機を克服して新たな創造性を示してきたのである。その意味では危機にある文学こそ健全なのであり、豊かな可能性をはらむのではないだろうか。歴史や社会や人間観が大きく変わった時、文学も

(1) スタール夫人(一七六六―一八一七) フランスの作家、思想家。『デルフィーヌ』(一八〇二年)などの小説の他に、革命論などの歴史書も著わす。『文学論』(一八〇〇年)は文学と、国民性や社会との関係を論じた先駆的な評論である。

(2) ルイ・ド・ボナルド(一七五四―一八四〇) フランスの哲学者。王党派の立場から政治、宗教、文化を広く論じて、反革命思想を展開した。代表作は『市民社会における政治および宗教権力論』(一七九七年)。

また変わってきたし、逆に文学が変わることで新たな人間観が創出されてきたのである。

本書の方針

そのように変貌し、創造性を刷新してきた世界の文学は、これまで何を、どのように語ってきたのだろうか。どのような人間観を提出し、社会と世界をどのように考察し、描いてきたのだろうか。本書はこのような認識と問いから出発して、世界文学へのいざないを意図した入門書である。同時に、少し突っ込んだかたちで文学をとおして世界と、社会と、人間について考えたい人への読書案内を兼ねる。幅広い地域（日本、中国、韓国、ヨーロッパ、アメリカ、南米、アフリカ）と、二世紀にわたる時代の文学をつうじて、**近代文学の輪郭**を浮き彫りにすることをめざす。対象となる作品は小説が多いが、日記、自伝や回想録なども含む。すでに文学読書の経験が十分ある読者にとっては、文学の主要テーマを概観するのに役立つだろう。文学に関心はあるが、何を、どのように読んでいいのか戸惑っている人には、適切な道案内になってくれるはずである。

文学入門書はさまざまな形式をまとう。

まず、各国の文学の歴史を辿り、その変遷と特徴を記述する「文学史」がある。「日本文学史」「イギリス文学史」などの類いである。言うまでもなく文学は特定の言語で書き綴られるから、文学の基盤である言語ごとに文学史が書かれる。そして言語はしばしば国によって一定の「国語」を構成するから（日本では日本語が国語である）、文学史は国ごとに書かれるのが通例である。

第二に、作品の抜粋を作家ごと、あるいはテーマごとに配列するアンソロジー形式がある。これは実際の作品に接することができるという長所はあるが、長編作品の場合はごく一部の抜粋しか収録できず、全体像が見えづらいという難点が残る。

そして第三に、個人とりわけ作家が、世界文学の名作、傑作をいくつか取り上げて、各作品を縦横無尽に論じるという形式がある。古くはサマセット・モーム[3]の『世界の十大小説』（一九五四年）やウラジーミル・ナボコフ[4]の『ヨーロッパ文学講義』（一九八〇年）、新しいところでは池澤夏樹[5]の『世界文学を読みほどく』（二〇〇五年）などが挙げられよう。ただし、これら三作はいずれも欧米の近代小説を論じたものであり、地域的、ジャンル的な偏りがある。

本書『世界文学へのいざない』は、以上のような入門書の特徴を勘案しながら、しかしそれとは異なる方針を採用した。

文学はそのあらゆるジャンルをつうじて、人間と、社会と、歴史と、世界について語り続けてきた。そのテーマは無数にあり、時代や文化圏によって差異を示す。本書はそれら多くのテーマから、普遍性の程度が高いと思われる八つを選んで章立てした（各章の概要については、各章の冒頭に置かれた導入文を参照のこと）。テーマの普遍性

（3）サマセット・モーム（一八七四―一九六五）　イギリスの作家。数多くの小説、戯曲、評論で人気を博した。『人間の絆』（一九一五年）、画家ゴーギャンの生涯にヒントを得た『月と六ペンス』（一九一九年）が代表作。

（4）ウラジーミル・ナボコフ（一八九九―一九七七）　ロシア生まれのアメリカの作家。ロシア革命後に祖国を離れ、欧州諸国を転々とした後、一九四〇年にアメリカに定住し英語で創作した。『ロリータ』（一九五五年）が有名。

（5）池澤夏樹（一九四五―）　現代日本の作家、評論家。『スティル・ライフ』（一九八八年）、『マシアス・ギリの失脚』（一九九三年）など。二〇〇七年から「世界文学全集」「日本文学全集」（各三十巻）を個人編集した。

と深みを読者に感じてもらうためには、なるべく多様な国と地域の文学を取りあげるべきであろう。近年しばしば「**世界文学**」が話題になるが、その重要な論点のひとつは、かつてのように世界文学のなかで西洋文学を特権化せず、文学生産をになう地域、国、言語をできるかぎり多面的に捉えようという志向である。**越境**がキーワードになるのも、そのためである。本書では日本、中国、韓国などのアジア諸国、イギリス、フランス、ドイツ、スペイン、アメリカなどの西洋諸国、そして南米諸国やカリブ海や南アフリカなど、作家の出身地と使用言語に多様性をもたせた。もちろん欠落はあるが、限られた紙幅で網羅的になることはできない。

各章のねらい

テーマ別に設けた各章においては、そのテーマをよく例証するように、複数の国、地域の作家と作品を紹介するようにした。そして各項目では、個別の作家と作品を中心に議論を展開し、注釈している。文学は芸術の一ジャンルであり、芸術は実際に作品を鑑賞することから始まる。作家や、作家が生きた時代、社会、文化についての情報も貴重だが、やはり中心となるのは特定の作品である。そこでときには、作品から少し長めの引用をして、作品世界の雰囲気を感じてもらうことをめざした。そのうえで、個別の作品、作家の解説にとどまるのではなく、作家の属する国や地域の文学においてその作家がどのような位置をしめ、テーマがどのような文化的射程を有しているかを示す。本書は各国の文学史を並列するものではないので、一般の文学史と異なり、多くの文学潮流、作家、作品について概説を展開するというかたちを採らない。個別の具体的な作品を切り口にして、**文学の豊かさと広がり**を実感してもらうのが目的である。

取りあげる作家、作品は十九世紀〜現代のものとした。そのなかで、特定の時期に偏らないよう、**時代の多様性**に配慮した。近現代の文学を特権化したのは、現代日本の読者にとってやはり身近で、切実で、本質的なテーマが多いからである。文学に親和性の薄い読者にとっては、まず自分や周囲の世界を考えるための直接的な契機になってくれるような作品のほうが、近づきやすいだろう。こうして本書はシェイクスピアや、ゲーテや、ダンテや、ルソーや、セルバンテスが登場しない文学入門になった。これは不注意や偏見による遺漏ではなく、戦略的な選択の結果にほかならない。

とはいえ、入門書である以上、各国を代表する作家には登場してもらわなければならない。正統にこだわる必要はないが、異端だけでは入門書の趣旨にそぐわない。そこでわが国でもよく知られている作家や作品、いわゆるカノン（正典）を一定数取りこむことにした。日本の漱石や樋口一葉、中国の巴金《ぱきん》、イギリスのオースティンやディケンズ、フランスのバルザックやゾラ、ドイツ語圏のカフカやトーマス・マン、コロンビアのガルシア＝マルケスなどである。

さらに作家の男女比にも配慮した。すぐれた文学は普遍性が高いとはいっても、人間と社会を見るまなざしは男と女で微妙に異なるだろう。その差異を作家の性別に還元する意図は毛頭ないが、文学創造のシーンにおいて今やジェンダーの問題に鈍感でいることは許されない。文学入門書といえども、いやむしろだからこそ、対象となる作家のジェンダー・バランスは無視できないと考えた。

八つの章は、それぞれ「自己と他者」「家族」「身体と精神」「性愛とジェンダー」「都市の表象」「異邦と越境」「社会と政治」、そして「歴史をどう語るか」という八つのテーマに対応している。人間の内面が発露し、同時にそれを規定する次元から、人間の外部にあって人間の生を条件づける次元へと、ゆるやかな論理にしたがって章が進行する。ただし、それぞれの章は独立しているので、読者のほうは好みと関心に応じてどの章から読んでも構わない。また各章の末尾に付した「コラム」は、章のなかで掬いきれなかった話題や、重要な文学潮流について補足した文章である。巻末のブックガイドは、さらなる文学の旅を続けるための道標であり、参照していただければ幸いである。

本書は文学史ではないし、作家やエッセイストが書くような、個人的な感想や印象を綴った読み物でもない。入門書の体裁を採るが、現代における文学研究の学問的水準を維持し、読者の知性と感性を刺激することをめざしている。本書が世界文学という大海を航海するためのささやかな羅針盤になってくれれば、執筆者一同の願いは叶えられたことになるだろう。

（小倉）

世界文学へのいざない——目次

装幀——加藤光太郎

第I章

自己と他者

自分はいったい何者なのか、何のために生きているのか――それは、人生の航海に乗り出す人間を悩ます問いである。そしてまた文学の重要なテーマであり続けてきた。若い男女を主人公にする文学作品が、しばしば彼らの成長を綴る物語の様相を呈するのはそのためである。しかし、自己の内部に沈潜するだけでは自己を知ることができない。自己を知るためには、自己と異なるもの、「**他者**」に遭遇しなければならない。この場合の他者とは、文字どおりの他人を指すだけでなく、地理的、社会的、文化的あるいは宗教的に異なる背景をもつ人間や社会を指す。

自己を語る、自己を探求する文学ジャンルとしては日記、自伝、回想録、自伝的小説などがある。樋口一葉の日記は記録と虚構がせめぎ合う空間であり、そこに見られる数カ月の空白が、まさに作家としての飛躍と形成を内包する。ジェイムズ・ジョイスの自伝的小説『若い芸術家の肖像』は、複雑な言語体験や、身体感覚や、他者性の自覚が作家の形成に寄与したことを伝えてくれる。二十世紀中葉のアメリカにおけるブラック・ムスリムの指導者だったマルコムXの自伝は、過酷な幼年期、汚辱に満ちた青年期、そして回心を経て新たな教祖として国際的名声を獲得していく歩みを、鮮やかに語ってみせる。そしてバルザックの『ゴリオ爺さん』は、地方からパリに出てきた野心的な青年が、さまざまな人間に助けられながら、自己を知り、社会を読み解き、世界を学んでいく**成長の物語**になっている。

（小倉）

作家の内面　樋口一葉日記

人は読まれないために日記を書くのか？

人は、どのようにして文学を書き始めるのだろうか。他人に読まれることを目的としなくても、自分だけの思いを書きつけるとすれば、**日記**は、もっとも虚構に近いようにも思える。誰にも読まれないといったところで、自分を振り返って、自分は実はこうだったのかもしれない、あるいはこうなればよい、と書けば、それはもう**虚構**への第一歩だからである。ところが、日記というものの性質が、時代や状況が変われば、まるで違ってしまうことも、われわれは知っている。例えば、平安期の日記が、文字を読み書きできる特権的な階級の公的な記録でもあったことはおなじみであろう。日記は、初めから自分一人の内面を書くものではなかった。**樋口一葉**[1]の日記は、そうした時代の規範の交差点であり、いくつかの意味で記録と虚構のせめぎあう場である。

一葉の日記は、筆で流暢に書かれている（次頁図）。有名な『**たけくらべ**』の清書原稿になると、原稿用紙のひとマスずつに文字が切られており、当然ながら**印刷・出版**が活字で行なわれるようになった近代の劇的変化を、身体の適応の跡としてみることができる。こうした激変は、生活のすべての局面を覆うものである。よく知られて

樋口一葉

（1）樋口一葉（一八七二―一八九六年）現・山梨県出身。作家デビュー後は、三宅花圃を介して平田禿木や星野天知と知り合い、さらに馬場孤蝶や島崎藤村など雑誌『文学界』のメンバーとの交流が生まれた。『たけくらべ』は森鷗外や幸田露伴に評価された。『十三夜』では、玉の輿結婚をした女性の辛さを描き、『たけくらべ』では、遊女となるであろう美登利と、僧侶になる信如を中心に、地縁と家業に生きる少年少女たちの祝祭空間を描いた。一葉日記は、『樋口一葉全集』第三巻上・下（筑摩書房、一九七六年・一九七八年）で読める。時期によって、

いるように、一葉の育った環境は裕福ではなかったが、それは、明治期の激動によるものでもある。維新による強固な**身分制**の撤廃によって、自由を得た人もいれば、それまでの安定を取り崩された人もいる。一葉の父・則義は農民であったが、幕末に苦心して士分となった。にもかかわらず、維新にあたり士族は、その禄も矜持も、持ち替えなければならなかった。それは女性の活動範囲についても劇的な変化をもたらす。一葉は、これまでの規範からの自由とそれゆえの寄る辺なさを最も体験した一人だろう。父は官吏にとどまれたものの事業に失敗、兄たちの早世や除籍に続き、一八八九年、一葉が十七歳の時に亡くなり、母と妹の家族の戸長になったことが、一葉の生き方に影響する。

階級・ジェンダー・文体の再編成期に

先ほど述べたように、一葉日記は、せめぎあいの場である。一葉日記には、父・則義が文書を記録していたやりかたを受け継いだものと、平安期王朝の貴族女性の日記のようなものと、二つの系統があるという[2]。それ以前の一八八六年、一葉は十四歳で、萩の舎[3]という塾に入門していた。ここでは、和歌や源氏物語などを学んだから、王朝の日記のような系統は、その習熟を表わす。ただ、日記の執筆が本格化し、後者の文体に特に重要な意味が出てくるのは、父の死に伴い、生計を担うことを真剣に考えるようになったころである。文筆を職業化しようという際、まず考えられるのは教

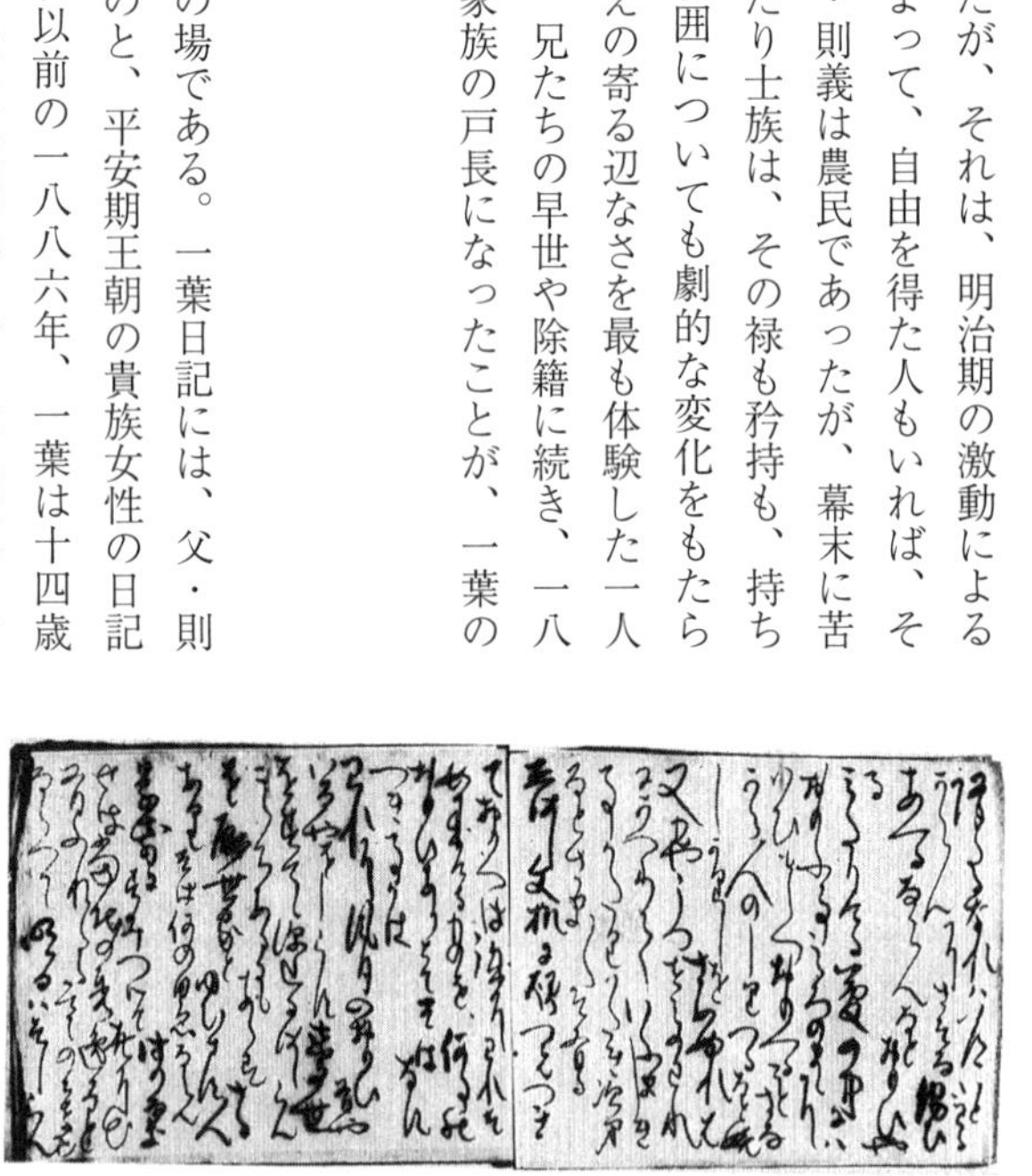

一葉日記の一部（『樋口一葉全集』より）

「蓬生日記」「しのふくさ」「塵中日記」などタイトルがつけられている。

師だろう。だが、近代学校制度は、師範学校などの公的教員養成課程を経ないものは排除することになった。もちろん、萩の舎には名門の出の人々が集っていたように、和歌や和文は、上流階級のなかでは必須の教養である。とはいえそちらでは、教養を職業にしようとする者はいない。一葉はどちらからも異端の存在である。

一方で、もの書くことを職業につなげようとした場合、近代にはもう一つのモデルが生じつつあった。それが**小説**である。江戸期までの娯楽としての作り物語は、坪内逍遙(4)などによって、近代的な芸術として意味合いを変えつつあった。萩の舎の先輩である田辺花圃(5)が、坪内逍遙に傾倒し、書き上げた小説『藪の鶯』（一八八八年、金港堂）が一葉を刺激した。その後、一葉が伝手を頼って師として選んだのは、半井《なからい》桃水(6)であった。桃水は、より多くの読者と掲載の量を必要とする**新聞小説**を生業とし、現在から芸術的に高く評価されることはない。だが、文学というものの社会的位置づけはまだまだ不安定である。作家の職業としての自立は、昭和初期、**円本**と言われる大量販売の書籍によって、印税が一般的になる頃まで待たなければならない。逍遙が東大出であり、東京専門学校（現・早稲田大学）の教員でもあったことと、桃水の行き方はおのずと異なる。桃水は「我は名誉の為著作するにあらす　弟妹父母に衣食させんが故也」（日記「若葉かけ」一八九一年四月十五日）と語ったという。一葉が小説に望みをかけたのは、収入への期待のゆえでもあった。

ただし、何かを表現したいという欲望も持っていた一葉にとって、それはさらなる

（2）『樋口一葉全集』での野口碩の補注による。

（3）現・文京区春日にあった中島歌子の歌塾。歌子は上流階級の夫人や令嬢への出稽古なども行なった。

（4）坪内逍遙（一八五九―一九三五）作家、評論家、翻訳家。英文学から学び、近代小説とは何かを論じた『小説神髄』（一八八五年）や、実作としての『当世書生気質』（一八八五年）が有名。文芸協会を中心に、演劇の領域でも活躍した。

（5）田辺花圃（一八六八―一九四三）当時の著名な女子教育機関である跡見花蹊の塾、桜井女学校、明治女学校などで学んだのち、萩の舎に入った。『藪の鶯』では、英語を習い、舞踏会に行く女性が登場する点などが、坪内逍遙の『当世書生気質』風と言われる。この作品で花圃が三十三円の

迷いにつながった。一つは**文体選択**の問題であり、それと切りはなせないもう一つは、稼げる小説と、書きたいこととの不整合である。古来あった虚構の物語が近代的芸術として位置づけ直されるには、**言文一致**などの文体の改良と、それに伴って地の文から**書き手の語り口**や**身体性**を消去する方向に進んだ。写真に写し手の身体性が薄いように、〈リアル〉が〈写すこと〉として捉えかえされたからである。一葉が学んだ**雅文**はこれとは異なる性質を持ち、あこがれた言葉であったはずなのに、新しい小説においては主流の言葉ではない。

しかも、文体の選択は**ジェンダー**をめぐる混乱とともにある。書き手の特徴が問われないなら、新しい文体は階級や男女にこだわらず使えるものだったはずだが、それは一部の人に文章の上でのみ構想された理想である。実際、男女であることは気にせず相談にのると言ってくれた桃水との交流は、一葉周辺の人物からはそのようにはみなされず、文化圏の軋轢も加わって居心地悪い幕切れになった。新しい小説の模索にあたっては、多くの人がそうであったとはいえ、一葉は女性であるがゆえに、師も先達も持てず、ほとんど一人で自分の文と向かうことでのみ考えなければならなかった。

思慮につかれてハひる猶夢の如く覚めたりとも覚えず睡れりとも覚えず　さしも求むる美の本体まさしくありぬべきものともなかるべきものとも定かに見とむるは何時の暁ぞも　我れは営利の為に筆をとるか　さらば何が故にかくまでにおも

原稿料を得たと知ったことも、一葉を小説に向かわせる一つのきっかけになった。三宅雪嶺と結婚した。

（6）半井桃水（一八六一―一九二六）対馬藩出身の作家。朝日新聞の記者となり、小説を書く。『胡砂吹く風』など。

ひをこらす　得る所は文字の数四百をもて三十銭にあたひせんのミ　家ハ貧苦せまりにせまりて口に魚肉をくらはず身に新衣をつけず　老たる母あり妹あり　一日一夜やすらかなる暇なけれどこゝろのほかに文をうることのなげかはしさ　いたづらにかミくだく筆のさやの哀れうしやよの中（「よもきふにつ記」一八九三年二月六日）(7)

ここには、言文一致が目指したものとは違うが、雅文によるリアルが生まれるところが見て取れる。雅文の使用は、共有されることと、疎外される特殊性の往還の体験だったからである。

(7)【大意】起きているのか寝ているのかわからないほど考えつめているのは、美を見きわめたいからなのだが、そんな日は来るのだろうか。老いた母も妹もあって、食べるものにも着るものにも不自由しているのに、稼ぐために書くのだと割り切ることもできないで、いやになってしまう。

一葉日記を評価することへの違和感

だがさきほど述べたように、こうした独自性が発揮されることは、売れることとは別である。ついに、生計は別の商売でたて、「おもひの馳するまゝこゝろの赴くまゝにこそ筆は取らめ」（「につ記」一八九三年七月一日）とし、吉原遊郭近くに転居、荒物、駄菓子を商うことを始める。また一方で、久佐賀義孝という身の上鑑定、つまり占いのようなことを行なっていた男性を訪問、借金を申し入れるなど、苦し紛れと見える画策も行なうようになる。そのころから、日記には空白の部分が多くなる。一八九四―一八九六年には、数カ月にわたる空白がある。一葉自身の手によって処分されたと考える研究者もいる。そもそも日記全体について、一葉自身は自分の死後焼いてほしいと願っていたのに保管されたものである。そのなかでも特に空白が注目されるのは、この久佐賀に、経済的援助の見返りに愛人になることを要求されたことがわかっており、日記には、何か破棄したくなるような決定的なことが書かれていたのではないかと推測をたくましくさせるからである。

ただし、この点においてこそ、一葉日記がジャンルや文学潮流やジェンダーの交点であることがあらわになる。というのは、空白が現われる時期こそ、まさしく一葉の作品飛躍の時期だからである。われわれが知る一葉の名作『大つごもり』『たけくらべ』『にごりえ』『十三夜』などは、実は一八九四年末から九六年の初めの極めて短い期間に発表されたもので、その年十一月二十三日には亡くなってしまう。だから、これらの名作以前の一葉を知ろうとすれば、公刊されていない日記に頼らざるをえないのだが、そのことは同時に、日記が文学としても読むに堪えることを示している。これは、先に述べた一葉日記の決定的な変質だけでなく、一方で、文学とは作家の内面が吐露されるべきであるという考え方がわれわれに浸透していることを表わしている。もしも文学が、虚構であることそれ自体に価値をおく場合、作家の人生を参照しても、その間につながりが見いだせるとはかぎらず、意味は生じないからである。

樋口一葉全集に日記が収録されるのは、一葉没後、一九一二年に博文館から出版された全集においてである。それ以降、一葉の本質は日記にあるという発言が頻出した。一葉が生きた時代とは変わり、作家自身のことをリアルに描いた文学を尊重する日本的自然主義が流通してきたことが窺われるが、それだけではない。価値を日記にのみ見出すことには、女性を公刊されたもので評価するのではなく、**プライヴェート**な領域に留めようとする**ジェンダー・バイアス**が感じられ、それを文学だと言ってみたところで、女性の恋心や身体の危機を覗きみることに集中する好奇心を、イメージのよい言葉で和らげているのではないかという疑惑が湧く。日記の保管、出版、享受には、読者が何を文学としてみるか、そしてそれが何に貢献するのかという問題が折りたたまれている。だから日記の空白に、さらにプライヴェートな何かを妄想するよりも、それを他者に読ませる小説に変身させた一葉の試行錯誤を見た方がよいだろう。

たゞいさゝか六つなゝつのおさなだちより誰つたゆるとも覚えず心にうつりたるものゝ折々にかたちをあらはしてかくはかなき文字沙たにはなりつ　人見なばすねものなどことやうの名をや得たりけん　人はわれを恋にやぶれたる身とや思ふあはれさるやさしき心の人々に涙をそゝぐ我れぞかし　このかすかなる身をさゝげてまことをあらはさんとおもふ人もなし　さらば我一代を何がための犠牲などこと〴〵敷とふ人もあらん　花は散時あり月はかくるゝ時あり　わが如きものわが如くして過ぬべき一生(8)〔後略〕（感想・聞書11「さをのしつく」）

(8)【大意】幼いときから誰に教えられたわけでもないのに、折にふれて感じたことは文章になってきた。人が見れば変わり者とか、恋に破れた人と思うのかもしれない。そこまで自分を預けたいと思う人もいないが、そうすればまた何のためにと聞かれるかもしれない。私はきっとこんな風にしか生きられないのだ。

これは、日記が途切れがちな時期に残る断片の一つである。一葉自身の内心を書きつけたようでもあるが、例えば次に挙げる『にごりえ』(9)の主人公が、自分だけの思惟のために、日常生活を営む周囲から孤絶してしまうのにも通じる。

あゝ陰気らしい何だとて此様《こん》な処に立つて居るのか、何しに此様な処《とこ》へ出て来たのか、馬鹿らしい気違じみた、我身ながら分らぬ、もう〳〵皈《かへ》りませうとて横町の闇をば出はなれて夜店の並ぶにぎやかなる小路を気まぎらしにとぶら〳〵歩るけば、行かよふ人の顔小さく〳〵摺れ違ふ人の顔さへも遙とほくに見るやう思はれて、我が踏む土のみ一丈も上にあがり居る如く、がや〳〵といふ声は聞ゆれど井の底に物を落したる如き響きに聞なされて、人の声は、人の声、我が考へは考へと別々に成りて、更に何事にも気のまぎれる物なく、人立おびたゞしき夫婦《めをと》あらそひの軒先などを過ぐるとも、唯我れのみは広野の原の冬枯れを行くやうに、心に止まる物もなく、気にかゝる景色にも覚えぬは、我れながら酷く逆上《のぼせ》て人心のないのにと覚束なく、気が狂ひはせぬかと立どまる途端、お力何処へ行くとて肩を打つ人あり。(『にごりえ』)

文筆が開く想念の世界は、人を孤独にもするが、別のひとがつい触れざるをえないような、特別な何かをも放つのである。

（小平）

（9）『にごりえ』（一八九五年）現・文京区白山界隈の銘酒屋（酒を飲ます店だが、売春もした）で働くお力の屈託を、客である結城朝之助との交流のなかに描く。かつての客で、お力に入れあげるゆえに落ちぶれた源七、その妻、それぞれのさえぎられた思いは、思わぬ行動となって現われるしかない。

引用は、お力がうまく世の中を渡れないことにいたたまれなくなり、突然仕事の宴会を跳び出してきた場面。意識が日常から遊離するお力は、朝之助に声をかけられ、我に返る。

自己と他者　ジョイス『若い芸術家の肖像』

他者との交わりによって生み出される自己

自己を定位する

ジェイムズ・ジョイスの『若い芸術家の肖像』は、一九一四年から翌一五年にかけて、雑誌『エゴイスト』に連載された。(1)**言葉の芸術家**を志向するジョイス自身の自伝的要素の強い小説で、主人公の名はスティーヴン・ディーダラス。ディーダラスという名は、ギリシャ神話に登場する名工ダイダロスに由来する。ダイダロスは自身が手掛けた迷宮に幽閉されてしまうのだが、鳥の羽に似た人工の翼を作って息子のイカロスとともにここを脱出することに成功する。古代ローマの詩人オヴィディウスは『変身物語』のなかでこのダイダロスを描いているが、その一節、「こうして彼〔ダイダロス〕は、いまだ知られざる技に傾注する」を、ジョイスは『若い芸術家の肖像』の冒頭に掲げている。イギリスの支配を受け、閉塞感を否めない故郷ダブリンを舞台に、自らの成長の軌跡と芸術家としての飛翔への願いを描いたこの作品は、しかし、ギリシャ神話にその枠組みを依拠し、個人の心理と精神的成長を広く人類の**原型的なストーリー**のなかに昇華させる試みであったと言えよう。そういうジョイスの芸術家

『若い芸術家の肖像』執筆の頃のジョイス（一九一五年）

(1)『若い芸術家の肖像』の邦訳には、大澤正佳訳（岩波文庫）、丸谷才一訳（新潮文庫、集英社文庫）がある。本章における原作からの引用は、これらを参照しつつ、拙訳による。

としての意志は、本作品の初期的段階である自伝的エッセイ「芸術家の肖像」（一九〇四年）から、これを書き改めた『スティーヴン・ヒーロー』（ジョイス没後の一九四四年刊）、短編集『ダブリナーズ』[2]（一九一四年）などを経て本作品に至り、さらには後年の傑作である**『ユリシーズ』**[3]（一九二二年）や**『フィネガンズ・ウェイク』**[4]（一九三九年）にも通底するものである。その意味でこの『若い芸術家の肖像』は、作品自体が、ジョイス自身の作家的遍歴の一局面（一枚の肖像画）ともなっている。

　言葉の芸術家は、当然のことながら、言葉への鋭敏な意識と思索を重視する。『若い芸術家の肖像』は、その書き出しから、作者のそうした意志を反映している。自伝的小説や成長物語によく見られる「〇〇は△△に生まれた」というような書き出しを、彼はとらない。ジョイスは**幼年期**の自らの言葉を復元しようと試みるのだ。「むかしむかし、とてもたのしいころのこと、うしもうもうが、みちをやってきました。みちを　やってきたうしもうもうは、かわいい、ちっちゃな、たっくーぼうやにあいました……おとうさんがそのはなしをしてくれました。おとうさんは、かたっぽめがねでぼくをみていました。かおは、ひげもじゃでした」。「たっくーぼうや」というのは、幼い頃、ジョイスが実際に周囲から呼ばれていた愛称。「かたっぽめがね」も幼児語で、いわゆる単眼鏡（モノクル）のことだが、そういう難しい単語を知るのは後のこと。ジョイスは、このような書き出しによって作品を始めつつ、その冒頭から、彼自身と父とのやり取りを描いて、作品の全体的構想を支えるダイダロスとイカ

（2）閉塞感の漂うダブリンの人々の日常と、そういう人々に突然訪れる精神的啓示を巧みに描いた一五の短編からなる。特に、最後の短編「死せる人々」は、ジョン・ヒューストン監督による映画でもよく知られる。

（3）ダブリン市内を歩き回る中年の広告取りレオポルド・ブルームとその妻モリー、文学青年のスティーヴン・ディーダラスの言動と心理を軸に、一九〇四年六月十六日のダブリンの情景を、ホメロスの叙事詩『オデュッセイア』に表現された神話的世界を背景に描き出したジョイスの傑作。世界の現代文学へ与えた影響はきわめて大きい。

（4）タイトルは同名のアイルランド民謡にちなむ。ダブリン郊外で居酒屋を営むイアウィッカー夫妻とその子供たちを軸に、日常と夢の世界を往還し、死と再生をテーマに壮大な人類の歴史を語る。

ロスの父子を読者に想起させているのである。
もっとも、「たっくーぼうや」の本名は、スティーヴン・ディーダラスで、ディーダラスはダイダロスに由来するのだから、スティーヴンは、父の子であるのと同時に、また名工の父ダイダロス自身でもあることを志向しなければならない、ということになる。学校に通い始めたスティーヴンは、さっそく「いじわるローチ」という級友からやっかいな質問を受けて答えに窮してしまう。「「きみはなんて名まえ？」スティーヴンは、スティーヴン・ディーダラス、と答えた。するといじわるローチは言った。「いったいそれはどういう名まえなんだい？」」。「スティーヴン」が、キリスト教最初の殉教者である聖ステファノを意識しつつも、ダブリン中心部の公園の名前にもなって広く知られているのに対して、ディーダラスはたしかに奇妙な苗字である。個人の成長を神話的な広がりをもって語ろうとする意匠の前に、スティーヴン少年はたちまちつまずいてしまうのである。それでも彼は、必死に**自己を定位**しようとする。彼は地理の教科書に、「自分自身、自分の名まえ、そして自分のいるところ」を書きつける。「スティーヴン・ディーダラス　初級クラス　クロンゴウズ・ウッド・カレッジ　サリンズ　キルデア州　アイルランド　ヨーロッパ　世界　宇宙」。「宇宙の次は何だろう？」と思いつつ、彼は宇宙のなかでの「自分自身」の位置を定めようとする。**アイルランド**とヨーロッパの間にイギリスが入らないところが、いかにもアイルランド人らしい。『若い芸術家の肖像』における自伝的語りは、まず、「**私は何者か**」

長編末尾が定冠詞 "the" で終わり、それが水の流れを表わす作品冒頭の "riverrun" へと回帰するという構造を持つ。

子ども時代のジョイス（六歳、一八八八年）

という問いに答えようとする主人公の奮闘から始まるのである。

自己のなかの他者、他者のなかの自己

自己の定位に躍起になっていたスティーヴン少年は、しかし、成長するにしたがって、自己と他者とのさまざまな**関係性**を意識するようになる。「私は何者か」という問いに答えようとしたその瞬間から、自分の言葉は、周囲の友人や家族、自然や事物、ダイダロスと自分を結ぶ歴史上の人物や事件などを必然的に包摂することになる。

列車は子どもが興味を持つ典型的な対象の一つである。走るのを見ていても、乗っていても楽しい。スティーヴン少年もそうだった。「列車が吠える」、そう彼は列車を表現し、トンネルに入ったり出たりする列車を、学校の食堂の扉の開閉や授業と休暇を繰り返す学校生活になぞらえてみせる。「学期、休暇、トンネル、出る、ガヤガヤ、静か」。**擬人法**をはじめ、外界の事物を人間のような生命体として扱う表現は、古今東西、決して珍しいことではない。そういう人間の認識が、自己の生活と周囲の環境を調和させ、自らの人生観や世界観にある種の安寧をもたらしてくれる。そもそも自己は、外界と決別した存在ではない。決別したかに見える**外界や他者**を認識するのもまた、自己自身であるからだ。外界や他者は、自己なしではありえないのである。だが、そういう外界や他者に対する認識の最初は、どのようなものであったのか――

「列車が吠える」と表現し、列車の動きに自己の日常生活を重ねるスティーヴン少年の意識の流れには、明確に見えた自己と他者の境界が溶けだしていく瞬間が示されている。それは決して、子どもの空想ではない。言葉の芸術家を志向するジョイス自身が、神話と現代を結んで人間を語ろうとする際の大事な一歩にほかならないのだ。

寄宿学校で少年時代を送るスティーヴンはまた、寝る前にする母親とのキスにも思いをはせる。キスをするのは、いったいどういう意味があるのだろうか。「おやすみなさいといって顔を上に向けると、お母さんがうつむく。あれがキス。お母さんが子どもの頬に唇を寄せてくれる。その唇はやわらかで、子どもの頬をぬらす。そして唇がかすかな音をたてる。キス。どうして人間は二つの顔であいうことをするのだろうか?」。母親のキスは、スティーヴン少年の自己のなかに、抜き差しならぬ**身体感覚**をもって存在する。この身体感覚は、後に彼が恋人と結ぶ関係性のなかにもたびたび蘇ってくるのだが、重要なのは、「列車が吠える」にせよ、母親のキスにせよ、他者との結びつきが常に自己の身体感覚を伴って認識され表現されているということだ。私たちは、ともすれば、**他者理解**を概念的なものとして、その身体性を置き忘れてしまうことがある。うつむく母の顔、自分の頬に寄せられた母のやわらかな唇、頬のぬれた感触、キスすることで発せられるかすかな音、そういう自己の身体感覚のうちにこそ、私たちは他者を理解するのである。

十九世紀アイルランドの政治的指導者として名高いチャールズ・ステュアート・パ

ーネル（一八四六―九一）が亡くなったのは、ジョイスが九歳の時のことである。その優れた政治手腕と晩年のスキャンダルの記憶は、彼やその周囲の人々の間でなお鮮明であった。『ダブリナーズ』にも登場するこのパーネルは、『若い芸術家の肖像』でも言及されている。場面は、スティーヴン少年が学校から帰省したクリスマス・ディナーでのこと。楽しい一家団欒であるはずのこのクリスマス・ディナーは、しかし、家族・親戚のそれぞれの**政治信念**が交錯し、喧々諤々《けんけんがくがく》の怒鳴り合いと化してしまう。「イギリス人の言いなりになって、あの人を見捨てなくちゃならないのか」と彼の父は大声を上げる始末である。なんとも陰鬱な雰囲気のなかで語られるパーネルだが、もちろんこのことにも重要な意味がある。歴史上の人物や事件といえども、それを認識する主体は身体感覚をもった自己であり、パーネルもまた、いささか剣呑なクリスマス・ディナーのなかでスティーヴン少年に理解され、それによって少年の他者理解が伸長していくのである。歴史上の人物を客観的に説明しているかに見える多くの文献に内在する言葉の陥穽を、ジョイスは、スティーヴン少年のパーネル理解を通して鋭く浮かび上がらせているのである。もっとも、スティーヴン少年がパーネルに思いをはせたのは、このことが最初ではない。「パーネル！　パーネル！　パーネルが死んだ！」という人々の声を耳にし、その棺を目にしたのは、彼が病気にかかって「死んじゃうのかな」と不安にかられている最中のことであった。アイルランドの英雄とも称されるパーネルの事績は、スティーヴン少年が初めて感じた**死の恐怖**、彼が幻視した自らの棺や墓とともに少年の心の中に刻み込まれていくのである。

オープン・エンディング——読者とともに

自己の精神的成長を語る上で他者や外界の事物の存在が不可欠であることを示したいわゆる**成長物語**は、古今東西の文学において、それほど珍しいものではない。『若い芸術家の肖像』がそのなかで特にきわ立っているのは、成長の過程を、成長後の自己に付着しているもろもろの偏見やイデオロギー、あるいは信念といったものから解き放ち、言葉によって積み重ねられた**意識**のレヴェルから忠実に語ろうとしているところにある。ギリシャ神話に材を得ているのは、自分の故郷の特殊な事情やその政治的状況、あるいは広く近現代社会が個々の人生にもたらしてきたさまざまな通念や呪縛をはるかに超越し、人類のあり方を根源から見据えようとする作者の強い意志の表われと言えるだろう。だからこそこの作品には、いわゆる結末が用意されることはない。もちろんそれは、ジョイス自身が、『ユリシーズ』をはじめとする後の作品群の構想を得て、それを実現する途上にあったからでもあるのだが、なんといっても、言葉を通じて自己を広く人類の歴史のなかに解き放つことの愉楽そのものを、作者がかみしめていたからにほかならない。現世での成功のような安易な結論は、そういう意識と言葉の愉楽の純粋性を損ねてしまうのだ。

結末を読者に委ねる、そういういわば**オープン・エンディング**の形でこの作品が終わるのは、こうした事情による。大学生になったスティーヴンは、図書館の石段にたたずんで鳥が飛ぶのを見守っている。ダブリンは港町だから鳥も多い。あの鳥たちはどこへ飛んでいくのか——そう思いながら彼は、「自分もまた旅立たなければならない」と決意する。「やわらかに流れる歓びが言葉のあいだを通り抜け、やわらかくて長い母音の数々が音もなくぶつかりあっては消え、岸を打ってはまた押し寄せ、その波がしらに浮かぶ白い鈴をゆさぶっては黙した鐘の響きとなり、そしてやわらかに低く消え入るような叫びを立てた」——そういう「歓び」を、あるいは「消え入るような叫び」を言葉で表現したい。言葉の芸術家を志向するスティーヴンにとって、その企てが奏功するのか否かは定かでない。彼は「古代の父」「古代の芸術家」への彼の願いをもって本作品を終える。「ようこそ、おお人生よ！　ぼくは出かけよう、現実の経験と百万回も出会い、未だ創られざるぼくらの意識を、ぼくの魂の鍛冶場で生み出すために。〔中略〕古代の父よ、古代の芸術家よ、ぼくの傍らでぼくを永遠に支えたまえ」。だが、彼が呼びかけた他者は、「古代の父」や「古代の芸術家」だけではおそらくあるまい。そこには、古代から現在に至るまで、死せる者、生きる者、あらゆる他者、あらゆる**読者**が含まれているに違いないのだ。そういう他者によって芸術家としての自己、すなわち「ぼくら」を実現すること、ダイダロスになぞらえた自己の飛翔の成否は、実はこの作品を読む読者の意識と彼の言葉がどこまで響き合えるかにかかっているのである。

（原田）

アメリカ的自伝

マルコムX『マルコムX自伝』
ブラック・ムスリムの運命を鮮かに描く

KKKから始まる

ブラック・ムスリムの戦闘的指導者であったマルコムX（本名マルコム・リトル、一九二五―六五）の人生は約四十年間。一見したところ暴力に満ち満ちて見える短い人生だが、そこには民主主義国家アメリカの根源的矛盾を撃つ数々のヒントが溢れ、二十世紀半ばのアメリカをめぐる最もドラマティックな縮図を成す。その結果、黒人作家アレックス・ヘイリーの力を借りて綴った『マルコムX自伝』[1]（一九六五年）は建国の父祖ベンジャミン・フランクリン以降の**自伝文学の傑作**に数えられている。

したがって、全一九章から成る自伝の第一章「悪夢」が、スパイク・リー監督の映画版（一九九二年）でも最も強烈な場面、すなわちマルコムXがまだ母親のおなかの中にいた時に、**白人優越主義**的秘密結社**KKK**（**クー・クラックス・クラン**）がネブラスカ州オマハに暮らすリトル家を襲撃して来た瞬間から始まるのは、ごく自然な展開であった。というのも、彼の父親で浸礼派のアール・リトル師が、黒人種の純血を謳い故郷アフリカへ還ろうと説くカリスマ的煽動者マーカス・オーレリアス・ガーヴ

マルコムX（映画版ポスターより）

（1）テキストには Malcolm X, *The Autobiography of Malcolm X* (1965, Penguin, 2001) を用いた。濱本武雄訳（中央公論社、二〇〇二年）も参照させていただいたが、基本的に引用文は拙訳によるものである。

エイによるＵＮＩＡ（世界黒人向上協会）の熱心な組織者のひとりだったからだ。黒人はアメリカにとどまっていてはとうてい自由・独立・自尊を獲得することはできないから、アメリカは白人の手にゆだね、自分たちは故郷アフリカへ戻ろうという民族主義的な主張は、しかしそのころ何よりも黒人共同体内部に波乱を巻き起こし、一部の白人優越主義者の神経を逆撫でしてしまったのだ。

かくして、真っ白な三角頭巾で顔を隠した一団ＫＫＫが来襲する。母親ルイーズ・リトルの回想によれば、連中は馬を乗りつけ、家屋を取り囲み、ショットガンやライフルをふりかざしながら、アール・リトル師に向かって「外へ出てこい！」と叫んで威嚇し、そればかりか、文字どおり馬に拍車をかけ、家の周囲を駆けめぐりながら、銃の台尻を用いて窓ガラスをかたっぱしから叩き割り、松明をきらめかせつつ、夜の闇へ姿をくらましたという（『マルコムX自伝』第一章「悪夢」）。

ＫＫＫは南北戦争後、リンカーン大統領の目論見通り黒人奴隷が解放されてしまっては、白人である自分たちの職が奪われかねないという焦燥感から結成された。以後、迷信深い黒人を脅かすためにまとった亡霊のごとき白装束姿は、トマス・ディクソンの小説『クランズマン』（一九〇五年）やそれをサイレントの巨匠Ｄ・Ｗ・グリフィス監督が映画化した名画『国民の創生』（一九一五年）、マーガレット・ミッチェルの大ベストセラー『風と共に去りぬ』（一九三六年）、ひいては『マルコムX』と同じスパイク・リー監督による最新作『ブラック・クランズマン』（二〇一八年）にま

KKK

で登場して話題をさらう。二〇一七年以降、人種差別意識の強いドナルド・トランプ政権の確立を後押ししたと言われる白人貧困層（プア・ホワイト）の存在は、いったいなぜKKKのような白人優越主義を掲げた暴力組織が折に触れてアメリカ史上で息を吹き返すのか、そのゆえんを実感させる。

青春の愚行

マルコムXの母ルイーズは英領西インド諸島の出身で、白人の父親と黒人の母親から生まれた。母はこの父のことを知らず、その存在を恥じてすらいたが、結果としてマルコムXの肌も髪の毛もいわゆる黒檀《エボニー》色ではなく赤茶色であった。彼自身、当初はそのように漆黒ではなくやや白人に近いことを一つの運のいい「地位の象徴《ステータスシンボル》」とすら意識していたものの、やがては自身の体内を流れる白人強姦者の血の一滴一滴をすべて憎悪するようになる。

彼が生まれたのはウィスコンシン州ミルウォーキーだが、やがて父の仕事の関係でミシガン州ランシングに引っ越す。けれども一九三一年に父が何らかの陰謀により惨殺され、母は三十四歳にして八人の子どもを抱えた未亡人となり途方に暮れる。その母も一九三五年から新たな恋人と交際するも一九三七年に別れてからは精神に異常をきたし病院に収容。かくしてマルコムをはじめとする八人の子どもたちはさまざまな家庭に引き取られていく。中学時代のマルコムはボクシングやバスケットボールといったスポーツでも力を発揮し、成績でもトップに近く、クラスの級長に選ばれるほどであった。

　だが自伝第三章「「ホームボーイ」」からは、十五歳以降、異母姉エラを頼りマサチユーセッツ州ボストンに移り、そこから始まる青春時代が生き生きと語られる。まずは靴磨きや鉄道のボーイ、ドラッグストアの小僧といった仕事で稼ぎ始めた。しかしこのころのマルコムは六フィートすなわち二メートル近い長身を誇り、前述の通り、白人の血が入っていたから赤毛である上に（ゆえに「デトロイト・レッド」なる異名を取る）、あえて髪を白人風にするコンクというヘアスタイルで決め、大きくパリっとしたズートスーツをまとってダンスホールに現われたから、いわばモテる男となったのである。そして黒人の恋人ローラを捨てて白人の恋人ソフィアに入れ込む。もちろん酒、煙草のみならずマリファナにも手を出した。折しも太平洋戦争の火蓋が切って落とされたころ、マルコムはますます闇の世界にどっぷりとはまっていった。特にニューヨークのハーレムの中核を成すバー「スモールズ・パラダイス」のウェイターの仕事にありついてからは、ナンバー賭博やポン引き、信用詐欺、麻薬密売や凶器を用いる強盗など、ありとあらゆる悪事を先輩たちから仕込まれる。日本語でいうヤクザとかチンピラにすぎないものの、こうした悪の稼業ハスラー（hustler）を徹底して行くことに、当時のマルコムはいささかの疑念も感じなかったのである。

ハスラーからカリスマへ

建国の父祖フランクリンの自伝は、結婚後に私生児をもうけてしまったことも含む多くの青春の愚行を「わが人生の誤植」と呼びならわすも、その晩年には「建国の父祖」の代表格という称号を手にし、現在では北米で最も高額な紙幣百ドル札の顔になりおおせた。マルコムXの自伝にも、こうした物語学が当てはまる。手のつけられない不良であった彼が、突如として圧倒的な後光《オーラ》に輝く**ブラック・ムスリム**の新たな教《カリ》祖《スマ》へと転じてしまうのだから。

本書の構成をまとめれば、最初の二章では幼年期が概観され、第三章「「ホームボーイ」」から第九章「逮捕」の七章分では青春の愚行がたっぷり綴られ、以後の第一〇章「サタン」から第十九章「一九六四年」まではブラック・ムスリムに帰依し、その代表的牧師となり、師弟関係の決裂を経てさらに一周り大きく成長し、新たな教祖として国際的名声を獲得していく歩みが、暗殺前夜まで記録される。つまり、全一九章の中央に、彼の回心の契機となる第十章「サタン」が置かれることで、それ以前と以後の人生が一気に様変わりする自伝のドラマツルギーを、読者はぞんぶんに楽しむことができる。

逮捕のきっかけは一九四六年一月、盗んだ時計を修理に出したために犯罪が発覚して逮捕され、刑務所入りになったことだ。時にマルコム二十一歳。だが、この監獄生活中に転機が訪れる。チャールズタウン刑務所でピンピーという男から**読書の楽しみ**

を教えてもらって改心し（スパイク・リーの映画版でもこのくだりが一番感動を誘う）、マサチューセッツ州ノーフォークの服役者リハビリ施設に移送されたのちには、自身の実の兄弟が**ネイション・オブ・イスラム**（以後ＮＯＩ）の指導者エライジャ・モハメドの教えに傾倒していることを知り、関心をもつ。エライジャによれば、世界最初の人類は黒人種であり、その繁栄を謳歌していたのだが、ある時、恐ろしく頭のいいヤカブという子が生まれ、独自の説教をして人々を魅了するようになったため、権威筋はそれに懸念を抱き、彼の五万九九九九名もの信者とともに、かつてヨハネが神託を受けた島と聖書に記されるパトモスへ追放されてしまう。それを不満に思ったヤカブがアラーの神に復讐するために創造したのが、悪の権化たる白人種族だったというのだ。そしてこの白人種族こそがやがては起源たる黒人種族を圧倒し疎外し、歴史を漂白したのだと、エライジャは雄弁に説く。旧来、白人優越主義に利用されがちだったキリスト教聖書の世界観をその根本から転覆させてしまい、代わって人類の黒人起源説を強調するこのイスラムのヴィジョンに、マルコムは魅了されてしまった。

かくして獄中時代からマルコムは刑務所内図書館を利用して猛勉強し、いよいよ出所すると一九五二年九月初旬、彼はついに兄ウィルフレッドの車でシカゴ第二寺院へ赴き、エライジャその人と直接の面会を遂げ正式な教団員となる。まさにこの時、マルコム・リトルはマルコムXなる新たな名前を与えられる。この命名自体に、アメリカ黒人はアフリカにおける真の苗字など永遠に知り得ず、「リトル」など白人が無理強いしたものにすぎないというエライジャの教義の神髄が刷り込まれている。

この時、マルコム二十七歳。以後、一九五三年には家具店を辞め自動車工場を転々とするが、彼自身のエライジャに対する尊敬は深まるばかりで、やがてボストンにて正式に牧師《ミニスター》に任命され、フィラデルフィアやニューヨークばかりでなく、全米規模の宣教活動を行なうようになり、穏健派の黒人キリスト教牧師マーティン・ルーサー・キングなど及びもつかない大衆扇動力を発揮して行く。NOI内部でのマルコムの地位はますます向上し、一九五五年にはFBIに危険人物視されるようになるが、一九五九年にはエライジャの代理でエジプトやサウジアラビアのメッカ、イラン、シリア、ガーナを回り、エジプトではナセルとも会談。一九六〇年にはキューバの革命指導者フィデル・カストロとも対面。一九六一年にはマルコムを含むNOIとKKKが会合し、ともに人種的融合ならぬ分離を目指している点で合意を見る。人生の最初のピークが三〇代前半だとすれば、マルコムはまさにこの時期、つまり一九五〇年代後半から一九六〇年代初頭にかけて、偉大なる師匠を信奉することにより栄光への階段を駆け登ったのだ。

しかし、自伝文学の定型と言うべきか、ひとりの偉人が生まれるには、偉大なる師匠すら凌ぐ可能性がなければならない。自伝では、すでに一九五五年の段階で、姦通を禁じるNOIで教祖エライジャ自身が**姦通**を犯していたという噂が流れ始め、一九六二年にマルコムは彼が秘書三名にそれぞれ子どもを産ませ合計六人にも及ぶこと、

マルコムX（右）とマーティン・ルーサー・キング牧師との出会い

そのために教団員の離脱が相次いだことについて、師匠自身に説明を求める。けれども、ダビデやノア、ロトを引き自己正当化を図るエライジャの釈明は到底納得のいくものではなかった。さらに一九六三年に、黒人たちに支持されていたジョン・F・ケネディ大統領が暗殺された時、エライジャはそれについてマルコムに語らないよう命じるが、その禁を破ったかどで、師弟関係はますます悪化。ついに一九六四年にはマルコムはNOIの幹部による自身の暗殺計画を耳にして組織を離脱し、新たに「ムスリム・モスク・インコーポレイテッド」を創立する。NOIはマルコムが入団した時、ほんの四百名の組織に過ぎなかったが、まさにナンバー2たるマルコムのカリスマ性によって、四万人にまで膨れ上がっていた。それだけの貢献をした集団を自ら離脱したのだ。

そしてメッカへの巡礼の旅に出て、サウジアラビア、レバノン、ナイジェリア、モロッコなどを訪問し、いたずらに白人を憎悪するのではなく、むしろ黒人解放運動を促進することで白人自身の自由をも確固たるものにし、白人と黒人の友愛関係こそが肝心なのだという方向へ、その思想を転じていく。いわば宗教的説教者としてよりは解放運動家としての側面を強めていく。その過程で、彼は自身の名前もイスラム教正統に基づき、「エル＝ハジ・マリク・エル＝シャバーズ」に変更する。

だが、そのようなマルコムXのNOI離脱と思想的発展を叛逆かつ変節としか見ないエライジャらNOIのメンバーたちは殺意を強め、彼の自宅への襲撃をくりかえし、ついに一九六五年二月二十一日、ニューヨークはハーレムのオーデュボン・ボールルームにおける集会にて壇上に立ったマルコムを暗殺してしまう。享年三十九。

なんということか、彼を最も憎んだのは白人一般でも白人優越主義集団KKKでもなく、文字通りマルコム自身が仕込んだ黒人イスラム集団だったのだ。黒人奴隷解放に尽力したリンカーンの暗殺は黒人に好意を示したケネディの暗殺で反復されたが、マーカス・ガーヴェイや父アール・リトルの暗殺は、マルコムXにおいて、白人と黒人の間の差異を単純に反復するのではなく、むしろ黒人内部の差異および矛盾を露呈せざるを得なかった。

にもかかわらずその名は二十世紀アメリカ精神史とは切っても切り離せない。その事実は、知の殿堂ニューヨーク公立図書館のションバーグ黒人文化研究センターの所在地が「マルコムXブールヴァード」であることからも容易に推察されるだろう。

（巽）

青年の成長物語　バルザック『ゴリオ爺さん』

地方から都に出てきて社会を発見する

「自分は何なのか」という問いは、誰でも一度は発した問いであろう。この**自分探し**の旅がとりわけ青年世代にしばしば見られる現象であることは、古今東西変わらない。男女を問わず若者は自分探しをつうじて成長したいと望むし、そのために払う努力が若者の人間形成に寄与することになる。そして自己を探求する旅は、必然的に自分と異なる**他者**に遭遇する機会にほかならない。このような自分探しと成長の物語は、近代文学において大きな主題を構成してきた。

オノレ・ド・バルザック（一七九九―一八五〇）は十九世紀フランスの大作家の一人で、**リアリズム小説**(1)を代表する。十九世紀前半を生きた彼は、同時代の社会のあらゆる側面を問い、あらゆる階級と職業の人間を登場させ、フランス国内の多くの地域を描いた。二十年間に書かれた九十編以上の作品を収めたシリーズ『人間喜劇』(2)は、十九世紀前半のフランス社会の網羅的な見取り図を提供してくれる。その意味で、バルザックは同時代を分析した社会学者と呼ばれるのがふさわしい。

小説『**ゴリオ爺さん**』(3)の梗概は以下のとおりである。時は一八一九年、場所はパ

（1）写実主義小説ともいう。同時代の社会を背景に等身大の人物を登場させて、現実的なドラマを展開するもので、十九世紀ヨーロッパ小説の主要な潮流である。リアリズム文学の意義と射程については次を参照のこと。アウエルバッハ『ミメーシス――ヨーロッパ文学における現実描写』篠田一士・川村二郎訳、ちくま学芸文庫、一九九四年。

（2）『人間喜劇』はバルザックが自分の作品全体に冠した総題。『ゴリオ爺さん』や『幻滅』など彼の代表作はすべてこれに含まれる。「風俗研究」「哲学研究」「分析研究」の三つに分かれ、「風俗研究」はさらに六つの「情景」に分類される。本作はそのなかの一つ「私生活情景」に属する作品。

（3）『ゴリオ爺さん』の邦訳としては、高山鉄男訳（岩波文庫、一九九七年）、平岡篤頼訳（新潮文庫、二〇〇五年）、の二つが入手

しやすい。

リ。二十歳の青年ウジェーヌ・ド・ラスティニャックは大学の法学部学生で、質素な下宿屋ヴォケール館に住む。その下宿屋にはさまざまな素性の人間たちが暮らしていた。ゴリオはかつて商売で富を蓄えたが、二人の娘アナスタジーとデルフィーヌに高額の持参金をつけて貴族と結婚させ、今は尾羽打ち枯らしている。ヴォートランは謎めいた怪しい男、じつは本名ジャック・コランでパリの闇世界を牛耳っている。ラスティニャックにひそかに想いを寄せる娘ヴィクトリーヌはある貴族の私生児で、やがて莫大な遺産を相続することになる。

ラスティニャックはある日、従姉ボーセアン子爵夫人の邸を訪問する。彼女は青年の純朴さを評価し、彼が野心家であることを見抜く。そしてパリ社会で彼のような青年が成功するために何が必要かを説く。やがて青年はデルフィーヌを恋人にして、上流社会に入り込むきっかけをつかむ。他方、ヴォートランは下宿人ミショノー夫人の密告により警察に逮捕され、ゴリオは貧困と、娘二人の困難な状況ゆえの心痛から病の床に臥せ、死んでいく。死の床にもやって来ない娘たちに代わって、ラスティニャックはゴリオの埋葬を執り行なうのだった。

導く女、誘惑する男

主人公ウジェーヌ・ド・ラスティニャックはフランス南西部の町アングレーム出身で、質素とはいえれっきとした貴族の家系に属する。長男として家族の期待

『ゴリオ爺さん』の十九世紀の挿絵

を背負い、その期待に応えようと聡明な彼は学業を怠らないし、パリで生活するうちに視野が広がり、それにつれて野心と出世欲を増幅させていく。とはいえ彼はまだ、社会という大海原を渡っていくのにどの方向に漕ぎ出せばいいのか分からない。小説が始まる一八一九年十一月の時点で、われらが主人公はこのような精神状態にある。物語はここから一気に加速して、主人公と周囲の人物たちの運命を劇的に変えていく。その核となるのが、ラスティニャックの成長あるいは**自己形成**である。

人間が成長するためには、導いてくれる者が必要だ。人類学的にいえば、子どもや青年が大人になるという**通過儀礼**には、その儀式が円滑に運ぶよう配慮してくれる助言者が必要なのである。『ゴリオ爺さん』には、出自も地位も異なるものの、青年の通過儀礼を助けてくれる三人の人物が登場する。

まずボーセアン子爵夫人。ラスティニャックの従姉であり、社交界の花形である彼女はパリ上流社会を知り尽くし、パリという迷宮をどのように通り抜け、いかにして地位を確立していくかを説いて聞かせる。

あなたは冷静に打算をめぐらせれば、それだけ出世の道が開けます。容赦なく打撃を加えなさい。そうすればひとから恐れられるでしょう。宿駅ごとに乗り潰して捨てていく駅馬のように、男も女も扱いなさい。そうすればあなたの望みの頂点に達することができるでしょう。あなたに関心をいだいてくれる女性がいなければ、あなたはこの上流社会では何者にもなれません。若くて、お金持ちで、優雅な女性が必要です。けれどほんとうの愛情を感じても、それは宝のように隠しておきなさい。相手に気づかれたら、あなたは破滅することになりますよ。もし誰かを愛しても、その秘密をよく守りなさい。相手がどんな女性か見極めないうちは、けっして心をひらかないようになさい。〔中略〕世間というこの迷宮に入っていくためのアリアドネーの糸(4)として、あなたに私の名前を貸してあげましょう(5)。

ボーセアン夫人が野心家の青年にあたえる忠告はきわめて明解である。言動において冷静を保ち、ときには大胆な攻撃を仕掛けること、**上流社会**で地歩を築くためには女性の庇護が必要なこと、しかしそうした女性にたいして愛を感じてもすぐに本心を暴露しないこと──それが社会で成功し、権力を獲得するための鍵だという。華やかで豪奢な社交界はひとつの戦場のようなものであり、そこでは権謀術数と嫉妬と打算が渦巻く。学生のラスティニャックにはまだその現実が分からないから、ボーセアン夫人がその戦場の案内役を買って出ようというのである。

ボーセアン夫人の忠告に従うかのように、ラスティニャックはデルフィーヌに接近し、デルフィーヌのほうも伝統ある貴族社会に知己を得るため、青年からの接近に心を許す。はじめは計算づくで始動した接触だが、やがて青年の感情は真率な愛に転化していく。いずれにしても、青年は女性をつうじて上流社会を知り、**世間と恋**を学ぶ

(4) アリアドネーはギリシア神話に登場する女性で、恋人テセウスが怪物退治のためクレタ島の迷宮に足を踏み入れた際に、帰還を確かなものにするためみずからが繰った糸を持たせる。この逸話から「アリアドネーの糸」といえば、困難に対処するための導きを意味する。

(5) Balzac, *Le Père Goriot*, *La Comédie humaine*, Gallimard, «Pléiade», t. III, 1976, p. 116.

ことになるのだ。

戦場と**迷宮**。それはヴォートラン(6)がラスティニャックにパリ社会を動かす原理を解説するときに用いる比喩でもある。同じヴォケール館に暮らし、ラスティニャックの変化に気づいた彼は、世間の清濁を知悉する男として青年に人生訓を垂れる。社交界への伝手ができて有頂天になっているとはいえ、それで野心的な青年の欲望が満たされることはない。洗練と奢侈を目にし、パリ女の香りに酔い、野望の炎を燃やすラスティニャックに向かって、ヴォートランはそんな男はパリに五万人もいて、まるで「壺のなかの蜘蛛のように喰い」あっているのだと言い放つ。

君がこれからなすべき努力、闘争の激しさをよく考えてみたまえ。五万人分の立派な地位はないのだから、君たちは壺のなかの蜘蛛のようにお互いを喰いあうことになる。ここパリでひとがどのように自分の道を切り拓くか、君は知っているかい? 天才の輝きか、さもなければ巧みに堕落することによってさ。人々の群れのなかに入り込むためには、大砲の弾のようになるか、あるいは疫病のようにそこに侵入しなければならない。(7)

言葉遣いは異なるが、**社会が闘争の場**であり、そのなかで上昇していくためには(それがラスティニャックの野心である)それなりの知性と策略が不可欠であること

(6) ヴォートランは、実在した犯罪者で、後にパリ警察の一員となるヴィドック(一七七五―一八五七)をモデルにしたとされる。ヴィドックはまた、ユゴー作『レ・ミゼラブル』(一八六二年)の主人公ジャン・ヴァルジャンの着想源にもなる。

(7) *Le Père Goriot, op.cit.*, pp. 139-140.

を指摘するという点で、ヴォートランはボーセアン夫人と変わらない。そして彼は、青年が窺い知ることのできない裏社会の存在を匂わせ、青年の出世欲を満たしてやろうと悪魔的な契約を持ちかけるのである。闇世界に生き、みずからは上流社会と接触できないヴォートランは、ラスティニャックを代理人とすることで権力欲を満足させようとするのだ。青年はその誘惑をかろうじてしりぞけるものの、ヴォートランが彼に多くのことを教えたことは否定できない。

意図的ではないものの、主人公に人生の機微を教えることになる第三の人物はゴリオである。語り手によって「父性のキリスト」と形容されるゴリオは、嫁がせた二人の娘に搾取されつづけ、それでも愛することをやめず、最後は貧困と病のなかで死んでいく。主人公ラスティニャックの目に、ゴリオは無償の愛と打算のない純真性の象徴として映じる。そして、地方に住むラスティニャックの家族が物語中に登場しないこの作品において、ゴリオは不在の父親の代理にもなっている。

ラスティニャックは最終的に、家族や愛ではなく、野心と立身出世の道を選択する。ゴリオの死と埋葬は、そうした彼の方針を決定づける出来事である。だからこそ埋葬の後、墓地の高みから眼下に横たわるパリに向かって「これからは僕とお前の勝負だ！」(8)と、勇ましい挑戦状を投げかけるのである。それは、これからパリの征服に乗り出そうとする男の宣戦布告にほかならない。

(8) フランス語では、"À nous deux maintenant"。フランス文学史上もっとも有名な一句のひとつである。

教養小説の系譜

『ゴリオ爺さん』は青年が野心に目覚め、上流社会に踏み出し、世間の裏表を垣間見た末に自分の運命を切り拓こうとする物語、換言すれば青年の成長を語った小説である。貴族のサロンに出入りするうちに「ウジェーヌは三年分のパリ法学を習得してしまった」と語り手は述べ、「教育がすでに実を結んでいた」、「教育は終わりを迎えつつあった」というような、主人公の内的形成の進展を明示する文章が綴られているのは偶然ではない。

このようなテーマ系の作品は、一般に「**教養小説**」あるいは「形成小説」と呼ばれ、近代ヨーロッパ文学において重要な位置をしめる。芸術家から市民への変貌を描いたゲーテの『ヴィルヘルム・マイスターの修行時代』(一七八五年)がその嚆矢とされる。フランスも例外ではなく、十九世紀から二十世紀初頭にかけての文学には、多様な変奏を含みつつこのジャンルに属する作品は少なくない。スタンダール[9]の『赤と黒』(一八三〇年)、フロベール[10]の『感情教育』(一八六九年)、モーパッサン[11]の『ベラミ』(一八八五年)、そしてロマン・ロラン[12]の『ジャン゠クリストフ』(一九〇四―一二年)などがその代表作である。日本文学に例をとるならば、夏目漱石の『三四郎』(一九〇八年)が典型だろう。

なぜ十九世紀にこのようなジャンルが誕生したのだろうか。それは歴史的、社会的な状況と密接に関係している。一七八九年に勃発したフランス革命からナポレオン帝

(9) スタンダール(一七八三―一八四二)本名はアンリ・ベール、フランスの作家。小説のほか美術批評、旅行記、自伝なども書いた。

(10) ギュスターヴ・フロベール(一八二一―八〇)フランスの作家。日本ではとりわけ『ボヴァリー夫人』の作者として有名。語りの技法、視点の問題、描写の美学などで二十世紀文学に絶大な影響をあたえた。

(11) ギ・ド・モーパッサン(一八五〇―九三)フランスの作家。代表作は『女の一生』『ベラミ』『ピエールとジャン』。

(12) ロマン・ロラン(一八六六―一九四四)フランスの作家、一九一五年ノーベル文学賞受賞。『ジャン゠クリストフ』はかつて日本でよく読まれた彼の代表作。

政を経て、フランス社会は劇的に変貌した。社会の民主化と経済構造の変化が、人々とりわけ青年層の欲望と野心を刺激した。みずからの可能性を実現するため社会に挑み、世間と対峙する男たちが出現し、それが文学のなかにも登場してくる。一介の下士官から将軍に、さらには皇帝の地位にまで昇りつめた**ナポレオン**は、彼らにとってひとつの模範となる。『赤と黒』のジュリアンはナポレオン崇拝者だし、バルザック自身は文壇のナポレオンになろうとした男である。

教養小説の舞台がパリに設定されるのは、革命後の中央集権化されたフランスでは、首都パリにおいてすべて決定されるようになったからにほかならない(13)。実際、教養小説は、主人公が地方都市や田舎からパリに到着する場面から始まることが多い。ヴォートランが語るように、パリには華やかな面があれば闇の面もあり、豪奢と貧困、夢と絶望が同居している。さまざまな階層と職業が並存するダイナミックな都市パリでこそ、青年の野心と欲望の物語が展開できるのである。

教養小説の構図は旧くなったわけではなく、現在でも変奏を示しながら主題として維持されている。文学だけでなく、映像芸術の世界でもそうだろう。映画の「ロードムーヴィ」は旅をつうじて主人公の成長を描くし、『千と千尋の神隠し』(二〇〇一年)など宮崎駿のアニメ作品や、『なつぞら』(二〇一九)などNHKの朝ドラはまさに女の子の試練と成長を繰りかえし語っているのだから。

(小倉)

(13) 文学におけるパリの表象については、後出「彷徨と風景のパリ」の項を参照のこと。

コラム　自伝からオートフィクションへ

自己を語る文学には、さまざまなかたちがある。作者がみずからの生涯を虚構を排して誠実に語り、みずからの知的、精神的変貌を跡づける**自伝**はその代表である。本文で取りあげられた『マルコムX自伝』は、現代アメリカにおける自伝文学の白眉とされる。

これ以外にも、フランスのジッド『一粒の麦もし死なずば』（一九二一年）、サルトル『言葉』（一九六四年）、アメリカのフランクリン『フランクリン自伝』（一七八九年）、ドイツのゲーテ『詩と真実』（一八一一―三三年）、そして日本では福澤諭吉『福翁自伝』（一八九九年）など、各国を代表する作家たちが優れた自伝を書き残している。この自伝がひとつの文学ジャンルとして明確な輪郭を示すようになったのは、十八世紀末から十九世紀初頭のロマン主義時代である。

自伝作家のプロフィール

自分の生涯を誰かに向かって語りたいという欲求は、程度の差はあれ誰にでもある。私の人生を私以上によく知っている人はいないし、だからこそ、私は自分の人生を語るに最もふさわしい人間である。自伝作家もまた、『告白』（一七八二―八九年）の作者**ルソー**のように、みずからの真実を伝えようとしてペンを執るのだ。

自伝作家は人生の一回性や不可逆性を強く意識し、みずからの生に何らかの意味を見出そうとする。自分の人生が無意味だったと思う人間は自伝を書いたりしない。一人の人間の生が、世界の存在そのものと匹敵するという意識（あるいは幻想）が、自伝を書くという営みの基底に横たわっている。

自伝作者はまた、自分が他人と違うと自覚するのみならず、自分の生きた時代が過去とは異なると感じている。人間の生涯は、歴史的・社会的な条件によってかなりの程度まで規定される。自伝作家はかならず、自分がどういう時代を生きたかということにこだわる。ヨーロッパで、近代的な学問としての**歴史学**が自伝とほぼ同じ頃に確立した、というのはおそらく偶然ではない。歴史学が国家や民族の起源を問いかけたように、自伝作者は自分の起源を探ろうとするのであり、そこには同じ精神が流れているのだ。

それにしても、**作家たちはなぜ自己を語ろうとするのだろうか**。時代と国によって多少の違いはあるが、いくつかの共通した動機を見いだすことができる。

まず、大部分の作家は自己自身を知り、認識するために自伝を書く。「**自分はいったい何なのか**」。誰もが一度は発したことのあるこの問いは、自伝作家にとっても不可避的な問いかけにほかならない。次に、多くの自伝作家は過去を回想することに快楽を見出す。みずからの生涯を思い出しながら書き綴るという営みは、人生をあらためて生き直すことにほかならず、戻らない過去を永遠化する試みである。第三に、自伝には自己救済としての側面がそなわっている。キリスト教的な伝統の強い文化においては、神を前にして罪を告白することで救済への道が拓かれる。同じように、自伝の作者はみずからの人生を語ることによって自己を救済しようとするし、その点で自伝には**治療的な効果**がある。

以上が自分自身との関係において規定される動機であるのに対し、他者や社会との関係で持ち出される動機づけもある。まず、**自己弁明**の意志。他人に向かって自分の言動を弁護し、正当化するという誰にでも具わる欲求は、自伝作家の場合とりわけ強烈である。次に、自伝作家のなかには自分の生涯の物語が社会的、倫理的な意義をもつとして、その教育的な価値を主張する者がいる。そして最後に、作家はみずからの人生の記録を、身内や、子孫・後裔がより善く、賢明に生きられるようにと書き残すことがある。愛する息子に向けて書かれたフランクリンの自伝は、その典型であろう。

現代の潮流

一九七〇年代以降、フランスでは自己を語る文学が新たな展開を見せるようになった。ロラン・バルト（一九一五―八〇）やアラン・ロブ＝グリエ（一九二二―二〇〇八）など、それまで自伝的な文学から遠く離れていた作家たちが、みずからを語り始めたのである。戦後のある時期まで、前衛的な文学から不信や侮蔑のまなざしを向けられていた「作者」や、「主体」や、「物語」が回帰してきたのである。ただし、彼らは自分たちの作品が自伝ジャンルに属するものだとは明言しない。それはフィクションと自伝という、本来は相容れない二つのジャンルを自在に越境しようとする文学的な営みであり、「**オートフィクション**」(autofiction) と呼ばれる。作家が生涯の一時期の体験を、虚構的な要素を織りまぜながら物語る形式である。

現代の自伝とオートフィクションの領域では、女性作家が大きな比重を占める。かつては、女性が自分や家族についてあからさまに語ることはタブー視されていた。フェミニズム運動と社会の変化がそうしたタブー性を弱めた現在、女性たちも積極的に自己を語りはじめた。その際、「自分とは何か」という自伝作家に通底していた問いかけが、現代の女性作家では「女性である自分とは何か」というようにジェンダー性を強く刻印されている。フランスのアニー・エルノー（一九四〇―）が、この潮流を代表する作家の一人である。

（小倉）

第Ⅱ章　家族

家族は、人間が生まれて真っ先に投入される空間であり、小さな社会である。子どもにとっては、自分を取り巻く世界のかなりの部分が家族によって代表されることになる。親、兄弟姉妹、親類などは避けがたい人間関係の要素である。現在では薄れたとはいえ、ある時期までの日本であれば、さらに広い範囲の一族を含めて家族関係は社会生活上の密接な絆を構成していた。一般に家族は子どもを保護し、成員の心理的な安らぎの場となる単位だが、他方で、現代の状況が示すように、家族は束縛や暴力の温床にもなりうる。文学の世界では、一般に幸福な家庭よりも不幸な家庭が物語の舞台になりやすいし、ロシアの文豪トルストイ(1)の傑作『アンナ・カレーニナ』の冒頭で述べられているように、不幸な家庭は幸福な家庭よりもはるかに多様である。

本章で取りあげられる四作品は、さまざまな**家族あるいは一族の物語**である。フランツ・カフカの『変身』は、主人公の青年がある朝起きると虫に変貌していたという荒唐無稽な物語をとおして、父親という権力による監禁の寓話として読める。エレーナ・フォルトゥンの「セリア」シリーズは、激動の時代だったスペインの二十世紀前半を歴史的背景にして、少女セリアの目から見た家族、学校、村社会を活写した児童文学の傑作である。ガルシア＝マルケスの『百年の孤独』は、架空の町マコンドで暮らしたブエンディーア一族の五世代をめぐって、愛と欲望と憎しみと破滅を物語る壮大な叙事詩である。そして巴金《ばきん》の『家』は、中国・成都の名門一族、高家の三兄弟の人生を縦糸にして、封建的な家制度の悲劇を織り上げていく。

（小倉）

（1）レフ・トルストイ（一八二八―一九一〇）は十九世紀のロシア文学を代表する作家。作品として『戦争と平和』（一八六五―六九年）、『アンナ・カレーニナ』（一八七五―七七年）、『復活』（一八九九年）などがある。

「家」を生きる　巴金『家』

因襲的家族制度に挑戦する

巴金

長編小説は強い意志によって時間と空間を再認識し、この世界を文字の力で再創出しようとする挑戦である。優れた長編小説によって、その時代に生きた人々は永遠の存在となる。この視点からすると、巴金《ぱきん》は同時代の文豪**老舎**《ろうしゃ》(1)とともに、中国に本格的な現代文学をもたらした代表的な文学者として高く評価される。巴金はアジアを席巻した「近代」の圧倒的な力と、「家」の因襲に縛られた人々の凄惨な宿命、そして個の尊厳に目覚める若き精神を描き切った。巴金によって中国の現代文学はアジアの、世界の文学としての揺るぎない歴史的位置を獲得したと言っていい。

巴金は本名李堯棠《りぎょうとう》、一九〇四年、光緒《こうしょ》三〇年、四川省成都市の大家に嫡男の第三男子として生まれた。実家は李家公館と呼ばれ、面積三千平方メートルを超える大豪邸で、さまざまな係累を含む五十人の家族と、同じく約五十もの男女召使いが暮らしていた。李家一族は代々高級官吏役人を輩出しており、父李道河は光緒帝(2)の謁見に浴し、四川北部広元県の知県も務めたほどの高官だった。しかし、巴金十三歳の時に死去し、美しく優しかった母（陳淑芬）も彼が十歳の年に他界している。父母を亡くし

(1) 本名は舒慶春（一八九九―一九六六）、満洲族出身の著名な作家。代表作に長編小説『駱駝の祥子』『四世同堂』、戯曲に『茶館』（いずれも邦訳あり）など。

(2) 愛新覚羅載湉（一八七一―一九〇八）「戊戌の変法」を康有為らと進めたが西太后らの政変により失敗、幽閉されて死去。

ても少年巴金は嫡男の血統として養育された。幼時から大家族の因襲的な環境にあったが、父母を亡くした己の不遇のためか、巴金には弱者を思う心が培われていた。

五四運動(3)の時、巴金は十五歳だった。北京から届けられる『新青年』(4)と『毎周評論』(5)に巴金は大変な衝撃を受け、人生の転換点を迎える。彼は当時中国に紹介され始めたクロポトキンらアナーキストの思想に強く惹かれていき、旧体制の破壊と個我の自由を叫ぶ純粋で情熱的な文章に心酔した。ただ、当時の中国にあっては、アナーキズムはトロツキズムと同じく、社会変革を希求する青年たちに影響の大きい革命思想であり、巴金だけが特殊な傾向を持っていたわけではない。中国共産党設立の理念、マルクス主義も当初はこうした傾向性の一翼に過ぎなかった。巴金はその頃成都外国語専門学校に入学しており、熱心にアナーキズム運動に参加するようになっていく。

巴金が李家公館を出て上海を目指したのは一九二三年、十九歳の時である。封建的な大家族からの脱出を果たし、上海南洋中学を経て、南京東南大学附属中学に学び、同校を卒業する。在学中には、謀殺された日本のアナーキスト**大杉栄**を追悼する文章を雑誌に発表している。その後北京大学を受験しようと上京するが、結核を患って受験を断念、上海に戻って療養する。しかしアナーキズム運動への傾倒は変わらず、エスペラント語の学習にも力を注ぐ。一九二七年に入るとすぐ、巴金はフランスに渡航する。社会運動の激しかったパリへの憧れも強かった。そして当時世界を揺るがしたサッコ＝ヴァンゼッティ(6)の冤罪事件に強い関心と同情を寄せた。このことがパリで着

(3) 一九一九年、不平等なベルサイユ条約締結に反対し、北京から全国に広がった学生と市民の大規模な抗議活動。中国近代を導いた運動と評価される。

(4) 一九一五年陳独秀らによって創刊、五四運動の指導的雑誌となる。

(5) 一九一八年やはり陳独秀らによって北京で創刊、「共産党宣言」部分訳を掲載するなど新思潮の宣伝を行なった。

(6) 一九二〇年に起こったアメリカのイタリア移民のアナーキスト、ニコラ・サッコとバルトロメオ・ヴァンゼッティに対する冤罪事件。一九二七年処刑。映画『死刑台のメロディー』はこの事件をテーマにしている。

手した第一小説『滅亡』の執筆に大きな影響を与えた。本作は一九二八年に全編完成し、翌年に中国文学界の有力誌『小説月報』に掲載されて大きな反響を呼ぶことになる。小説家巴金の誕生である。筆名巴金もこの小説が始まりで、クロポトキンの中国名「克魯泡特金」とフランスで自死した友人の巴恩波の名前から取ったという。この小説発表直前に巴金は帰国を果たし、小説の創作に本格的に取り組んでいく。

帰国後巴金は上海を拠点に多くの作品を書き上げていった。一九三一年に上海の新聞に連載した『激流』は、のちに『家』と改題され、さらに『春』（一九三七年）、『秋』（一九三九年）と書き続けられて、長編大作「**激流三部曲**」と称される巴金の代表作となった。『滅亡』についても一九三二年にその続編『新生』が執筆されている。他に、この間に「愛情三部曲」となる『霧』『雨』『電』が完成している。つまり『家』の続編を書いているときに、巴金はほかに長編作品を含むいくつもの小説の執筆に取りくんでいたということである。驚くほど旺盛な創作意欲だった。しかしこの時期、中国は日本の激化する侵略に直面していた。アナーキストとしての国際的連帯意識の強かった巴金は、一九三四年から約一年日本に滞在したのだが、日本の知識人に対して深い失望を抱かざるを得なかった。一九三七年に日本は中国に対する全面侵攻を開始した。上海でも激戦があったのだが、巴金はそれでもなお上海に居続けた。しかし翌年にはやはり戦火に追われて上海を離れ、昆明、重慶、成都、桂林、貴陽などの地を転々とすることになる。この流転の時、貴陽で巴金は終生の伴侶蕭珊《しょうさん》と結婚

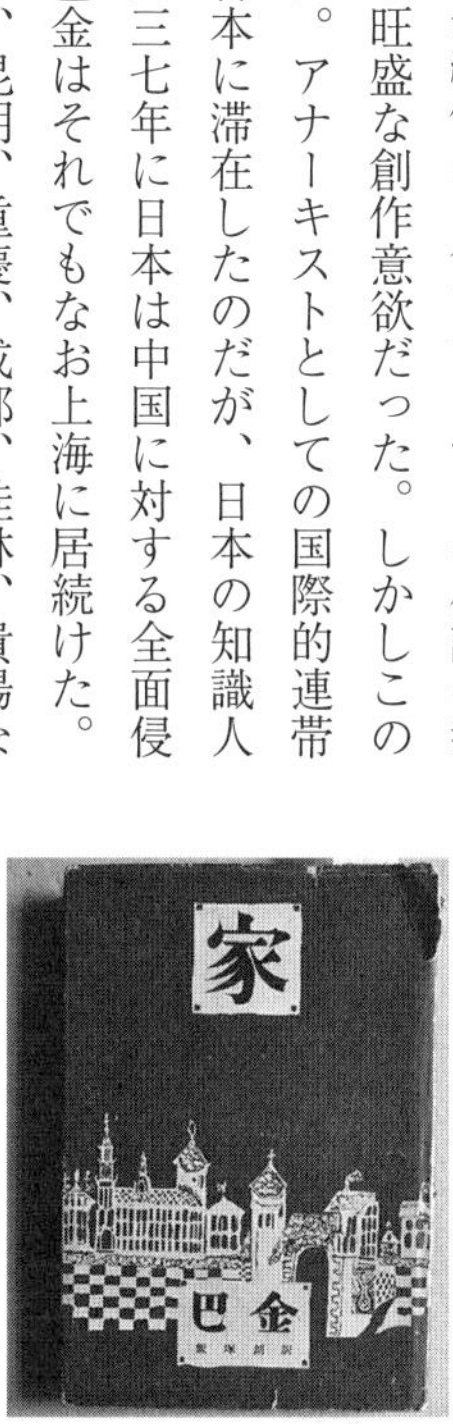

巴金『家』（鎌倉文庫、一九四八年）の表紙

した。創作としてはこの時期の後期に結実する中編小説『**憩園**』（一九四四年）と『**寒夜**』（一九四七年）が優れた達成度を示し、日本でも愛読者の多い作品となっている。抗日戦争の時代、巴金はアナーキストとして、文学者として戦いを続けていたのだ。

一九四九年中華人民共和国の成立によって、中国は新しい時代を迎えた。しかしそれは思想と文芸を統一の方向に導こうとする強い意志を持った国家の誕生でもあった。アナーキズムは徹底的に批判され、巴金の作品も虚無的思想を喧伝する小説として何度も公的な批判を浴びることになっていく。最も先鋭化したのは、言うまでもなく一九六六年に始まる**文化大革命**の十年間だった。毛沢東礼賛の文芸以外に生き延びる作品はなく、暴力的で激烈な批判闘争にすべてが晒されていった。前述の老舎はこの文革初年に紅衛兵による凄絶な暴力の末に自死の道を選んだ。巴金は心を閉ざし、言われるがままに文章を献上するしか生き残る方途はなく、自由なペンは全く奪われてしまう。恐怖に満ちた年月だった。文革の嵐が過ぎ去って、自由を回復した巴金は一九七八年から香港の新聞に『随想録』(7)全一五〇篇を連載した。文革の凄惨さを哀訴する文学はすでに始まっていたが、巴金は文学者として、言論者としての己れの責任を厳しく内省し、真摯な文章で人間の良心の姿を徹底的に描いた。その誠実な筆力は、精神の自由の尊厳を鮮明にし、文革に直走《ひたはし》った中国社会の罪悪の根源を容赦なく暴いている。

巴金はその後も精力的な文学活動を展開し、今世紀を迎えた。そして多くの愛慕者に惜しまれながら、二〇〇五年に百一歳で亡くなった。

(7) 邦訳（部分）同題名、石上韶訳、筑摩書房、一九八二年。

長編『家』の描く世界

黒塗りの大門のある邸宅がいくつかつづいて、ひっそりと寒風の中に突っ立っている。二つの永遠に沈黙した石獅子がその門前にうずくまっている。門はまるで怪獣の口のように大きく開いている。内部は一つの暗い洞穴だ。この中にはいったい何があるのだろう、誰もそれをのぞいて見ることは出来ない。どの邸も相当に長い年代を経ている。あるいはいくつか姓を変えていよう。どれもがみなそれ自身の秘密を持っているのだ。大門の黒い漆は剝げ落ちてまた新しく塗られる。こうした変化を経ても、それらの秘密は依然として保たれて、他の人には知られないでいる。

この街の中ほど、ひときわ豪壮な邸の門前まで来て、この兄弟は足をとめた。〔中略〕そして瞬く間に彼らの足音は黒い洞穴の内部へ消えていった。(8)

これは『家』の冒頭で風雪の街を駆けてきた二人の兄弟が自宅の門前で立ち止まり中に入っていく場面である。そこには巨大な門扉が口を開け、黒々と蹲《うずくま》る闇が控えているのだ。高家の大邸宅の物語はここから始まる。大家族の圧倒的な因襲の世界の入り口に立つ若き精神を映し出す印象的な描写である。物語はこの二人の兄弟、覚民《チュエミン》と覚慧《チュエホエ》、そして彼らの長兄覚新《チュエシン》という高家三兄弟の生き方を追いながら展開していく。

高家は四川成都の名門の一族で、豪壮な大邸宅を構えていた。当主は高老太爺《カオラオタイイエ》と呼

(8)『家』飯塚朗訳、岩波文庫、一九五六年。

ばれる老人で、五人の息子がいたが次男は単身のまま亡くなり、四人の息子たちがこの邸宅のなかにそれぞれ居を構え、その家族とともに暮らしていた。しかし嫡男である長男も子どもたちを残して病死し、嫡男の息子、長孫にあたる覚新がその後を継いでいた。この三人兄弟は父の逝去より前に、幼くして実母を亡くしており、継母が家に入っていた。覚新は二人の弟の兄として父亡き一家の一切を見ていたのである。この一家を取り囲んでいたのは、邸宅内に共に暮らす老人の三男、四男、五男の一家と老人の妾である陳氏、策謀の渦巻く複雑怪奇な人間模様であった。

『家』は高家三兄弟をめぐる物語と述べたが、その中心に置かれているのが封建的家族制度の犠牲者ともいうべき長兄覚新である。覚新は、中学生の頃には新時代への憧れも留学の夢も、思いを寄せる恋人もいたが、卒業時に病弱の父から家を守れという厳命を受け、すべて潰えてしまう。家のためにあてがわれた就職をし、恋人であった従姉妹の梅芬《メイフェン》からも離されて定められた結婚をすることになる。早く孫が欲しいという祖父の願いに従ったのだ。梅芬もまた家の決めた嫁ぎ先に行かざるを得ず、やがて不幸な環境のなかで病死する。覚新には間もなく新妻瑞珏《ルイチュエ》との間に男児が誕生し、自身の意思ではない結婚ではあったが、それなりに温かい家庭の愛が育まれていく。次男の覚民は社会変革を目指す新しい思想に目覚めた青年で、三兄弟のなかでは一番客観的な判断のできる人物として描かれる。覚民は弟とともに新時代の雑誌を読み耽り、文化運動にも取り組んでいる。やがてやはり女性の生き方に目覚めた恋人琴《チン》を見出し、深く語り合うようになる。しかし覚新を思うままに動かした祖父高老太爺は、成長した次男を見て、古くから付き合いのある土地の名士馮楽山《フォンローシャン》の縁者との結婚話を覚民に強要する。土地の名門の絆を固めようとしたのだが、ここで覚民は長兄の轍は踏まず、家を飛び出して頑強に抵抗する。覚民は家の犠牲になる将来など考えられなかったのだ。老人にとって想定外の手痛い反逆であったが、その後に続く一家の凋落を示唆するいくつかの出来事を経て、最後に自身が病に伏してしまうに及び、ついに馮家との縁談を断念し覚民と琴との恋愛を許すのであった。

三男の覚慧は兄弟のなかで最も直情径行、情熱的で果敢な行動をする青年として描かれる。この時代は軍閥が強大で戦乱が絶えず、四川も混乱状態が頻発していた。そういう時に、学生が軍人に殴打される事件が起き、憤激した学生らは総督に対する抗議行動を展開し、覚慧もデモに参加する決意をする。しかしその情報を知った高老太爺は覚新に命じて覚慧を邸宅内に監禁してしまう。覚慧は一族の最も危険な人物となっていた。しかし彼にも想いを寄せる女性がいた。鳴鳳《ミンフォン》というこの邸宅の女中だった。身分の違いなど全く問題にしない覚慧ではあったが、現実は悲惨な展開をする。高老太爺の盟友馮楽山は女好きで、高家の女中のなかでも美しい鳴鳳に目をつけていた。それに気づいた老太爺は、鳴鳳を馮への贈り物として話を進めたのである。当時女中は主人の所有物でしかなく、恋愛や結婚の相手になるなど到底考えられない存在だった。身分の差は弁《わきま》えていたものの、覚慧への熱い思いを抱いていた鳴鳳は、馮家に出される前日に邸宅内の池に身を投じ、自死して果てる。それを知った覚慧の絶望は深く、これを契機に彼はこの家から出ていくことを決意する。そして『家』は新時代の先駆的大都市、上海に向かう覚慧の思いを伝えて閉じられる。

さて覚新に話を戻すと、彼は、自身の新家庭で温もりある生活を送っていたのではあるが、妻瑞珏に二人目の子ができた時、ちょうど高老太爺は病床で最期を迎える日々を送っていた。老人の権力に守られていた妾陳氏は、迷信にとらわれた奇怪な風習を家族に強いる。出産を控えた妊婦は血の汚れがあって不吉とされ、瑞珏は遠く町外れに追いやられた。覚新はここでも自身の意思を貫くことはできず、瑞珏は不衛生極まりない酷く孤独な状態で出産したのだが、母体の力が尽きて嬰児を残して死んでしまう。覚新の最後の愛の温もりもこうして消し去られるのだ。瑞珏はこの物語において悲惨な運命を辿る三人目の女性である。

『家』は三組の男女の愛の展開を丹念に語りながら、多くの印象的な人物群をちりばめ、**辛亥革命**から十年以上を経た社会の大きな変動を背景に、確実に崩壊の道を辿る大家族の姿を描いた傑作である。ここには巴金自身の家との決別と青春の情熱が投影されている。そして女性たちに悲惨な宿命をもたらす醜悪な風習と冷厳な権力を誇示する大家族制の本質を徹底的に暴いた。不動に見える因襲の制度へのあくなき戦いこそ、明日の希望を結ぶ力となることを、ゆたかに謳い上げたのである。

（関根）

家族の変身物語　カフカ『変身』

長男の変身が家族を豹変させる

フランツ・カフカ（一八八三―一九二四）[1]の代表作『変身』（一九一五年）の**書き出し**はよく知られている。「グレーゴル・ザムザがある朝、不穏な夢から目を覚ますと、自分がベッドの中で害虫に変身しているのを見いだした[2]」。若い販売員のグレーゴルが変身したのは「**害虫**」だと言うが、これは一体どんな種類の虫なのだろうか？背中は「鎧のように硬く」、茶色の腹は複数の節に分かれ、「いたく貧弱な足」がたくさんあるという。「小さな足の裏側は、粘り気のある液をすこし出している」。体の「幅はとても広く」、触覚を持ち、「部屋の壁や天井を縦横無尽に這い回る」ことができる。下女には蔑みと同時に親しみをこめて「糞虫さん」と呼ばれたりしている。このようにテキストに現われるさまざまな特徴を集めてみても、グレーゴルが変身したこの虫はいったい何なのかを確定することはできない。ムカデでも、蜘蛛でも、ゴキブリでも、フンコロガシでもないようで、私たちが知っている虫ではないように見える。はっきりとしているのは、**グロテスク**で気持ちの悪い虫だということだけである。虫の正体が分からないがゆえに、読む方としても何か落ちつくことができない。

フランツ・カフカ

（1）プラハ出身のユダヤ系ドイツ語作家。プラハ大学で法学を修めた後、労働者傷害保険協会で働きながら小説を執筆した。『変身』のほか、未完に終わった長編小説（とくに『審判』と『城』）や数々の短編小説（「判決」「流刑地にて」「あるアカデミーへの報告」「断食芸人」「歌姫ヨゼフィーヌ」など）によって、二十世紀のドイツ文学におけるモダニズムを代表する作家として評価されている。村上春樹『海辺のカフカ』や多和田葉子『雪の練習生』など、現代日本文学への影響も大きい。

読者は**不安な**気分のまま、ただ想像をめぐらせるしかない(3)。

物語をさらに注意深く読み進めると、グレーゴルの変身はこれで終わりではないことが分かるだろう。変身は一回きりで終わる出来事ではないのである。変身したグレーゴルはさらに変身していく。たとえば、最初はうまく使えなかった虫の体を徐々に操れるようになる。食べ物の好みがすっかり変わっていることを自覚する。触覚を得たかわりに、視力が衰えてゆく。居心地のよい場所が寝椅子の下になるばかりか、もっと自由に部屋中を這い回れるように、長年慣れ親しんだ家具が外へ運び出されてしまえばよいのに、と思ったりする。カフカはそのように、グレーゴルが少しずつ身も心も虫そのものになってゆく様を描く。虫になりきったグレーゴルはさらに、家族によってゴミ同然に扱われ、可愛がっていた妹からは「けだもの」呼ばわりされたうえで、衰弱して死んでゆく。最後は下女によって文字通りのゴミとして箒で掃いて捨てられる。つまり、グレーゴルの変身の最終段階には、**虫からゴミへの変身**がある。「彼の体もすっかり埃で覆われていた。糸くずや髪の毛や食べかすを、背中や脇腹にくっつけて這い回っていたのである」。

しかも、重要なのは『変身』の登場人物のなかで変身するのはグレーゴルだけではない、ということである。グレーゴルが毒虫へ変身するとともに、他の家族もみな変身している。まず顕著なのは**父親の変身**である。五年前に事業に失敗して仕事を引退し、このところ家でくすぶっていた父だが、大学を出てサラリーマンとして働き、父

(2) Franz Kafka, *Drucke zu Lebzeiten*, hg. von Wolf Kittler, Hans-Gerd Koch und Gerhard Neumann, New York/Frankfurt a. M. (Fischer) 1994, p. 113-200. 以下、『変身』からの引用は、この版による。

(3) カフカは『変身』の初版を出版する際に、出版社が、虫に変身したグレーゴルの絵を表紙のイラストに使うのではないかと危惧し、断固としてそのような虫の視覚化に反対する旨の手紙を書いている。このエピソードは、虫は**表象不可能**なものでなくてはならなかったということを含意している。

親に代わって一家を経済的に支えていた長男グレーゴルが虫になり、部屋から出られなくなって以来、再び働き始める。このような立場の逆転とともに、**家長**としての強い父親が戻ってくるのである。グレーゴルは金ボタンのついた銀行の制服を着て、しゃんと背筋を伸ばして立つ父親を見て驚き、本当にこれが同じ父なのかといぶかるほどである。権威的な父の回帰という点において『変身』は、同時期に執筆された短編小説『**判決**』（一九一六年）との共通性を示している。『判決』の主人公ゲオルク・ベンデマンが、老いて仕事から身を引いた父親の部屋を訪れ、婚約を報告すると、いきなり父親は激高して、かつての強さを取りもどし、暴君と化してベンデマンに死刑を命じる。ベンデマンは父の死刑判決に反論すらせずに従って、橋から飛び降りるのである。これほど酷い父子の関係は容易に思いつかない(4)。

次に顕著なのは、ザムザ家の一人娘である**グレーテの変身**である(5)。グレーゴルは、ヴァイオリンが得意な十七歳の妹の将来を気にかけ、来年からは音楽大学に入れてあげようと密かに考えていた。グレーゴルの変身までは、グレーテはこのように兄によって養われ、庇護されるか弱い存在であった。ところがグレーゴルが虫になって以降、家族のなかで唯一、兄の世話をできる存在となり、家族のなかでの立場を強める。体が弱く頼りにならない母親よりも、妹の行動と発言とが家族のあり方を左右するようになる。虫になったグレーゴルをついに家族が見放す決断を下すのは、グレーテの提案がきっかけである。「人間とこのような獣との共生は不可能」だから「これ

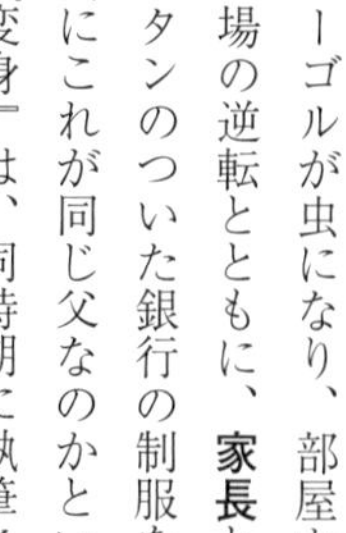

カフカ『変身』初版の表紙

(4) 商人として成功し、四人の子どもを養い、大柄で頑強な体の父親ヘルマン・カフカに対してカフカは強いコンプレックスをいだいており、それが生涯独身だった彼の生を困難にしていた。そのようなコンプレックスを爆発させたテクストとして『父への手紙』がある。

(5) カフカは長男で、三人の妹がいた。

を追放しなければならない」と言い張るのである。物語の結末部、グレーゴルが死んで始末された後、残った三人は息抜きに電車で郊外へ出かける。両親はそこで、一人娘が「美しく豊満な娘に成長している」のに気がつく。少女から結婚適齢期の一人の女性へと変身したグレーテに「新しい夢」を確認する両親は、「将来の見通し」は「そう悪いものではない」と、すでに未来志向に変貌している。グレーゴルの変身物語は、ザムザ一家の視点から見るとハッピーエンドで終わるが、他方でグレーゴルの視点に立てば、自分の死を家族が悼むどころか、むしろ歓迎しているわけであるから、この上なく残酷なエンディングである。読者がこの物語の結末に違和感を覚えるとすれば、それは家族内のパースペクティヴの不一致を感じざるをえないからである。

この作品を理解する上で重要なのは、グレーゴルの毒虫への変身が、孤立したものではない、ということである。グレーゴルだけが変身をとげ、彼以外の世界は同一であり続けるわけではないのである。グレーゴルの変身が家族の変身を誘起し、家族内の力関係もドラスティックに変容する。変身が変身を呼びさまし、その**生成の連鎖**と混沌のなかで、一定であり続けるもの、不変なものは何もないのである。ここには「ある」（英be、独sein）よりも「なる」（英become、独werden）に根源的原理を見いだす一つの世界観がある。すでに古代ギリシャの哲学者ヘラクレイトスは、**万物流転**《パンタ・レイ》（「同じ川に二度入ることはできない」）の思想にいたり、十九世紀の哲学者フリードリヒ・**ニーチェ**は『悲劇の誕生』や『ツァラトゥストラはこう語った』において、生成の混沌をそのまま肯定する思想を練り上げた。カフカはニーチェの熱心な読者として知られる。文学の古典では、古代ローマ時代のオウィディウス『変身物語』が、世界を変容（**メタモルフォセス**）の連続としてとらえている。ドイツ文学では、ヨハン・ヴォルフガング・ゲーテの詩「植物のメタモルフォーゼ」がよく知られている。いずれにしても、ニーチェがキリスト教に代表される伝統的形而上学の終焉（「神は死んだ」）を宣言して以来、万物流転や、メタモルフォセスに代表される古代の**生成の思想**がアクチュアルだったことはまちがいないだろう。カフカの『変身』はこのような文脈のなかにある。

しかしそのような思想史的な説明をしても、グレーゴルの変身の秘密を解き明かすことはできない。グレーゴルの変身は、永遠に解けない**謎**である。読者はこの謎を**解釈**し続けなければならない。自然科学の場合とは異なり、唯一の正解となる解釈は存在しえない。それはまず、グレーゴルが変身した理由や原因が一切説明されないからである。つまり、変身を因果律の原理に従って理解することができないのである。だから『変身』は、**不条理の文学**として解釈されることもある。しかし他にも実に多様な読み方が可能なのである。一例を挙げれば、『群集と権力』などの著作で知られるオーストリア出身の作家エリアス・**カネッティ**が、虫への変身を**権力からの逃走**として解釈している(6)。権力とはここでは、男は働いて家族を養ってこそ一人前であるという前提に立つ社会の仕組みである。虫に変身してしまえば、たとえ一家の主になると

（6）「圧倒的な権力に対する恐怖はカフカにとって決定的なものであり、それから身を守る彼の手段は、小さなものへの変身である」（エリアス・カネッティ『もう一つの審判』小松太郎・竹内豊治訳、法政大学出版局、一九七一年、五六頁）。ドゥルーズ、ガタリ『カフカ——マイナー文学のために』（宇波彰・岩田行一訳、法政大学出版局、一九八七年）はポスト構造主義の立場からこのような変身概念を継承している。

いう長男の責務を果たそうと思っても果たせないのだから、思う存分部屋に引きこもって好きなことをしていられる。この観点から見れば『変身』は、**引きこもり**をめぐる先駆的物語として読むこともできるかもしれない。しかし、この物語ではそれとは正反対の**家族の力学**が同時に働いていることにも注目しなければ一面的な読みとなるだろう。グレーゴルは変身後に、各章で一回ずつ、つまり合計で三回、自分の部屋から出ているが、三回とも再び部屋の中へ戻らざるをえない。そのうち最初の二回は、父親に追い立てられて部屋へ戻っている。虫に変身してしまった長男は、家族の恥をさらす存在として部屋へ閉じ込められる。変身は権力からの逃走を可能にすると同時に、父親という権力による**監禁**を呼び寄せているのである。

しかし、なぜよりによってこのようなグロテスクな毒虫に変身しなければならないのか。この問いに答えるために、グレーゴルが作家カフカ自身の自画像だと仮定して読んでみよう。多数の日記や手紙が示しているように、カフカは極めて自己執着の傾向の強い作家だからである。グレーゴルが部屋の壁や天井を這い回ると「あちこちにねばねばした汁の跡が残る」が、このディテールは部屋にこもったカフカがペンを走らせていることを暗示していると読むことができる。しかし作家として生きることが問題であるならば、可憐な蝶への変身や、歌の上手い鈴虫への変身でもいいのではないのか。正体不明の汚らしい虫への変身とその果ての餓死、そしてそれに安堵する家族という残酷な物語の流れは、カフカに特有の自己処罰欲の現われとして理解することができるかもしれない。自分の天職は文学以外にないと信じるカフカだが、作家になることは安定した仕事を辞めて自分の部屋に閉じこもること、すなわち定収入がないことを意味する。それは**家族の厄介者**になり、**家族の恥**に成り変わることである。さらには、将来は自立して結婚し、自ら家族を築くことを諦めるということでもある。(7) カフカは虫になった自分を描くことにより、作家になることを願望し、同時にそのように願望する自分を処罰していると読むことができる。自己処罰には明らかに**マゾヒズム**的喜びが潜んでいるが、グレーゴルの部屋に貼られた「毛皮ずくめの夫人の像」は、グロテスクな虫への変身に隠されたマゾヒスティックな欲望を暗示している。この女性像はオーストリアの作家レオポルト・フォン・ザッヘル＝マゾッホの『**毛皮を着たヴィーナス**』(一八七一年)、すなわち毛皮をまとうことにより、男を踏みつけ鞭打つ獣と化す女性ワンダ・フォン・ドゥナーエフ夫人を示唆する。ここにもまた、止めどのない変身の連鎖が続いているのである。　(川島)

(7) カフカは生涯で三度、婚約し、三度とも婚約を破棄している。家庭を築くことに憧れると同時に、恐怖を抱いていたのである。

スペイン児童文学の金字塔

フォルトゥン「セリア」シリーズ

少女の成長物語

スペインで出版された児童文学のなかで、少女セリアが活躍する一連のシリーズほど長年にわたって多くの読者に親しまれた作品はない。利発でおてんば、想像力ゆたかな少女セリアが活躍するシリーズは、一九三四年に第一作が刊行されて以来つぎつぎに続編が出て、版を重ね、八五年以上たった今でも読み継がれている。

セリアの生みの親、エレーナ・フォルトゥンは一八八六年、マドリード生まれ。十九歳で結婚し、ふたりの男の子が生まれる。夫は職業軍人だったが文学好きで、本来の職務よりも戯曲や小説の創作に熱心だった。エレーナ・フォルトゥンという名前はペンネームだが[1]、これは夫が書いた小説の主人公の名前からとったものだ。彼女は子どもたちの会話や行動を観察し、それを書き留めたり、おもしろおかしく語るのが得意だったという。人生の転機となったのは、夫の文学仲間の妻であり、すぐれた文筆家であった**マリア・レハラガ**[2]の知己を得たことだ。彼女はレハラガの仲介により、女性のための交流組織、**リセウム・クラブ**[3]の会員となる。さらに、その文才を見抜いたレハラガは彼女をスペイン最大手の新聞社に紹介する。こうして二八年以降、この新

『セリアの言うこと』本扉

(1) 本名はエンカルナシオン・アラゴネセス・ウルキホ。

(2) マリア・レハラガ（一八七四—一九七四）は本文中で後述する自由教育学院系列の学校で学び、二十世紀初頭のスペインで女性の地位向上のために尽力する。内戦後に亡命し、アルゼンチンで死去。彼女の夫グレゴリオ・マルティネス＝シエラは人気劇作家だが、こんにちでは彼の作品の多くが実は妻の創作であると判明している。凡庸な文学的才能しか持ち合わせていなかった夫は妻の書いた作品によって文学的名声を得、

聞社の子ども向け小冊子に短い物語を次々と発表。これらの文章をもとにして三四年にシリーズ第一作『セリアの言うこと』（邦題『ゆかいなセリア』）[4]と第二作『寄宿学校のセリア』が同時に刊行された。

シリーズ第一作の前書きで作者は幼い読者たちに語りかける。部分的に紹介しよう。

セリアは七歳になりました。物心のつく年齢と、大人たちは言います。彼女は金髪です。目鼻立ちのはっきりした美少女ね。ママが内緒でパパにそう言ったのだけれど、セリアはそれを聞いてしまいました。

でもそんなことで自惚れたりはしません。彼女は真剣で、きちんとして思慮深く、筋道立ててものを考えます…だって、筋道立てて考えることができないのなら、なんのために物心のつく年齢になったというのでしょう?

このようにして、考えに考えて、セリアはわかりました。大人たちはあんなにも大きくて、あんなにも気難しく、なにもかも子どもと違うから、子どもの考えや行動は何も理解できないんだってことを。

大人たちに何を説明しても無駄なこと！　でもセリアはなんでも喋らずにはいられないから、慌ただしい毎日のこまごまとした出来事を話すことになります。[5]

一方のレハラガは、女性にとって創作活動が困難だった時代にこうした方法で作品発表の機会を得て、作品中に女性解放のためのメッセージを織り込んだ。

（3）リセウム・クラブは一九二六年、マドリードに設立され、女性の啓蒙と地位向上のための講演や勉強会を催すなど、スペインにおけるフェミニズムの黎明期に重要な役割を果たした。

（4）エレーナ・フォルトゥン『ゆかいなセリア』西村英一郎・西村よう子訳、彩流社、二〇一八年。

（5）Elena Fortún, *Celia, lo que dice*, Madrid, Alianza, 2001, pp. 47–48.

そしていよいよ物語の始まりだ。セリアはマドリードで両親と暮らす恵まれた家庭の娘。家には家政婦や料理人のほかにイギリス人の家庭教師までいる。父親は事業をしており、母親はリセウム・クラブの会員だ。セリアは一人称で日々の出来事を語る。貧しい門番の娘を思いやることもあれば、留守がちな母親に甘える場面もあるが、多くは自分が引き起こすハプニングについてだ。たとえば両親が「バカンスで浪費してしまったから倹約しなければ」と言うのを耳にすると自分も家計を助けようと考え、メイドに扮して奉公先を探しに出かける。あるいは生まれたばかりの幼い弟を楽しませようと思い、バスタブを自動車に見立てて「世界周遊ドライブ」に出かけるものの、弟はシャワーの水をかぶってあわや肺炎に。そのたびに大人たちは大騒ぎ！でも、なぜ大人たちはわかってくれないの？「物心のつく年齢」だから「筋道立てて」考えているのに。読者のあなたならわかってくれるでしょ？作者のフォルトゥンが確立した、主人公が同年代の読者に直接語りかけるスタイルは幼い読者たちの共感を呼び、セリアはまたたくまに子どもたちの人気者となった。

ここで、このような児童書が生まれた社会的背景について概観しよう。スペインは十六世紀から十七世紀にかけて国力が頂点を極めるが、その後はながらく衰退と低迷が続き、十九世紀後半には国家の再生と近代化がいよいよ急務となる。鍵となるのは人材育成であり、そのための教育だ。一八七六年に創設された**自由教育学院**(6)はスペインにおける近代**教育改革**のすぐれた実践例である。この学院は、初等・中等教育にお

（6）自由教育学院は初等・中等学校のほかに、大学生向けの学生寮かつ交流の場として、マドリードに「学生館」を設立した。哲学者オルテガ・イ・ガセットやノーベル賞を受賞する詩人ファン・ラモン・ヒメネスらが運営に協力し、「学生館」からは詩人ロルカ、画家ダリ、映画監督ブニュエルらが巣立ち、二十世紀初頭におけるスペイン文化の隆盛の大きな原動力となった。

いて、それまでスペインで一般的だった抑圧的な指導方法を退け、子どもたちの個性や自主性を尊重し、発見型の授業を行ない、心身のバランスのとれた発達を促した。子どもの個性を尊重する考え方は児童向けの文学作品にも変化をもたらす。それまでの道徳や宗教的美徳を教え込むことを主眼としたカトリック的教訓色の強い物語に代わり、子どもの目線に立って子どもの感性で語る作品が現われるようになるのだ。少女セリアの物語は、まさにこうした変化を反映していると言えるだろう。

政治の世界にも大きな動きがあった。一九三一年の**共和政の成立**だ。共和国政府は教育を最重要政策のひとつとして掲げ、とりわけ初等教育に力を注ぐ。また、差別的な社会構造や旧来の価値観から脱却して国の近代化を図るための変革に着手し、社会格差の是正や男女平等の実現にむけて取り組みを進めた。髪を短く切り、帽子を脱ぎ捨てて身軽となったモダン・ガールたちが街を闊歩したのもこの時代だ。

では、シリーズ第二作の『寄宿学校のセリア』に話を移そう。(7) 彼女はまもなく九歳。マドリード郊外にある修道女たちの運営する寄宿学校の生徒になった。厳格な規則づくめの日々だが、むしろここからがセリアの真骨頂発揮だ。持ち前の機転と想像力とで、修道女や同級生に悪戯をしかけたり、無断で寄宿舎を抜け出しては、村の子どもたちと泥だらけになって遊んだり悪さをしたり。性差の壁も社会階層の違いも乗り越え、腕白たちと遊び、対等にわたりあうセリアは、共和国時代の申し子だ。作者の筆も冴え、セリアの悪戯の描写は精彩を放つ。ここでは一例として、学校に出入り

(7) スペイン国営テレビは一九九三年、『セリアの言うこと』と『寄宿学校のセリア』をもとにして制作したドラマを放送した。ドラマの脚本にはカルメン・マルティン＝ガイテ（注11参照）が全面的に協力した。

している玉子屋の荷車に、セリアが村の男の子ふたりとともに乗り込む場面を引用しよう。なお文中のプロノビスとランパロンとは、村の子どものあだ名である。

「おい」とプロノビスが言った。「俺たち、荷車に乗ってくよ」

「どこへ？」

「そこらへんさ」

「玉子屋さんが乗せてくれるって言ったの？」

「いや… でも荷車が動き出したら、こっそり乗り込むんだ」

「じゃ、わたしも」

「無茶言うなよ。女の子には無理さ」

「無理ですって？ 見てらっしゃい」

〔中略〕プロノビスとランパロンとわたしは一、二の三で荷車の後ろに飛び乗った。

最初のうち、玉子屋は気づかなかった。わたしたちが静かにしていたから。白っぽい道が、まるで荷車の車輪の下から引き出されるようにして伸びていく。風に吹かれて髪が頬にあたる…

とつぜんプロノビスとランパロンが笑い出し、すると玉子屋がすごい顔をして振り返った。

「出てこい、ガキども！ お前らときたら！」

『寄宿学校のセリア』挿絵

〔中略〕

ガタンと荷車が停まり、わたしはあわてて飛び降りた。なんて走ったことか！　玉子屋の怒鳴る声が聞こえ、わたしは走りに走った、死に物狂いで、怖くて泣きながら。なのに学校には着かない！　神様どうしよう…！

〔中略〕

それからまた走って…　走って…　走って…

学校の庭番の小屋に着いたら、庭への出入り用の小さな扉が開いていた。そこから入って、雨どいにつかまってよじ登り、洗面所の窓から校舎に滑り込んだ。

ふぅ、ようやく助かった！　ほんとうに怖い目にあっちゃった！(8)

エレーナ・フォルトゥンは、この後もつぎつぎと続編を発表して大成功を収めるが、皮肉なことにこの成功は、思うように文学的名声を得られない夫との関係に影を落とすこととなる。そして政情不安。一九三六年、共和国政府とフランコ将軍率いる反乱軍とのあいだで内戦が勃発するのだ。一九三九年、フランコ軍の勝利によって内戦は終結。独裁政権樹立となり、前述の自由教育学院もリセウム・クラブも解散に追い込まれる。共和国政府を支持していたフォルトゥンの一家はアルゼンチンに亡命した。なお独裁政権は一九七五年まで続くが、「女性は家庭の天使」とうたって前近代的な家族観を押しつけたため、女性の社会進出は著しく後退することとなる。

（8）Elena Fortún, *Celia en el colegio*, Madrid, Alianza, 2001, pp. 40–42.

こうした時代の激変と歩調をあわせるかのように、不安や悲しみがセリアの物語世界を襲う。父親の事業が失敗し、弟は親戚の家に引き取られる。セリアにはさらにふたりの妹ができるが、母親が出産で命を落としたため、セリアは学業をあきらめて、妹たちの世話をする（『母親代わりのセリア』）。内戦中、セリアは空爆と砲火の恐怖に耐えるが、共和国側が敗れると作者のフォルトゥンと同様、祖国を脱出して亡命するのだ（『革命の中のセリア』(9)）。

フォルトゥンは一九四八年に亡命を終えて帰国し、その後はバルセロナに居を定めてシリーズ最終作『女子生徒のパティータとミラ』を執筆する。内気なパティータ十五歳、お茶目な末っ子のミラ十一歳。進学のためバルセロナにやってきたセリアの妹たちだ。ミラが語り手となり、姉妹の喜怒哀楽の日々、家庭や学校でのハプニングの数々が軽妙につづられる。そして物語の最後、亡命先から帰国してスペイン北部に暮らすセリアが姉妹を訪ねてやってくる。彼女はすでに結婚し一児の母だ。少女時代の天真爛漫さは影をひそめ、母との死別、戦乱、亡命などの苦難をへて、今やすっかり大人になったセリアの姿を見るのは、いささか切なくもある。この本が出版された翌年の一九五二年、フォルトゥンは病気療養先のマドリードで亡くなった。

フォルトゥンの一連の著作は児童書のゆえに、また、作者が内戦後亡命したがゆえに、ながらく研究対象とはされてこなかった。しかし二十世紀も終わろうとする頃から、フランシスコ・アヤラ(10)、カルメン・マルティン＝ガイテ(11)、アンドレス・トラピエ

(9) 一九四三年に下書きとして執筆され未刊行だった原稿が八七年に没後出版された。舞台化され、二〇一九年十一月、マドリードで初演。

(10) フランシスコ・アヤラ（一九〇六―二〇〇九）二十世紀スペインを代表する作家。内戦後にアルゼンチンに亡命し、独裁政権終焉後の一九七六年に帰国。鋭い心理学的洞察に裏打ちされた小説『仔羊の頭』『簒奪者たち』など著作多数。

(11) カルメン・マルティン＝ガイテ（一九二五―二〇〇〇）二十世紀スペインを代表する女性作家。代表作として、二人の女性の人生の軌跡と、一度は壊れた友情の復活などを描いた小説『晴れたり曇ったり』など。ジェンダー論の視点からスペイン社会を論じたエッセイや評論なども多数ある。

リョなど[12]、優れた作家たちが次々に「セリア」シリーズへの思い入れを語るなど、ようやく正当な評価と研究の対象になってきた。未発表原稿の発掘も進み、二〇一八年には草稿のまま残されていた作品『秘められた小径』が刊行された（作者自身はこの原稿を破棄するようにと命じていた）。これは児童書ではない。作者自身を投影したマリア・ルイサという女性を主人公として一人称で語られる小説だ。読書好きで夢見がちな主人公は、女に学問はいらない、女は結婚すべしと繰り返す周囲の大人たちに反発する。やがて画家のホルへと結婚するが、結婚生活にはなじめない。趣味で絵を描いたところそれが評判となり、画家として経済的に自立できるようになるのだが、それは一方では画業で思うような名声を得られない夫との関係を悪化させる要因にもなった。そして主人公は、実は自分が女性に惹かれることに気づいていく。物語の最後、夫との生活も破綻し、みずからのセクシュアリティを医者から倒錯と見なされた主人公は、ただひとりニューヨークへと旅立つ。

少女セリアの物語の陰にこのような歴史が隠されていたとは誰が想像しただろう。セリアも『秘められた小径』の主人公も、ともに作者の分身であり、両者は表裏一体で光と闇、明と暗の対照を成す。作者フォルトゥンは、闇の部分はひたすら自分ひとりのなかに押し込め、光の少女セリアを創造し、子どもたちに夢を与えたのだった。

（坂田）

（12）アンドレス・トラピエリョ（一九五三―　）小説、詩、随筆、評論など幅広く活躍している作家。『武器と文学』は内戦期における文学者と政治の関わりを網羅的に記した労作。

血族と共同体　ガルシア＝マルケス『百年の孤独』(1)

遠くて近い〈みんな〉の物語

ラテンアメリカ文学の金字塔

《歳月がたち、ボリビアのバスで隣り合わせた男に出身地を訊かれ、地球の裏側から来たと答えると、男がしばらく悩んでからポンと手を叩き「そういえば世界はオレンジみたいに丸いと聞く」と言うのを見て、私ははじめてガルシア＝マルケスの『百年の孤独』を読んだ遠い日の午後を思い出したかもしれない…。》

右は数十年前に筆者が南米ボリビアの高地で体験したことを『百年の孤独』冒頭に倣って回想したものだ。ホセ・アルカディオ・ブエンディーアとほぼ同じ台詞を発する人間の出現、あれは虚構が現実を侵犯するというボルヘス的現象(2)だったのか、はたまた、ガルシア＝マルケスという稀代の大ぼら吹きの手で世界観を改変されてしまった筆者の見た幻にすぎなかったのか。

一九六〇年代のラテンアメリカでは革新的な小説が次々に生み出された。六三年にはバルガス＝リョサの『都会と犬ども』(3)、コルタサルの『石蹴り遊び』(4)、フエンテスの『アルテミオ・クルスの死』(5)という重要な作品が三つも刊行された。これらはいずれ

(1) 初版 Gabriel García Márquez, *Cien años de soledad.* Sudamericana, 1967. 邦訳、ガブリエル・ガルシア＝マルケス『百年の孤独』鼓直訳、新潮社、二〇〇六年（初版は一九七二年）。

(2) ホルヘ・ルイス・ボルヘスの短編「トレーン、ウクバール、オルヴィス・テルティウス」を参照。『伝奇集』鼓直訳、岩波文庫、一三—四〇頁。

(3) 本書「学校小説」の項を参照。

(4) 『百年の孤独』にはこの小説の登場人物ロカマドゥールも現われる。邦訳、フリオ・コルタサル『石蹴り遊び』土岐恒二訳、水声社、二〇一六年。

(5) 『百年の孤独』にはこの小説の主人公アルテミオ・クルスも現われる。邦訳、カルロス・フエンテス『アルテミオ・クルスの死』

も西欧近代小説が培ってきた諸技術の粋を取り込み、そこに大胆な実験的工夫を加えることで非常に斬新で強固な物語を構築、翻訳を介して世界中の目の肥えた小説好きを唸らせた。しかし、一九六七年に刊行されたガルシア＝マルケスの『百年の孤独』は、たしかに驚くほど緻密に組み立てられた小説ではあるが、その文体は小説を読み慣れた知的読者も、そうではない読者も、国籍を越えたまさに万人が等しく愉快に親しめる大衆的なもので、難解さと独自性を求めてひた走ってきた観のある二十世紀西欧小説の伝統にあってはかなり異質なものであった。実在する都市を生きる現代人の活躍を描くわけでもなければ、**一人称や二人称の語り手**を駆使して人物の内面に迫るわけでもなく、架空の田舎町マコンドに生きる一族を淡々と、しかし物語としての強度は決して失わずに綴る密度の高いこの群像劇は、まさしく世界の文学史に類を見ない新しい小説の出現であったといえるだろう。

特に章番号が付されているわけではないが、改頁を目安にすると十九部からなる。すべてに共通する**全知の語り手**がいるが、冒頭の一文に代表されるいくつかの節回しの執拗な繰り返しや、その部に登場する人物の先の運命をあらかじめ列挙する叙述法などの鳥瞰的な情報提示の手法に加えて、聞き手に向けて強調したい言葉のみを「聞いて、聞いて」とばかりに何度も言い含めるかのような、あたかも隣町に住む誰もが知る人物の消息を知らせる吟遊詩人(6)のような、一種のフォークロア（民間説話(7)）にも似た語り口を最大の特徴とする。

木村榮一訳、岩波文庫、二〇一九年。

ガルシア＝マルケス『百年の孤独』スペイン王立アカデミア記念版の表紙

(6) スペイン語でjuglarといい、中世スペインで主として武勲詩を伝えて地方を回った芸人を意味する。世のさまざまな情報を歌にのせて伝える吟遊詩人はラテンアメリカ地域でもその姿をさまざまに変えて近代まで生き延びた。

(7) フォークロアは主として非文字口承の大衆文化であり、活字になって密室で単独読者により読まれる「本」としての近代小説にはなじまないものである。

近親相姦禁忌を破って流浪の旅に出た夫婦が創建した町マコンドが、そこから五代下った子孫たちに豚の尾をもつ赤子が生まれて滅ぶまでの百年。そのすべてがロマの行商人が残したテクストにあらかじめ書かれていたことを一族最後の者が解読するという、読者を煙に巻く構成も今なお新鮮だ。

人々の主観が形成する世界

この小説では、空飛ぶ絨毯が出てきたり、少女がある日昇天したり、巨大な男根に入れ墨を刻んだ男が銃殺されるとその血が階段をのぼって母のもとまで流れついたりと、どう考えてもホラとしか思えない出来事が次々に生起する。このような非科学的現象は「南米のようなマジカルワールドでは実際に起きている」といった誤った言説も我が国ではときとして聞こえてくるが、むしろ考えるべきは、新大陸のさまざまな接触の歴史において、現実認識の過程に極端な空想が介在することで特殊な世界像、歪《いびつ》な自画像が形成されることが頻繁に起きてきたという、認識上の問題である。

トドロフによると、コロンブスは新大陸で遭遇した文化をすべて**聖書という虚構**を介して解釈した。アステカの王モクテスマも、宗教神話を介して東から来た人馬一体の生物を致命的に誤認した(8)。コルテスの部下ベルナル・ディアスはアステカの水上都市テノチティトランを**騎士道小説**のようだと述べ、その数ページ先で、平然と、その都市は破壊されもう存在しないと語る(9)。現実誤認の結果による災厄、他者間意思疎通

ガルシア＝マルケス『百年の孤独』（新潮社）カバー

（8）ツヴェタン・トドロフ『他者の記号学――アメリカ大陸の征服』及川馥・大谷尚文・菊池良夫訳、法政大学出版局、一九八六年を参照。コロンブスの世界観については増田義郎『新世界のユートピア――スペイン・ルネサンスの明暗』中公文庫、一九八九年も参照。

（9）ベルナール・ディーアス・デル・カスティーリョ『メキシコ征服記1』小林致広訳、岩波書店、一九八六年、三四四―三五〇頁を参照。

の慢性不全、これは異文化の急激な混交で成立した新大陸の宿命といえよう。

非現実的空想は親族関係のあり方や自画像形成にも影響を及ぼすことがある。パスは孤独へと向かいがちな（特に男性の）メキシコ人の精神性を分析し、そこには現代メキシコ人の原型的ルーツともいえる征服者コルテスと、その妻で、コルテスの通訳をした先住民女性マリンチェに対する複雑な思いがあるのだと述べる(10)。現在の混血状況の元になった創建者夫婦の呪いが現代メキシコ人にまで受け継がれているという見立ては、ブエンディーア家の物語と不思議なほど合致する。

とてつもない空想力の持ち主だったという創建者のホセ・アルカディオは言うまでもなく、その息子で、本書では別格の扱いを受けて大活躍するアウレリャノ大佐も、その壮大なヴィジョンと不屈の闘志でマコンドやその周囲の社会のあり方そのものを変革しようとする、いわば〈空想先にありきの行動型〉人物であるが、これは南米大陸全土を包含する共和国という途方もない夢を見た十九世紀独立革命の英雄シモン・ボリーバル(11)や、アウレリャノ大佐同様幾度も殺されそうになりながらその都度生き延びた革命キューバの指導者フィデル・カストロ(12)の姿にも重なる。

非常に印象的な小町娘のレメディオス昇天の場面は、作家自身が聞いたあるエピソードが元になっている。ある村でひとりの少女が行方不明になり、旅の娼婦の一座か犯罪組織にでも誘拐された可能性が高かったが、娘を思う母が「シーツにくるまれて空に消えた」という物語をつくってそれを信じるようになり、これが近隣の村々に広

(10) オクタビオ・パス『孤独の迷宮――メキシコの歴史と文化』高山智博・熊谷明子訳、法政大学出版局、一九八二年、六三―八九頁、第四章「マリンチェの子」を参照。

(11) シモン・ボリーバル（一七八三―一八三〇）についてガルシア＝マルケスは一冊の小説（『迷宮の将軍』木村榮一訳、新潮社、一九九一年）を書いている。

(12) ガルシア＝マルケスは実生活でもカストロと厚い友情で結ばれていた。アンヘル・エステバン、ステファニー・パニチェリ『絆と権力――ガルシア＝マルケスとカストロ』（野谷文昭訳、新潮社、二〇一〇年）を参照。

まって事実として定着したのだ。歴史的人物から名もなき市井の人々に至るまで、新大陸の苛烈な現実を生きた人々のつくりあげた豊かなイメージとしての世界像こそが『百年の孤独』の文学的源泉のひとつなのである。

マコンドという家、愛、孤独

『百年の孤独』の冒頭、三つめの文は非常に印象的だ。原文では El mundo era tan reciente（世界はできたばかりだったので）と世界を表わす mundo という語が使用されているが、この〈世界〉とは登場人物が生きる共同体にとっての主観世界であって地球のことではない。[13] スペイン語では todo el mundo という表現を人称代名詞のように使う。これは話者にとって既知の〈みんな〉というニュアンスを帯び〈全世界〉という客観的対象を指さない。小説を通じて読者はこのマコンドというある種の家にも似た狭い主観世界、いわば〈みんなの家〉に閉じ込められることになる。

ガルシア＝マルケスは『百年の孤独』の執筆にあたって、幼年時代に影響を受けた経験をすべて書き残そうと考え、当初は「家」という題を構想していた。[14] ラテンアメリカに特有の家父長制に見えつつ、母に代表される**地母神的女性**に対するほとんど宗教的な崇拝感情が色濃く、実質上は何人かの女が支えていると言ってもいい、このマコンドという奇妙な家に生きた五世代を簡単にまとめてみよう。[15]

ホセ・アルカディオとウルスラという創建者夫婦の次の第二世代は前半部の中心を

（13）邦訳では「ようやく開けそめた新天地なので」。なお短編小説「失われた時の海」（『悪い時他9篇』高見英一ほか訳、新潮社、二〇〇七年、一六一―一八七頁）や「大きな翼をもつひどく年老いた男」（『純真なエレンディラと邪悪な祖母の信じがたくも痛ましい物語――ガルシア＝マルケス中短篇傑作選』野谷文昭編訳、河出書房新社、二〇一九年、一三六―一四四頁）の冒頭にも名詞 mundo を用いた同じ話型が現われる。読者を語り手や登場人物の主観世界に引き込むための戦略と考えられる。

（14）G・ガルシア＝マルケス、P・A・メンドーサ（聞き手）『グアバの香り――ガルシア＝マルケスとの対話』木村榮一訳、岩波書店、二〇一三年、九七―一〇七頁。

なす四人、巨根のホセ・アルカディオ二世、アウレリャノ大佐、壁土を食べるという非文明の印を刻まれた孤児レベーカ、求愛者たちとの関係を死ぬまで拒み続けるアマランタである。第三世代の母親はマコンドで娼婦的な生き方をする自由人ピラル・テルネラで、その息子で父（巨根のホセ）を知らずに死ぬアルカディオがブエンディアの血を後に継ぐ。サンタ・ソフィア・デ・ピエダという嫁とアルカディオとの間にできた第四世代がホセ・アルカディオ・セグンドとアウレリャノ・セグンドの双子、絶世の美女レメディオス。アウレリャノ・セグンドと首都から来た嫁フェルナンダとのあいだにできた第五世代が、法王見習いホセ・アルカディオ、メメ、アマランタ・ウルスラで、メメが生んだアウレリャノ・バビロニアが叔母に当たるアマランタ・ウルスラと交わった結果、豚の尾をもつ赤子が生まれてマコンドは滅びる。

愛という茫洋とした語の定義をせぬまま、いくつか分類するならば、たとえばレベーカとアマランタは共に過剰な性的欲望を抱え、前者はそれを処理しきれず夫の謎の死[16]のあとは破綻したように自らを幽閉し、後者は情欲以外のあまりに複雑な心配りが邪魔をして求愛者たちとついに関係がもてない。いっぽうこれまた過剰な欲望を抱える男性陣もその対象が叔母だったりと現実的な壁に直面し、最後はいつもウルスラやピラル・テルネラという**太母的女性**の無償の愛で無聊を慰める。この包容力と豊饒性を兼ね備えた太母の系統のもっとも先端にくるのが愚かな双子を手玉に取る知性豊かな情婦ペトラ・コテスだ。いっぽう、成就せぬ過剰な愛を抱えた人々や無償の愛を提

（15）ラテンアメリカの家族構成の歴史や現状については、三田千代子・奥山恭子編『ラテンアメリカ家族と社会』新評論、一九九二年を参照。

（16）巨根のホセ・アルカディオ殺害のエピソードに関しては（犯人を巡り）多くの研究がある。読者諸氏もレベーカとの関係を考慮に入れつつ独自の解釈を考案してはいかがだろう。

供する太母的女性陣とは対照的に、他者への愛とはまるで無縁なのが、革命を繰り返す探求型のアウレリャノ大佐（虐殺事件を目撃したホセ・アルカディオ・セグンドもこの系譜）、そして無数の求愛者を平然と拒絶し死に至らしめた末に、ひとりで勝手に昇天する無垢の悪女レメディオスである。

陳腐な言い方だが、家族間に限らず、およそ人の対他者関係における**愛**とはつまるところさじ加減の問題だろう。ガルシア＝マルケスも自身の幸せな結婚生活について「毎日一からはじめなければならない何とも面倒なもの[17]」と述べているが、そんな良き夫である彼が創り出したブエンディア家の人々は、中庸の感覚と日常の反復維持とは無縁の世界でひたすら愛のさじ加減を間違え続ける。ヨーロッパという外部世界へ旅立つことでようやくまともな現代的感覚を身につけたように見えた第五世代のアマランタ・ウルスラですら、最後には幼馴染の甥との楽園的セックスの快楽にのめりこみ、この二人が現実には不必要な非合理的愛の交換に溺れているあいだにマコンドは急速に荒廃する。女性の人物がやや類型的（寛容な母、放縦な娼婦、頑固な処女、淫乱な自由人）に描かれていることに対する批判もあるが[18]、女に限らずあらゆる人物が適度な社会的関係を築くことにことごとく失敗し続ける物語を読み続けるうちに、多くの読者は、驚きや呆れや嫌悪を通り越した、ある種の悲しみと哄笑を同時に引き起こす不思議な共感を覚えていくだろう。実はそれこそがこの小説最大の魅力、すなわち、かみ合わない**愛の諸相**とその結果の**孤独**という、人という社会的存在に普遍の宿

(17) ガルシア＝マルケス、メンドーサ、前掲書、一二一頁。

(18) John J. Deveny, Jr. and Juan Manuel Marcos, "Women and Society in One Hundred Years of Solitude," Harold Bloom (ed.), *Bloom's Modern Critical Interpretations. Gabriel García Márquez's One Hundred Years of Solitude*, Chelsea House Publishers, 2003, pp. 37-47 など。

命を身近な〈**みんなの話**〉として受容し、自らにもあり得たかもしれない悲喜劇として共感できる物語構造なのだ。拡大すればそれだけで巨大な悲劇を構成できるエピソードが、あたかも喫茶店での噂話のごとく、いかにも軽い口調で、次から次へと語られる。ラテンアメリカでは『百年の孤独』を読めば必ずどこかに〈自分の話〉が書かれていることに気づく、とよく言われるが、まさにその通りであろう。

そして、この小説でもっとも深い余韻を残すのは、愚かな人々が身近な誰かを「実は思いもせぬほど深く愛していたこと」に気づく瞬間で、実はこれも同じ文型が何度も繰り返されている。第三世代の主役である反逆児アルカディオは、銃殺の寸前、それまで憎んでいた家族の面々を心から愛していたことに気づく。アウレリャノ・セグンドと情婦ペトラ・コテスは性的関係が途絶えてはじめて互いへの愛に気づき、ペトラは憎んでいたはずの正妻フェルナンダを娘のように思っていたことを知る。概してこの瞬間は自らの死の間際か、相手の死の後に訪れる。創建者ホセ・アルカディオが自分が殺したプルデンシオ・アギラルの亡霊を唯一の話相手とするように。

二十世紀世界文学の古典に登録され、大江健三郎や莫言《ばくげん》など世界中の現役作家たちに強い影響を及ぼしてきた『百年の孤独』は、これからもさまざまな角度から解読され、その都度、新しい受容の道が切り開かれていくことだろう。それはもはや**魔術的リアリズム**というレッテルでは語りつくせない領域まで拡大しつつある。（松本）

コロンビアの紙幣に描かれたガルシア＝マルケス

コラム　ラテンアメリカ文学の衝撃

一九六〇年代になってラテンアメリカ全域から驚くべき小説の書き手が続々と現われ始めた。メキシコのカルロス・フエンテス、ペルーのマリオ・バルガス＝リョサ、アルゼンチンのフリオ・コルタサル、そしてコロンビアのガブリエル・ガルシア＝マルケス。未開地域だったはずのラテンアメリカから発信された熱い文学は、一九五九年に起きた**キューバ革命**の余波もあいまって世界中に拡散してゆく。その過程で、それまでは好事家にしか読まれていなかったホルヘ・ルイス・ボルヘスという異能の作家が発掘されたり、パブロ・ネルーダやオクタビオ・パスといった巨人的詩人、思想家の存在もクローズアップされていった。

今日の日本において、ラテンアメリカ文学はしばしば**魔術的リアリズム**という用語に結び付けられて語られる。しかし、この（そもそも定義の曖昧な）用語であれだけ膨大な作品群を語りつくすのはとうてい不可能であるし、特定地域の文学を単純なレッテルで一般化すべきではない。ラテンアメリカ文学の作家たちが世界を驚かせた原因はむしろ、その小説技術における異常なまでの多様性と豊饒さであった。彼らは小説という名の巨大な新旧世界遺産を徹底的にリサイクル使用したのだ。

バルガス＝リョサは若いころからユゴーなど十九世紀型の大長編小説をむさぼり読み、そのうえで**ヌーヴォーロマン**のような最先端の実験的手法を吸収し、基本はリアリズムでありながら伝統小説とは根底から異なる革新的小説『都会と犬ども』を書いた。その作家人生を賭してメキシコの宿命を探求しつづけたフエンテスが模範としたのは、バルザック流の、複数作品でひとつの小宇宙を創造する**全体小説構想**であったし、そのために彼がツールとして駆使したのはジョン・ドス・パソスやジェイムズ・ジョイスによって開拓された**モダニズム文学**の手法であった。コルタサルは幼いころからポーやカフカに親しみ、そこへ**シュルレアリスム**などフランス流の詩想を取り込み独自の**幻想文学**を構築した。そして、ガルシア＝マルケスをはじめとする多くのラテンアメリカ作家に決定的な影響を及ぼしたのは、ウィリアム・フォークナーという米国文学を代表する英語作家だった。

このように一九六〇年代以降のラテンアメリカ文学とは、セルバンテスをはじめとする**スペイン語文学**の遺伝子をある程度は受け継ぎつつも、**ロマン主義**以降の幅広い欧米文学のエッセンスをとりわけ技術面で徹底的に取り込むことで進化してきたのである。

筆者は右に述べたラテンアメリカ作家たちの作品を学生時

代に翻訳で読んだが、それと並行してフォークナーやジョイス、あるいはヴァージニア・ウルフやチャールズ・ディケンズのような英語作家から、マルセル・プルースト、アルベール・カミュ、さらにはバルザック、ユゴー、デュマ、フロベールのような十九世紀仏語作家の翻訳まで読む羽目になった（というより幸運に恵まれたというべきだろう）。アルゼンチンの作家エルネスト・サバトの名作『英雄たちと墓』をはじめて読んだときには、偶然にも、サバトに強い影響を与えたドストエフスキーの『カラマーゾフの兄弟』を読んでいた。ホセ・ドノソの悪夢のような小説『夜のみだらな鳥』のそばにはトーマス・マンの『魔の山』が置かれていた。**SF**好きの筆者にとって、レイ・ブラッドベリとコルタサルとカフカとボルヘスとポーとアドルフォ・ビオイ＝カサーレスとフィリップ・K・ディックは完全な〈同時代作家〉になってしまっている。ラテンアメリカ文学を読めば、必然的に時空間を移動して欧米近代文学の宇宙へと分け入っていかざるを得ない。

近年はこうした状況にも変化がみられるようになってきた。ラテンアメリカ文学の中心的な担い手は、フォークナーなど欧米のモダニズム文学を模範としたガルシア＝マルケスらの世代から、一九七〇年代以降に生まれた若い世代へと移行しつつある。彼らが吸収してきた**世界文学**（翻訳を介して世界のどんな言語でも読める作品群）は村上春樹であったり、ゼーバルトやクッツェーであったりする。なかにはガルシア＝マルケスの小説を読んでいないと公言する南米作家すらいる。最先端の欧米文学と新興の第三世界文学という二十世紀型の二項対立の図式そのものが崩れ、文学作品の参照軸も多元化しているようだ。

文学創作における参照ルートが多元化したことはむしろ喜ぶべきことだろう。筆者はオーストラリアのSF作家グレッグ・イーガンを愛読しているが、彼の短篇集『祈りの海』におけるいくつかのテーマは極めてボルヘス的であると考え、この本のそばには『伝奇集』を置いている。これからラテンアメリカ文学を読む若い人々も、まずはガルシア＝マルケスとフォークナーを並行して読むという伝統的な読書法にチャレンジしていただき、そのうえで、より若い世代のスペイン語作家に関しては、彼らがどういう世界文学を受容しているのかを調べ、そこにご自分の趣味も加味して〈並行して読む本〉を自由に考えていただきたい。

一九六〇年代のあの異様な熱気こそないが、ラテンアメリカ文学には特に若い女性を中心にきわめて優秀な作家がまだまだ無数にいる。二十一世紀の世界文学とは、そうした無数の書き手たちと読者である皆さんが、ともに力を合わせてつくりあげていくものなのだ。

（松本）

第Ⅲ章

身体と精神

身体と精神は、生物としての人間を形成する基本的な与件であり、両者は不可分である。一方が不調になると、他方にも影響が及ぶことは、われわれ誰しもが日常的に経験するところだ。身体と精神はたんに生物的な条件であるだけでなく、**自然と文化、現実と想像力が出会う場**でもある。俗に健全なる身体に健全なる精神が宿るという。それは喜ばしいことだが、事が文学となると、機能不全になった身体や、現実との接触から疎外される精神が好んで描かれる。その意味で**病**は文学の主要なテーマのひとつになってきた。日常生活において病は避けたい現実、あるいは辛い体験だが、文学においてはかならずしも否定的な要素として機能するわけではない。登場人物たちは病を代償にして何かを得たり、病を患うことで新たな感覚や人間関係を知ったりすることもあるからだ。

久生十蘭の『刺客』はシェイクスピアの『ハムレット』の筋立てを利用しながら、作中人物同士の駆け引きをとおして狂気と正気、偽装と現実の境界を揺るがしていく。ギルマンの『黄色い壁紙』は、作者自身の闘病体験にもとづいて、十九世紀後半の欧米で中産階級の女性たちに特有の病とされたヒステリーの妖しい表象を提示してみせる。トーマス・マンの『トリスタン』は、病と死を日常とする結核療養施設であるサナトリウムを舞台にして、病が芸術創造や精神性と密接につながるという耽美主義を展開する。

（小倉）

精神分析と上演

久生十蘭『刺客』『ハムレット』
狂気を演じることはすでに狂気である

久生十蘭《ひさおじゅうらん》(1)による『刺客』(『モダン日本』一九三八年五月―六月)は、祖父江光から、「東京帝国大学精神病学教室J博士」にあてた五通の手紙からなるテクストである。祖父江が秘書として赴いた小松家は、到着早々異様な雰囲気なのだが、当主の小松顕正が、かつての演劇試演中の大きな事故によって、ハムレットとしての記憶以外を失っているという。ハムレットとして生き続ける小松は、エリザベス朝の城のような館に住み、衣装も生活習慣もハムレット当時のように暮らしており、使用人たちはそれに合わせ、それぞれの役を受け持っているというのだ。だが徐々に明らかになるのは、祖父江は、雇い主の阪井から遣わされたいわば密偵だということである。かつての事故は、同じ劇に出演した阪井が事故に見せかけて小松の財産を横領したものであった。阪井は露見を怖れるところから、小松が実は記憶が戻っているのではないかと疑い、祖父江に本人には気づかれないように精神鑑定をさせているのだ。

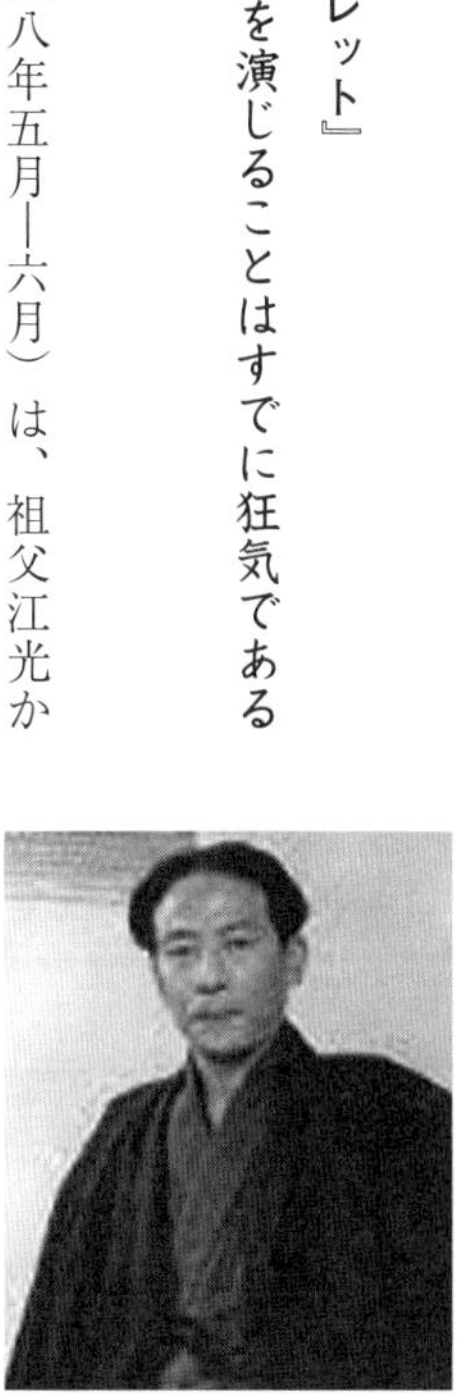
久生十蘭

(1) 久生十蘭(一九〇二―一九五七年)本名・阿部正雄。函館生まれ。函館新聞の記者を経て、上京。一九二九年、渡仏。一九三三年に帰国、岸田國士の演出助手を務める。ミステリーや探偵小説を載せる雑誌『新青年』に小説を発表し始めるが、書くジャンルは多彩である。戦中には従軍。代表作に『魔都』『顎十郎捕物帳』『母子像』など。一九五二年直木賞受賞。

文学において狂気は伝染する

一読してわかるとおり、このミステリー小説の筋書き自体が、シェイクスピアの『ハムレット』(2)を利用するものである。シェイクスピア『ハムレット』のあらすじは、言うまでもないが、デンマーク王である父の死後、父の弟クローディアスがすぐさま母と結婚し、王位も継ぐなか、ハムレットは、父の亡霊からクローディアスに毒殺されたと告げられ、狂気を装いながら復讐の機会を狙うというものである。

小松の周囲には、ガートルードやオフィーリアそのほかの役になぞらえられる人物も配されている。彼らは一様に小松の狂気に合わせているのだというものの、その様は異様であり、祖父江はどちらが狂気であるのかの確信は持てなくなっていく。そして、小松ハムレットに接するうち好意を抱くようになるが、するとはじめ小松からローゼンクランツと呼びかけられていたにもかかわらず、途中でホレイショーと間違えられるようになる。ローゼンクランツ(3)は、ハムレットの学友だが、クローディアスに命ぜられてハムレットの言動を見張るスパイであり、ホレイショーは、ハムレットの死後、事実を伝えることを託された親友である。だがこれは小松ハムレットへの共感のレベルにとどまらない。

小松は、相手がどの役でもかまわないほどに思考が混乱しているのか、または、祖父江を味方として引き入れるための計算されたふるまいなのであるか。そうだとしてもさらに、当時の杉江董『犯罪精神病概論』(巌松堂書店、一九二四年)には、「精神

(2) シェイクスピアの戯曲。一六〇〇年ごろ書かれたという。ただし、『刺客』には、ピランデルロ「エンリコ四世」の趣向もつき混ぜられている。

ハムレットを再解釈した後世の文芸は多い。演劇では、トム・ストッパードの『ローゼンクランツとギルデンスターンは死んだ』(一九六六年)が有名だが、日本においては、志賀直哉『クローディアスの日記』(一九一二年)や小林秀雄『おふえりあ遺文』(一九三一年)、太宰治『新ハムレット』(一九四一年)などが有名。

(3) ギルデンスターンとともに、ハムレットの学友だが、ハムレットの言動を探る。ハムレットに随行し、イングランドへ行く際、クローディアスがイングランド王にハムレット殺害を指示した手紙をことづかっている。だが、それに気づいたハムレットは、手紙をローゼンクランツ殺害の指示に書き換える。ローゼンクランツは、そ

病学上の経験に徴せば佯病《ようびょう》者は往々已に当初より一定の精神異常者なる場合尠《すくな》からず」ともある。そして祖父江は、鑑定者であるばかりでなく、小松が正気を取り戻しているなら暗殺することも命じられているため、小松が狂気を装っているのか、本当にハムレットだと思っている異常者なのかは、自身の殺人の実行につながり、阪井に真実を報告するか虚偽を述べるかに直結している。つまりは、祖父江自身の立場がハムレットであるかのようであり、それは祖父江自身が緊張感から狂気に陥っていくことであった。

卑怯な私は、自分が一個の栄達と幸福のために、既に打ちひしがれて粉々になつてゐる憐れな男の息の根をとめやうとしてゐる。この男はたゞ一人の親友と信じ頼る人間に間もなく殺される。なんといふ不幸な男でせう！

だれが狂っているのか、正気なのか、疑心暗鬼に陥るのは、作中の祖父江だけではない。書簡は、その人の視野に映るものしかわからない限定された報告であり、読者もまた、客観的な情報を持ちえず、閉ざされた城の空間で煮詰まっていく祖父江と同様な経験を、書簡の閉鎖空間を読むことで味わう。しかも祖父江自身、自分が前に書いた手紙は嘘をついていた、というような告白を行なう信用できない語り手である。『刺客』においては、手紙のあて先にあたるJ博士が、一応客観的な判定をゆだねら

れを知らぬまま最期を迎える。

れているが、そもそも祖父江自身が精神病理学の学徒であり、「附記」として記されている、祖父江の狂気を診断し、小松と入れ替えに城に隔離することにしたというJ博士の処置が、正常なものかどうかはわからないのである。

衒学的な十蘭らしく、テクストにふんだんにまき散らされたしかけによっても、混乱は助長される。例えば、祖父江は、小松を試すために、彼がぼんやりしているときに年齢を聞いてみる。祖父江の予想では、事故当時の小松の年齢である二十二歳か、現在の年齢である四十七歳を無意識に答えるかで、演技しているのかどうかを見分けようとするのだが、案に相違して、小松は三十二歳と答える。

祖父江はこれを根拠に、十年以前に記憶が戻っているのではないかと推測するが、しかし、シェイクスピアのハムレットの年齢[4]は、三十歳前後であるという説がある。もし読者がこれを知っていれば、読者は祖父江の推理を超えて、小松がハムレットそのものとして生きているという推理を行なうことになるし（当然だがハムレットには、劇中の時間しかないので、その後何年ハムレットであり続けても、歳は取らない）、それ自体も周到すぎる演技なのかと悩むことになる。この狂気は、語りの詐術に起因するものであり、実際には存在しないがテクストで言及される「伝染性精神病」とは、小説がもたらす体験なのだと言えよう。ただし、歴史的な事実に照らした時には間違っている知識も多々あり、十蘭が読者をだますつもりなのか、単にずぼらなのかは、判断するしかない。

(4) ハムレットの年齢は、墓堀人夫のセリフから、三十歳くらいとする説がある。ただし、版によってセリフに若干の異動があり、十代だとする説もある。

日本においては、すでに明治末から大正期に、**フロイト**精神分析への関心が高まっており、〈**無意識**〉の発見は、脳や神経などの物理的な疾患だけでは解明できない〈心〉へのアプローチとして、文学と科学の距離を近づけた。夢や言い間違いが、意識のコントロールを免れた深層心理の発現のサインとして読み解かれていった。これらが、謎解きとしてのミステリー分野と親和性が高いのは言うまでもなく、大正期には、志賀直哉や芥川龍之介といった純文学の作家によって追求されていた意識の極限の問題は、さまざまなスタイルを実験的に繰り返していた谷崎潤一郎を経て、昭和期には、江戸川乱歩や夢野久作などのミステリー作家において大きな実りを迎える。彼らのテクストには、一人称による閉じられた語り(5)による狂気が散見される。

くり返し演じられる『ハムレット』

だが、演劇という回路を通して見れば、別の側面も見えてくる。すでに述べてきた狂気の上演性に加え、もともとシェイクスピアの『ハムレット』劇中でも、ハムレットは叔父の謀略を劇に仕組んで上演し、彼の顔色を伺うシーンがあり、『刺客』でも阪井自らが演じて小松を試すなど、演じるということがテーマになったテクストであることは言を俟たない。実は十蘭は、『ハムレット』の舞台監督をしたことがある。新築地劇団(6)で一九三三年十月五日から二十五日のことである。彼は、小説執筆を本業とする前は、演劇を志していたのである。ところで、この新築地劇団というのは、当

(5) 江戸川乱歩『押絵と旅する男』や夢野久作『瓶詰地獄』などが有名。

(6) 築地小劇場を小山内薫とともに創立した土方与志が、小山内の没後に表面化した内部対立により、丸山定夫、薄田研二、山本安英らと別に興した劇団。

時影響力のあった**プロレタリア演劇**の牙城である。そうした劇団が『ハムレット』を上演するとしたら、そこには事情がなければならない。

一つはもちろん、左翼活動への国家による弾圧である。劇団の中心人物土方与志《ひじかたよし》(7)はロシアに渡り、爵位剥奪をされている。もう一つは、仕掛けられたシェイクスピア・ブームである。坪内逍遙による翻訳『新修シェイクスピア全集』を出版した中央公論社とのタイアップである。『刺客』におけるハムレットのセリフは、概ね逍遙訳(8)に沿ったものなのだが、すでに新しい訳も出版されているなかでの逍遥の選択は、特定の効果を上げるとともに、演劇をめぐる時代状況をテクストに引き入れるだろう。試みに、ハムレットがオフィーリアに向かって投げつける有名なセリフを比較してみると、次のようになる。

小松ハムレット「こりや寺へ往《ゆ》きや、寺へ人は悉く怖しい悪漢《わるもの》ぢや。誰れをも頼《たより》に為《し》やるな。尼寺へお往きやれ。寺へ。さ、片時も早う、さらばぢや」

坪内逍遙訳「こりや寺へ往《ゆ》きや寺へ。〔中略〕人は悉く怖しい悪漢《わるもの》ぢや。誰れをも頼《たのみ》に為《し》やんな。尼寺へお往きやれ。〔中略〕さ、片時も早う、さらばぢや。」

久米正雄訳「おまへは尼寺へ行け。〔中略〕吾々は皆怖ろしい悪漢だ。誰をも信じてはならない。だから尼寺へ行くがいゝ。〔中略〕一時も早く。ではさらばだ。」

(7) 土方与志（一八九八―一九五九）伯爵家に生まれたが、演劇に傾倒し、東京帝国大学卒業後は小山内薫に師事する。留学を経て、小山内薫と設立した築地小劇場は、新時代の演劇の象徴的存在となった。内紛により脱退して結成した新築地劇団は、プロレタリア色を強め、小林多喜二『蟹工船』を原作とする演目などを行なったが、国家の弾圧の激化により、検挙された。

(8) 逍遙は、明治期よりシェイクスピアの翻訳や上演に取り組んでいるが、まとまったものとしては『沙翁全集』（早稲田大学出版部、一九〇九―一九二八年）、『新修シェークスピア全集』（一九三三―一九三五年）などがある。比較材料として挙げた久米正雄の新訳は、『泰西戯曲選集』第四巻として、新潮社より一九二二年に出版されたものである。

新築地『ハムレット』上演に戻れば、俳優のなかには、社会主義リアリズムの一つの挑戦だと発言している者もあった。マルクスもたびたびシェイクスピアを論じていたことを引合いに出すなど、一部の関係者にとっては、先ほど述べた弾圧のなかで、労働者や農民の苦境を直接には上演せずに、古典であるシェイクスピアでカムフラージュしながらの発展という意味があったのだろう。ただし、十蘭は新築地をすぐに辞め、築地座[9]に移る程度には、方向性の違いはあった。この上演に関しての十蘭のスタンスは不明だが、築地座から文学座の旗揚げまでをみるとき、シェイクスピアのような純文学を、〈カムフラージュ〉とは思わない人々もいたことは確かである。そちらの側からみれば、プロレタリア演劇を志す俳優たちが、逍遙の古色蒼然たるセリフに四苦八苦する光景は、滑稽なパロディ以外の何物でもない。

このように、**上演**とは、文芸思潮や政治がせめぎあう場であった。周囲と合わせるための演技だと思っていた行動が、取り返しのつかない本気として機能する場合もあることは、このあとの日中戦争からアジア・太平洋戦争に向かう現実のさまざまな事例に事欠かない。そうした意味で、『刺客』というエンターテイメントは、重大な歴史の岐路につながっている。

ややこしいのは、十蘭が同じ題材を、戦後に『ハムレット』(『新青年』一九四六年十月)という別の作品として書き直していることである。こちらでは、小松ハムレットは生き延びて、終戦後の軽井沢のホテルで人々に好奇の目を向けられている。祖父

(9) 築地小劇場から一九三二年に結成され、一九三七年には、岸田國士を中心とした文学座に発展解消した。

坪内逍遙『シェークスピア全集』広告(『読売新聞』一九三三年八月二十八日)

江も忠実な介護役で発狂しているわけではなく、人々の求めに応じて二十九年間のできごとを語ってゆく。『刺客』との小松ハムレットの大きな違いは、小松は正気であるゆえに、阪井に自殺を強要されるという結末が付け加わっていることである。「君はいやだとはいうまい。この戦争の成行きから見て、君のような状態で、これからさき生きのびると、いよいよ不幸を深めるばかりだということを、君はよく知っているからだ」(『定本久生十蘭全集』第六巻、国書刊行会、二〇一〇年)。

ただ、記録したノートに基づいて語る祖父江の語りは、『刺客』よりも具体性も増し、誠実にみえるが、細部を確認すると矛盾に満ちている。だから、爆撃によってかえって生き延び、そして戦争中の記憶だけを失っている小松が、その間正気であったとする祖父江の説明も、信じてよいのかどうかわからない。『ハムレット』は、戦争というものを、戦後の日本人がどのように語ろうとするか、それは狂気なのかを問いかける小説として、甦ったといえよう。小松を戦後に生き延びた**天皇**だとする指摘もあるが、(10) 天皇に対する何らかの諷刺を読むのか、戦争を特定のしかたで忘れようとする国民を読むのかは、読者にゆだねられている。

(小平)

(10) 川崎賢子『蘭の季節』深夜叢書社、一九九三年。

女が日記を書くとき

ヒステリー治療失敗記　ギルマン『黄色い壁紙』

ヒステリー流行と安静療法

『黄色い壁紙』は、十九世紀―二十世紀の転換期に活躍したアメリカ人フェミニスト兼文筆家の、シャーロット・パーキンス（・ステットソン）・ギルマン（一八六〇―一九三五）が自らのヒステリー闘病体験をもとに書いた自伝的な小作品である。(1)

作者ギルマンが、画家のチャールズ・ステットソンと結婚したのは一八八四年、まだ十代の終わり頃のことだった。将来は父方のビーチャー家の血に恥じないよう、社会運動の道に進みたいと願っていたが、若くハンサムな画家に恋をし、葛藤をかかえながらも結婚し、妊娠、出産の後、ひどい鬱に倒れた。辛抱強く見守る夫、献身的に介護してくれる母、助言してくれる友人たちに恵まれながらも、ギルマンはひたすら涙を流し、身体的苦痛と自責の念に喘いだ。彼女を診察したどの医者も「身体的な病因はない」というばかりで、病状の改善はみられず、最終的に神経病学の権威ウィア・ミッチェル博士の診断をあおいだが、そこで出されたのが「**ヒステリー**」の病名であり「**安静療法**」という処方だった。(2)

(1) この短編小説「黄色い壁紙」の雑誌初出時は、最初の夫の苗字ステットソンを名乗っていた。ギルマンは再婚以降の名前である。英語表記ではこうなる。Charlotte Perkins Gilman (1860–1935).

(2) Charlotte Perkins Gilman. *The Living of Charlotte Perkins Gilman*, U of Wisconsin P, 1935, pp. 90–106.

十九世紀においてヒステリーは決して新しい病ではなかった。古代ギリシャの昔に「動く子宮」という意味に由来するこの病名が発案されたほど、それは女性的身体の病として取り沙汰されてきた病であった。十九世紀後半の欧米において、主に中産階級の女性たちの間に蔓延する流行病となったヒステリーの治療を主導したのは、圧倒的に神経学であり、その急先鋒をつとめたのがミッチェル博士考案の安静療法（レスト・キュア）だった。

「安静療法」とは患者に安静を強いる治療法である。もとは南北戦争で負傷した兵士のために考案された療法だったが、ミッチェルが流行病ヒステリーの治療法として再活用し人気を博した。それ以前にあった局部治療は、下腹部の触診（圧迫）、瀉血、スープ他を子宮に満たす注入、女性器等の切開切除などで、特に最後の外科手術という女性的身体への医療の名のもとの暴力に比べれば、安静療法がなぜ女性患者たちに人気を得たかは容易に了解できるだろう。安静療法においては、患者たちは家族から隔離された上、入院し、食事から入浴まで、すべてにおいて管理された「安静」を処置される。食事は定期的に看護婦により文字通りスプーン・フィーディングされ、寝ていることで弱る筋肉にはマッサージが施され、入浴も看護師の手によってなされる。体重を増やすことが健康へのバロメーターであり、読書や手紙を書くなどの知的活動も禁じられた。ギルマンはこの治療を一カ月ほど受け退院した(3)。

退院時に与えられた家庭での安静療法として守るべき留意点は、「できるかぎり家

（3）Ellen L. Bassuk, "The Rest Cure: Repetition or Resolution of Vicgorian Woman's Conflicts?," *The Female Body in Western Western Culture: Contemporary Perspectives*, Susan Rubin Shleiman ed., Harvard UP, 1985, pp. 139-151

庭的生活を送ること。いつも子供と一緒にいること。毎食後一時間横たわること。知的生活は一日二時間以内にすること。そしてペン、絵筆、鉛筆には、金輪際生きている限り触れないこと」（*The Living*, p. 96）だったという。帰宅したギルマンはこの言いつけを守り、さらにひどい鬱状態へと陥っていったことは、彼女が残した発作前後に綴られた日記の記述や、彼女を辛抱強く見守った夫の観察日記、そしてこの『黄色い壁紙』という物語のうちにたどることができる。

狂女への変身譚、それともフェミニズム小説

ギルマンの『黄色い壁紙』は一人称「わたし」が語る日記の形をとる。この主人公の主治医であり夫でもあるジョンの医学的・家父長的見地からの発言では、軽いヒステリーの気味というより他、なんら健康には問題のないはずの「わたし」は、自分が病んでいることを誰にも理解されずに悩みぬく。身体的には問題がなくとも、精神的に病んでいるのだと理解してもらえない「わたし」は、興奮してはならないと知的活動を禁止されているにもかかわらず、**日記**を綴る。患者・妻の側からみた安静療法・結婚生活に対する不満や批判を少しでも書くことができるせいか、日記は彼女の慰めになる。ところが、「わたし」が隠れて書き続ける日記の文章のなかに、次第に、病室となった寝室の壁紙模様についての、事実とも想像とも

図1　物語冒頭の若奥様然とした語り手の姿
(Charlotte Perkins Stetson, "The Yellow Wall-Paper," *The New England Magazine*, January 1892, p. 647)

つかない奇態な語りが混じるようになっていく。グロテスクな壁紙の文様はやがて檻となり、その向こうに不気味な女の姿があらわれる。最終的には狂気に落ちた「わたし」がその分身らしき「壁紙のなかに囚われた女」と一つになり、部屋のなかを四つ足で獣のごとく這いまわるところでこの物語は終わる。れっきとしたいいところの若奥さまが、獣のごとき狂女へと変貌するこの劇的な終幕は、小説中では、妻のあられもない姿をみたジョンが気絶するという形でその衝撃を物語る。この小説の雑誌初出時に付されたイラストにおいても治療前と治療（失敗）後の主人公の変容は対比的に強調された（図1、2）。

ギルマンがこの短編を執筆したのは一八九〇年の夏、彼女が夫ステットソンとの協議離婚を成立させるために、幼い娘を連れてカリフォルニアに滞在し自活の道を模索するなかでの執筆であった。初出は『ニューイングランド・マガジン』一八九二年一月号、一八九九年に単行本化された。ギルマンが後年自伝に残した文章によれば、この小説は（1）恐怖小説として、（2）ヒステリー治療に役立てるために、（3）ミッチェル博士の安静療法への批判として、という三つの目的をもって執筆されたという（*The Living*, p. 121）。やがてこの作品は、アメリカ文芸誌の頂点をきわめた『アトランティック・マンスリー』の名編集長で小説家のウィリアム・ディーン・ハウエルズが編著する『現代アメリカ短編傑作選』（一九二〇年）に名だたるアメリカ人作家たちの作品に並び収録され、自伝的というよりは、**ゴシック恐怖譚**として一定の高い文

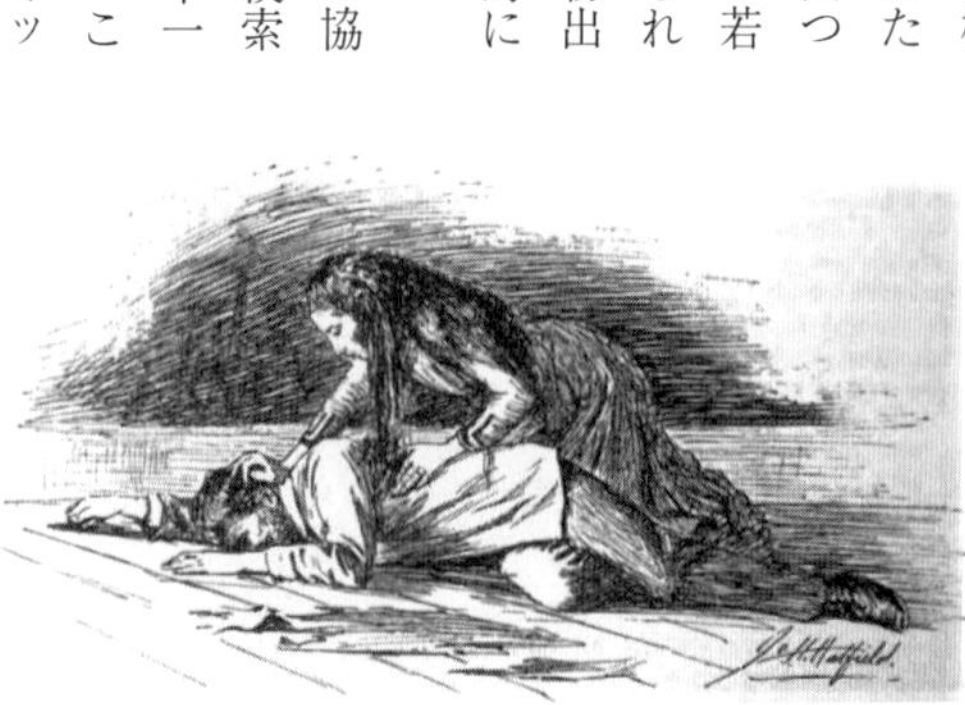

図2　狂女への変身　四つん這の姿態には、その寝巻き姿からみても性的なニュアンスと、幼児退行的なイメージが込められている（*ibid.*, p. 656）。

学的評価を得た(4)。ギルマンのこの小作品が、フェミニスト第一世代の残した古典的作品として、再評価されるのは、アメリカのフェミニズム第二ウェーブの影響を受け、**フェミニスト批評**が興隆した一九七〇年代後半以降のことである(5)。

禁を逃れて書く――隠蔽・仮託・狂気

『黄色い壁紙』の舞台となるのは、ニューイングランド地方の由緒ある大邸宅である。医者ジョンとその若妻であり、赤子の息子の母でもある「わたし」が自宅の修復のため三カ月の間、この大邸宅を借り受けたところから物語は始まる。「植民地時代からの大邸宅、先祖伝来の地所、幽霊でも出てきそうなお屋敷、そこに浪漫的な至福が待ち受けている。なんて、そこまで期待するのは高望みもいいところでしょうけれど!」と興奮した口調で語ってみせるあたりには、語り手「わたし」が、英米ゴシック小説の読者であるという文学的素養が匂わされている。そしてゴシック文学の読者である語り手が「この屋敷には何かいわくがある」と半ば希望的観測を込めて借家の妙な雰囲気について述べるなら、「きわめつけの実践家」である夫は幽霊屋敷など馬鹿馬鹿しいとばかりに妻を笑う。「わたし」が何を言おうと、たとえ自身の病状について訴えても、彼は信じない。直接夫-医者に言い返すことができない妻-患者は、自らの思いを日記のなかでこう吐露する。

(4) William Dean Howells, ed. *The Great Modern American Stories: An Anthology*, Boni & Liveright, 1920.

(5) この小説はフェミニスト出版局から一九七三年に再版されている。Gilman, *The Yellow Wallpaper*, Riprint, Feminist Press, Reprint, 1973.

ジョンは医者で、ひょっとすると――（私は誰にもこんなことはいわないけれど、でもこれはただの虚ろな／物言わぬ紙（dead paper）だし、私の心をすごく慰めてくれる）――ひょっとするとそのせいで私は早く良くならないんだわ。なにしろ彼はわたしが病気だと信じてくれない！　どうしたらいいの？〔中略〕私はリン酸塩だか、亜リン酸塩だかを飲む。強壮剤に、旅行に、いい空気に、運動して、全快するまでは一切「働く」ことを禁じられている。個人的には、夫たちの考えの方が間違っていると思う。個人的には、性に合った仕事と、刺激と、転地が、私にとっての特効薬だと思うのに。どうしたらいいの？　彼らにさからって、実際しばらくの間書いてみた。でも本当に疲れてヘトヘト――隠れて書かなければならなかったし、みつかればひどく反対されるのはわかっていたから。(6)

引用文のはじめに、「ひょっとすると（perhaps）」とダッシュと括弧で二重に三重に囲い込まれたところではじめて、「わたし」の発言がなされていることに注視したい。日記という私的なジャンルは、「わたし」が自覚しているように、監視の目を盗んで自分の考えを書くのにうってつけの場を提供してくれる。隠れて書く分には、「わたし」は書いていることにならないだろうし、その日記がたまさか第三者の目に触れてしまったとしても、脈絡なく、思いつくまま、比喩的に何かに仮託して思いを綴っただけのただの「死んだ・虚な・物言わぬ」紙であれば、「わたし」は書いてい

（6） Gilman, *The Yellow Wallpaper* (First 1892 Edition, with the Original Illustrations by Joseph Henry Hatfield), Sam Vaseghi Ed, Wisehouse Classics, 2016, p. 11. この版からの引用は本文中に頁数のみを記す。

ることにならない。「書いてはならない」という禁を遵守しながらも、そこから逃れるすべを語り手は模索する。

　語り手に与えられた禁は、考えることにも及ぶ。自分の病状をくよくよと考えてはいけない、というジョンの処方を受け、語り手は病状のかわりに、彼女が幽閉されている屋敷、その最上階の寝室兼病室内、なかでも不気味な黄色い壁紙について語る。「私が自分の病状をくよくよ考えることぐらいいけないことはないとジョンはいう。それで、告白すると、そんなことをくよくよ考えている自分に罪悪感を覚える。だからそのことではなくて、屋敷のことを話そう」。屋敷や景観や室内装飾を語っているという建前があれば、「わたし」は自分のことを語っていることにはならない。病状の代わりに語られる室内装飾描写（インテリア・モノローグ）は、物語の進行とともに、病が高じていく語り手の内的独白（インテリア・モノローグ）となっているのである。

> それはわたしにこれまで見たことのある、ありとあらゆる黄色いものを――金鳳花のような綺麗な色ではなくて、古くて汚くて腐ったような黄色いものを思い出させる。それにあの紙にはもっと別な何かがある――臭《にお》い！〔中略〕その臭《にお》いがどんなものに似ているか、唯一思いつくのはこの紙の色！　黄色い臭《にお》い。（p. 25）

日記を書いているはずの虚な紙の上に書き込まれているのは、日記と同様に「紙」（ペイパー）と作品中で呼ばれる、黄色い壁紙の自己破壊的な模様についてである。その鬱屈する黄色は不潔でいやらしく、古くて汚くて腐っているさまざまな黄色い何かを「わたし」に思い起こさせる。見る者に生理的な不快感を覚えさせる黄色い何かを語るため、語り手は「黄色い臭《にお》い」という言語上の破格な表現をうみだしている。自己破壊する壁紙模様を語る言葉が自己破壊する。視覚を語る言葉が嗅覚を語る言葉と、そして触覚・痛覚を語る表現と混淆する。この不潔な黄色い何かが読者心理を撹乱していくなか、語り手は壁紙のパターン模様の「辻褄のあわなさ」に「拷問」を感じ、それは見る者の「顔に平手打ちを食わせ、殴り倒し、踏みつける」とまで表現するのである。

この物語にある最大の構造上の難点は、語り手である「わたし」が日記を書いている、という物語の最初にあった前提条件が、物語のどこかの時点で破綻してしまうことにあるだろう。言い換えるなら、この物語のなかで「わたし」は、主治医である夫や看護婦がわりの義妹の監視の目を盗んで日記を書いているうちに、自分自身の意識（正気）からも、どこかの時点で、逸脱してしまっているのである。物語の最終場面のなかで手をついて這い回っている主人公が、その時日記を書いていられるはずはない。にもかかわらず一人称の語りが現在進行形で続いているのは、日記という語りの形式自体がすでに破綻していることを示唆しているだろう。あるいは、この正気を逸した「わたし」が書くという狂気の語りもまた、書いてはならないという禁を逃れ書く方途を模索し続けた、「わたし」が至りついた究極の語り・騙りだったというべきだろうか。

物語の最後で、部屋のなかをぐるりぐるりと髪振り乱し寝巻き姿のまま、這い回る姿をさらす語り手が描かれている。ショックから気絶してしまう夫の体の上を何度も越えながら、部屋のなかを這い回りつづけるその狂女の姿に、英米ゴシック小説の古参、シャーロット・ブロンテの『ジェーン・エア』に登場する、元祖「屋根裏部屋の狂女」バーサや、エドガー・アラン・ポーの傑作『アッシャー家の崩壊』に登場する「地下室の狂女」マデライン・アッシャー嬢ら、這い回る狂女たちの姿と通底するものをみる。彼女たちもその存在を否定する父権を超えて、テクストいっぱいに不気味な雰囲気を撒き散らした語り・騙りの名手だった。(7)

（宇沢）

（7）「屋根裏部屋の狂女」はフェミニスト文芸批評家サンドラ・ギルバートとスーザン・グーバーが共著した文学論の表題である。狂女バーサは西インド諸島出身で人種的混淆が疑われる。彼女の最期の手段として、夫ロチェスター卿の館に放火し自ら死を選ぶが、それを助けようとしたロチェスターも怪我を負い失明する。マデライン・アッシャーは兄の手で早すぎた埋葬をされ、その不気味な復活劇は兄ロデリックを糾弾する意味を纏う。

病と芸術　T・マン『トリスタン』

健康で凡庸な生vs.病的で非凡な芸術

　大商人クレーターヤーンが、病気の妻ガブリエレを連れて**サナトリウム**「アインフリート」へやってくる(1)。恰幅よく、食欲旺盛なクレーターヤーンと対照的に、ガブリエレはか弱くはかなげで、初産以来、肺を病んでいる。彼女はすぐに「アインフリート」の裕福な住人たちの人気者となる。数週間前から「アインフリート」に暮らす作家デートレフ・シュピネルも、一目見たときからガブリエレに強く惹かれる。クレーターヤーンとは正反対のタイプのシュピネルは、耽美的な美の信奉者である。社交性に欠け、サナトリウムの医者や患者仲間からは、作家として尊敬されるどころか、むしろつまらない存在として軽んじられている。

　クレーターヤーンが仕事のためにバルト海沿岸の自宅(2)へ帰ってゆく一方で、ガブリエレとシュピネルは身の上話などの会話をかさね、しだいにお互いの距離を縮めてゆく。ある日、「アインフリート」の他の住人たちが橇《そり》で気晴らしの遠乗りに出かけてしまった日、館に残ったガブリエレは、同じく残ったシュピネルにピアノを弾くように懇願される。ショパンの夜想曲に続いて、偶然そこに譜面があった、リヒャルト・

(1) サナトリウムとは結核などの患者のための療養施設である。トーマス・マンの代表作の一つ『魔の山』(一九二四年)の舞台もサナトリウムである。

(2) ハンザ都市の一つであり、作家自身の故郷であるリューベックであると推測される。後述するように、『トリスタン』と同時期の作品である『ブッデンブローク家の人々』(一九〇一年)、『トニオ・クレーガー』(一九〇三年)が、やはりこの町を舞台としているからである。

ヴァーグナー『**トリスタンとイゾルデ**』のピアノ版が演奏される。この場面はいわば音楽を介した精神的な**不倫の愛**の成就であるとも解され、小説の山場をなす。その後、ガブリエレの病状が急速に悪化する。クレーターヤーンが急いで息子を連れて駆けつけるが、ガブリエレは致命的な量の喀血《かっけつ》をする。ショックを受けたシュピネルが庭を歩き回っていると、乳母に連れられたクレーターヤーンの息子アントンに遭遇する。丸々と太った赤ん坊が、シュピネルを見て突然、笑いだす。シュピネルはそれに耐えられず、逃げるようにしてその場を立ち去る。

以上の筋書きを図式的に整理してみよう。明白なのは、作家シュピネルに体現される芸術《アート》に対して、商人クレーターヤーンに体現される市民の生＝生活《ライフ》が対置されていることである。作者のトーマス・マンは、芸術と生＝生活をはっきりとした**二項対立**として描き出す作家である。彼にとって、生＝生活は健康で有用で凡庸であるのに対して、芸術は病的で無用で非凡である。クレーターヤーンとシュピネルという二人の対照的な男性に体現される二項対立のあいだにガブリエレが入ることで、小説の筋を形成する**三角関係**ができあがる。ピアノの素養があり、芸術に親しむ家庭環境に育ったガブリエレは、いったんは商人クレーターヤーンに嫁ぐものの、出産をきっかけに肺を病むことにより、サナトリウムで美を奉じる耽美主義者シュピネルと知りあう。シュピネルとの交遊とともにその病が深まり、彼に促されて『トリスタンとイゾルデ』を弾くことで死への道をまっすぐ進んで行くかのように見える。しかし結末部を見れば、この小説が、生＝生活に対する芸術の勝利を謳《うた》い上げるものでないことは一目瞭然であろう。ガブリエレの遺した息子、「ふっくらした頬をして、堂々と見事な発育ぶり(3)」の赤ん坊、アントーン・クレーターヤーンがなぜかはわからないが大喜びし、笑いだしたのを見て、シュピネルはその場から逃げ去るしかないからである。

『トリスタン』は一九〇三年に出版された。つまりトーマス・マン（一八七五―一九五五）が二十八歳のときのことである。マンはくりかえし芸術と生＝生活を対置し、たがいに対立する原理として描いた。すなわち、**芸術と病**のあいだに相関関係を想定し、芸術を健康な市民的生＝生活の凡庸さに対置したのである。たとえばマンのデビュー作『**ブッデンブローク家の人々――ある家族の没落**』（一九〇一年）は、北ドイツのハンザ都市**リューベック**の商家を四世代にわたって描いた長編小説であるが、ブッデンブローク家の人間は、世代をかさねるごとに、商人として生きる力を失う一方で、精神性を深め、芸術に傾倒してゆく(4)。シュピネルが述べる次の見解は、『ブッデンブローク家の人々』の基本コンセプトを要約したものである。「ある古い家柄が、行為するためにも生きるためにもすでにあまりに疲れ果て、またあまりに高貴になりすぎたため、その歴史を閉じようとしているとき、その家柄の最後の表現となるのが芸術の響き、死への成熟がもたらす知的な憂愁に満ちたヴァイオリンの調べなのです(5)」。あたかも芸術の開花は、市民としての没落を前提としているかのようである(6)。

(3) Thomas Mann, *Gesammelte Werke in 13 Bänden*, Frankfurt a. M. 1960/1974 (Fischer), Bd. VIII, p. 262.

(4) マンは自分の家族をモデルにしたこの小説で、一九二九年にノーベル文学賞を受賞した。

(5) Thomas Mann, *op. cit.*, p. 252.

(6) このような滅びの美学はマンの専売特許ではなく、哲学者フリードリヒ・ニーチェの「デカダンス」概念の影響下にあり、この時代の趨勢を反映したものである。

第二次世界大戦時、アメリカに亡命中のマンが、ナチス・ドイツに対する批判をこめて執筆した大作『**ファウストゥス博士**』（一九四七年）もまた、芸術と病の相関関係を主題とした長編小説である。主人公である天才的な作曲家アードリアーン・レーヴァーキューンは、梅毒に感染することによって創作に必要な霊感を得ようとする。一〇〇年以上前に書かれたヨハン・ヴォルフガング・ゲーテの『ファウスト』が、悪魔メフィストフェレスとの契約により、この世界を存分に経験し尽くそうとする学者ファウストの物語であるのに対して、マンの『ファウストゥス博士』における悪魔との契約は、芸術を究めるために、わざわざ梅毒に感染している女と一夜を共にすることである。レーヴァーキューンは交響カンタータ『ファウスト博士の嘆き』を書き上げることができたが、そのモデルとなった哲学者フリードリヒ・**ニーチェ**と同様に、梅毒がもたらした狂気のなかで晩年を過ごし、ニーチェの命日である八月二十五日に、同じ五十五歳で亡くなる。

長編小説『ブッデンブローク家の人々』や『ファウストゥス博士』において描かれている芸術と病の相関関係を、物語の構成上の核としている短編小説が『トリスタン』である。それはつまり『トリスタン』を読めば、前述のマンの大作のエッセンスを感じ取ることができる、ということである。同様のことが、もう一つのマンの代表作『**魔の山**』（一九二四年）についても言える。この長編小説は、サナトリウム「ベルクホーフ」を舞台とする。それが「魔法の山」であるのは、日常的な「下界」の生

＝生活から隔絶され、病と死の気配に支配されているにもかかわらず、いやむしろそれだからこそ、そこに集まった人々のあいだで極度に濃密なコミュニケーションが生じるからである。同じように『トリスタン』もまた、病と死を日常とする特異な閉鎖空間としてのサナトリウムを舞台にするという意味で、『魔の山』のひな形であるといえる。つまり『トリスタン』を読めば、『魔の山』の思想圏のまっただ中に入っているのである。

病気や死が、芸術性や精神性と不可分であるとする思想は、十九世紀末に広まったヨーロッパの退廃主義的な**世紀末芸術**(7)全般に通底している。終末論や虚無主義《ニヒリズム》、唯美主義やエロティシズムなどを主たる特徴とする世紀末芸術に、マンも深く関わっている。

そのような時代背景を念頭においた上で、この小説をさらに深く理解するためには、タイトル『トリスタン』がすでに含意しているヴァーグナーとの関係を考えてみなければならない。ヴァーグナーの『トリスタンとイゾルデ』（一八六五年）は、ケルト伝説に素材をとった**中世の叙事詩**『トリスタン』（一二一〇年頃）(8)を楽劇へとリメイクしたものである。コーンウォール王マルケの甥トリスタンと、マルケの妃と決まっていたアイルランド王女イゾルデの不倫の愛をテーマとし、トリスタンの亡骸《なきがら》を前に、イゾルデが歌い上げる「愛の死」によって締めくくられる。「**愛の死**」とは、ドイツ・ロマン主義に由来する観念で、現世では成就できない**無限の愛**にいたるため

(7) 美術ではたとえばイギリスのオーブリー・ビアズリーやウィーンのグスタフ・クリムト、文学ではアイルランド出身のオスカー・ワイルドやフランスのジョリス＝カルル・ユイスマンス、ウィーンのフーゴー・フォン・ホフマンスタールなど。

(8) 作者はゴットフリート・フォン・シュトラースブルク（一一七〇—一二一〇頃）。

の**死の肯定**である。全曲をとおして、半音階を多用する不安定で切迫感にあふれた旋律によって愛の苦悩が表現されている。「トリスタン和音」と呼ばれる特殊な和声やいわゆる「無限旋律」の手法などによって、古典的な和声音楽の枠を決定的に踏みこえるアヴァンギャルドな音楽であった。さらにいえば、二十世紀の哲学に強烈なインパクトを与えたニーチェは『悲劇の誕生』で、現代ドイツにおけるギリシャ悲劇の再生を語るとき、唯一の具体例として『トリスタンとイゾルデ』を挙げている。

したがって、ガブリエレがシュピネルに促されて演奏する曲が『トリスタンとイゾルデ』なのは偶然ではない。第一にこの楽劇の主題は、結婚という世俗の制度を超える無限の愛であり、その愛と死の形而上学によって、ピアノを囲む二人の不倫の関係が肯定されるのである。第二にこの楽劇は、十九世紀後半の最先端の音楽である。シュピネルはもちろん、マンに多大な影響を与えたニーチェも、マン自身もまたこの曲に心酔していた。講演「リヒャルト・ヴァーグナーの苦悩と偉大」においてマンは『トリスタンとイゾルデ』を、「ヴァーグナーの作品のなかで最も極端な作品」(9)と呼んでいる。ヴァーグナー通のマンが、ガブリエレの奏でる『トリスタンとイゾルデ』を数ページにわたって言葉で表現する箇所はなかなかに読み応えがある。

また、この場面は文学理論的にも興味深い。小説『トリスタン』はガブリエレのピアノ演奏を再現するために、ヴァーグナーの『トリスタンとイゾルデ』の歌詞を引用する。引用によって先行テクストとの関係から新しいテクストが生みだされること

レコードを聴くトーマス・マン

(9) Thomas Mann, *op. cit.*, Bd. IX, p. 385.

を、文学理論では**インターテクスト**と呼ぶ。そのようなインターテクストとして、『トリスタン』のなかに『トリスタンとイゾルデ』が引き入れられた結果、前者を読むためには、後者をも読まなければならない。テクストの内容は別のテクストであり、その別のテクストの内容もまた、さらに別のテクストである（ヴァーグナーの『トリスタンとイゾルデ』の内容は、中世叙事詩の『トリスタン』である）。以下、限りなく続く。このような終わりのない「**引用の織物**」（ロラン・バルト「作者の死」）としてのテクストの世界は、一九六〇年代以降の文学理論によって盛んに論じられた。マンの『トリスタン』は、実践において、二十世紀の文学理論があつかう問題を先取りしている。この作品の現代性《モダニティ》はまずはこの点に見てとることができる。

もう一つの現代性《モダニティ》は、マンの文学全般に特徴的な**イロニー**にある。シュピネルには明らかにマン自身の面影が投影されている一方で、伝説のトリスタンと重ね合わされた小説の主人公であるにもかかわらず、一切美化されず、むしろアイロニカルに描かれる。たとえばシュピネルは、ガブリエレには理解できない『トリスタンとイゾルデ』の思想を解説することができるが、自らはピアノを弾くことができない。ガブリエレにその矛盾を問われると、シュピネルは「顔を赤らめ、両手をもみながら、椅子ごと消え去ってしまいそうだった(10)」。ヴァーグナーをピアノで弾けるガブリエレは、その曲の意味が理解できず、意味を理解するシュピネルは、演奏することができない。このような描写によってマンは、ヴァーグナーの世界に没入する二人から**批評的**

（10）Thomas Mann, *op. cit.*, p. 246.

な距離をとっている。たとえガブリエレが、シュピネルのためのピアノ演奏をきっかけとして死へと近づき、それが音楽を通した二人の形而上的《メタフィジカル》な次元での合一を暗示しているとしても、彼らは単純にトリスタンとイゾルデの正統な再来として描かれているのではない。

イロニーによってマンは、作中で芸術を体現しているシュピネルから批評的な距離をとる。したがって、たとえ商人の妻だったガブリエレがシュピネルによって芸術の領域に入り、病と死の世界へ導かれるとしても、この小説は単純に、市民的生＝生活に対する芸術の勝利を語るものではない。結末部でシュピネルが、赤ん坊のアントン・クレーターヤーンの生の充溢《じゅういつ》を前にして遁走《とんそう》していることからも、それは明らかである。マンはシュピネルの唯美主義とデカダンスを批判的に眺め、**イロニーの翼**（F・シュレーゲル）に乗って、芸術と生＝生活という両極のあいだを行き来し、どちらかに肩入れすることなく、両者にそれぞれの言い分を存分に言わせる。両者それぞれに正当性があり、それぞれに欠陥がある。それにより、芸術と生＝生活の対決は勝敗が未決定のまま宙づりとなり、問いとして**開かれ**[11]たまま思考の対象として残る。物語の**オープンエンド**によって、問いの答えは読者に委ねられるのである。（川島）

（11）現代芸術の特質としての「開かれ」については、ウンベルト・エーコ『開かれた作品』（篠原資明・和田忠彦訳、青土社、一九八四年）を参照。

コラム 〈変態〉か〈詩〉か?——恋愛と精神分析

精神分析は日本では明治期から翻訳が始まり、大正期には中村古峡の雑誌『変態心理』、昭和期には大槻憲二による雑誌『精神分析』が発行され、研究や一般化が進んだ。**フロイト**については、昭和初期に『フロイド精神分析大系』(アルス)、『フロイド精神分析学全集』(春陽堂)と翻訳が相次いだことで、ブームの様相も呈した。理性では把捉できない霊魂などの領域に人は惹かれるものだが、近代になって一時は迷信として切り捨てられたそれらに、精神分析が科学的な説明を与え、かつそれらが物語に親和的だったことが、作家たちが多いに関心を持った理由だろう。

フロイトといえば、言うまでもなく、人間の言動の解明にあたり性欲を重視したことと、「無意識」の構造化が有名である。前者については、当時〈異常〉と見られた同性愛やサディズム、マゾヒズムのメカニズムに江戸川乱歩などが関心を寄せた。後者については、無意識をそのまま記述しようとする文学的手法や、無意識に至る手がかりとされた夢や言い間違いなど、思いがけない物ごとの組み合わせによる詩的イメージの問題として、伊藤整や川端康成などの実践を生んだ(新心理主義と呼ばれている)。

これらについては研究も多く、一柳廣孝『無意識という物語——近代日本と「心」の行方』(名古屋大学出版会、二〇一四年)や竹内瑞穂『「変態」という文化——近代日本の〈小さな革命〉』(ひつじ書房、二〇一四年)、新田篤『日本近代文学におけるフロイト精神分析の受容』(和泉書院、二〇一五年)などが、広範囲にわたる影響を論じている。

ここでは、精神分析を取り入れながら少女小説の趣きもある不思議な小説、尾崎翠《おさきみどり》(一八九六—一九七一)の『**第七官界彷徨**』(一九三三年)を紹介しよう(引用は『尾崎翠全集』創樹社、一九七九年)。町子は、郷里を離れ、ちょっとおかしな兄二人と従兄と住んでいる。上の兄は分裂心理病院に勤める医師の一助、次の兄・二助は農学、特に蘚《こけ》が恋愛するにはどんな肥料をやると効果的なのかを日々実験している。町子は彼らを手伝いながら、「人間の第七官にひびくやうな詩」を書きたいというが、さて、「第七感」とも異なる「第七官」の世界とは、どんなものなのだろうか。二助の実験の手伝いが深夜に及ぶので、うつらうつらと夢の世界に入ってしまう町子の、もっとも有名なシーンが次である。「土鍋の液が、ふす、ふす、と次第に濃く煮えてゆく音は、祖母がおはぎのあんこを煮る音と変らなかつたので、私は六つか七つの子供にかへり、私は祖母のたもとにつかまつて鍋のなかのあんこをみつめてゐたのである」。二助が土鍋で調合しているのは肥料であり、肥料とはこの場合、……人糞である。

子どもはよく排泄物やどろどろのものに執着する。好き嫌いは別れるだろうが、この特異な想像力は冗談ではなく、テクストの重要なテーマですらある。そもそも町子は家事手伝いをしているというが、作中で食べているのは、つるし柿、キャラメル、浜納豆、勝栗で、当時の女性のたしなみである料理を身につけているとはいいがたい（しかも、なんとなく茶色っぽい……）。ここは監督者のいない家であり、また冒頭に「私はひとつの恋をした」とあるものの、恋愛には至らない兄とのくらしと、男性にアプローチしてもいないのに失恋だと述べられている出来事しか起こらない。

つまり、蘚の恋愛に動物的な生殖が伴わないごとく、彼女の「恋」とは、異性との性的な関係を拒否するものなのだ。もし、人間が異性への性欲や実際の関係を持つことを成長というのだとすれば、そしてフロイト精神分析はよく知られるようにエディプス・コンプレックスという物語でその成長を説明したのだが、異性との関係の不在は、いつまでも成熟しない〈異常〉と意味づけられるだろう〈糞便も、実はフロイトが子どもの欲望の説明に使ったのもご存知の通り〉。だが、このテクストでは、性的存在にならないことを、〈未〉成熟ではなく、別のあり方として、特に〈詩〉の世界として提示する。精神分析用語の「分裂病」も、現在いう統合失調症というよりは、日常から別世界へ人が〈分裂〉してしまうという、文学ならではの使われ方をしている。

蘚の実験中、つまみ食いしたうで栗の粉を見て、町子は発見する。「蘚の花粉とうで栗の粉とは、これはまつたく同じ色をしてゐる！　そして形さへもおんなじだ！」、「私のさがしてゐる私の詩の境地は、このやうな、こまかい粉の世界ではなかつたのか」。第七官界とは、粉のような、どろどろのような、または作中によく漂ってくる香りや臭いのような、つまりは、物ごとが分節化や序列化を拒み、別々のものが混ざり合ったり、便宜上の意味を脱して新たな意味を得たりする世界のことなのだ。

ノートの上に栗の粉と花粉、「そのそばにはピンセツトの尖があり、細い蘚の脚があり、そして電気のあかりを受けた香水の瓶のかげは、一本の黄ろい光芒となつて綿棒の柄の方に伸びてゐる」のを町子は「一枚の静物画」と呼ぶ。何かを顕微鏡で覗くと別世界が見えるように、科学はシュールレアリズムの芸術と実は近しいのである。

これは、同様に精神分析を受容した伊藤整や川端康成が、抑圧された異性への欲望を描いたのとかなり異なっている。精神分析の受容は多様であり、フロイトは戦後にも再度ブームになっている。大岡昇平や坂口安吾、三島由紀夫や中上健次がいかに考えたかも、調べてみてほしい。


（小平）

第Ⅳ章　性愛とジェンダー

愛はおそらく最も普遍的なテーマのひとつである。日本でも、奈良時代の『万葉集』以来、恋を歌う詩や愛を語る物語は枚挙に暇がないほどだ。しかし愛のかたちは個人によって異なるだけでなく、時代によって、社会によって多様性が大きい。奈良時代の日本人と現代の日本人が同じ状況や、同じ意識のもとで恋愛するわけではない。時代や社会によって愛の様相が異なるとすれば、**愛もまた歴史的、文化的な産物**だということになるだろう。そしてそこに、ジェンダー（社会的な性差）の要素が絡まってくる。いわゆる男らしさ、女らしさの認識も時代によって変化していくし、したがって男女の異性愛の認識やかたちも不変ではない。男が語るか、女が語るかで、愛の物語の構図は大きく異なる。現代ならばさらに同性愛、両性愛、トランスジェンダーなど多様な愛や性的自認を無視することはできないだろう。

本章ではイギリス、アメリカ、フランスを代表する三人の女性作家を取りあげる。ジェイン・オースティンの『高慢と偏見』は、十九世紀初頭のイングランドの田園地帯を舞台にして、ヒロインの恋愛と人間的成長を融合させた「婚活小説」である。トニ・モリスンの『ビラヴィド』は、十九世紀後半のアメリカが舞台で、黒人女性奴隷セサと娘たちの愛と葛藤と倒錯を描く。そしてマルグリット・デュラスの『愛人』は、一九三〇年代、フランス植民地時代のヴェトナムを舞台にして、フランス人の娘と中国系華僑の青年の激しい、そして別離を運命づけられた情熱の物語を紡ぐ。

（小倉）

恋愛・成長・結婚

オースティン『高慢と偏見』

恋愛は人を成長させるか

「まあ、悪くはないか」——恋人たちの「第一印象」

ジェイン・オースティンは、一七七五年、イングランド南部の田園地帯であるハンプシャーに生まれた。教区牧師を務める父ジョージと母カサンドラの間には八人の子供があり、ジェインはその七番目である。一八一七年にこの世を去るまでの四十年あまりの人生の大半をこのハンプシャーで過ごし、彼女の愛したその牧歌的風景が多くの作品の基調となっている。ベネット家の五人姉妹、特に長女ジェインと次女エリザベスの**恋愛と結婚**までの軌跡を描いた『高慢と偏見』もそうした作品の一つで、一八一三年にロンドンで出版された。夏目漱石が『文学論』(一九〇七年)において「平淡なる写実中に潜伏し得る深さ」を賞賛したのをはじめ、明治以降、日本でも多くの紹介・翻訳があり、ジョー・ライト監督の映画(二〇〇五年)などでもおなじみの作品である。(1)

だがこの作品には、**恋愛小説**として一般に想起されるストーリー展開に反した部分が少なからずある。そもそもオースティンは、作品の冒頭、およそ平凡に見える「誰

(1) 今日でも、阿部知二訳(河出文庫)、伊吹知勢訳(講談社文庫)、大島一彦訳(中公文庫)、小尾芙佐訳(光文社古典新訳文庫)、小山太一訳(新潮文庫)、富田彬訳(岩波文庫)、中野康司訳(ちくま文庫)など、多くの翻訳を読み比べることができる。なお本章における『高慢と偏見』の原作および関連文献からの引用は、これらを参照しつつ、すべて拙訳による。

もが認める真理」を持ち出して、こう語り始める。「広く誰もが認める真理の一つは、財産のある独身男は妻を求めているに違いないということだ」。青年貴族ビングリー（後にジェインと結婚）が近隣に引っ越してくる、そしてその友人にはダービーシャーの大邸宅ペンバリーに住むダーシー（後にエリザベスと結婚）がいるとなって、五人姉妹が暮らすベネット家は大騒ぎ、という事情を説明するきわめて巧みな書き出しではあるのだが、恋愛に伴う切なさや激しい情念を期待する読者にしてみれば、いささか肩透かしを食わされたとの感は否めないであろう。オースティンはあくまでも、彼女の考える**常識的日常世界**のなかで恋愛を語ろうとしているのであって、それは空想や奇跡を伴う**夢物語**とはまったく性質を異にするものであった。冷静で、落ち着いていて、のどかな情景――それが、良くも悪くもオースティン文学の特徴の一つである。

同じことは、恋人たちの出会いの場面にもうかがえる。引っ越してきたビングリーは、町の舞踏会でベネット家のジェインと初めて親しく言葉を交わし、二度までもいっしょにダンスを踊る。二人が恋に落ちたことは明らかなのだが、大喜びしているのはむしろ母親の方で、当のジェインは、喜んではいるものの、母親よりは「落ち着いた感じで」という留保の言葉が添えられている。何よりも不首尾なのは次女エリザベスの方で、彼女は作品の主人公と目されるにもかかわらず、ダーシーから「まあ、悪くはないか。でも僕の心を動かすほどの美人じゃない」などと描写される始末であ

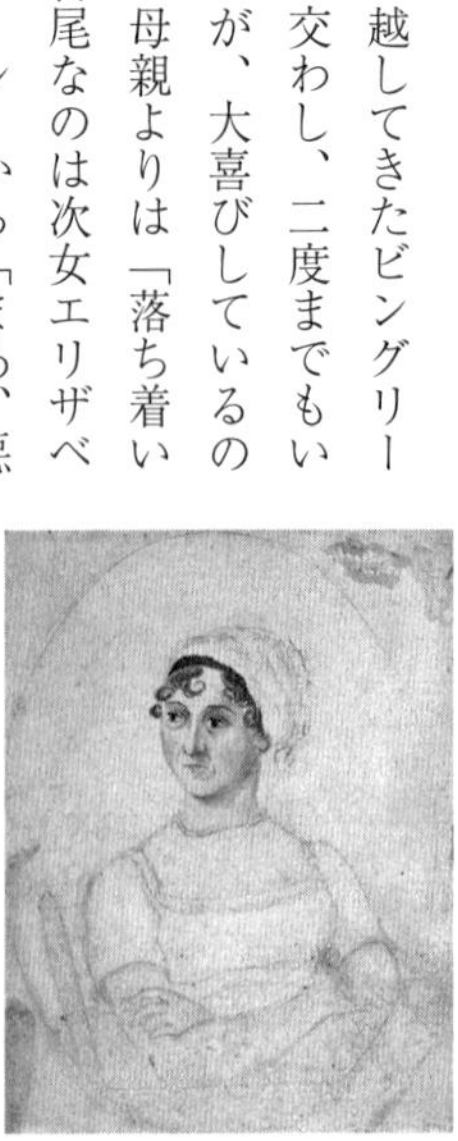

姉カッサンドラによるオースティンの肖像画（一八一〇年頃）

る。傲岸不遜なダーシーと、その第一印象をしばらくは引きずることになるエリザベスとの間に、当分、恋愛など生まれるはずもない。恋愛を描いて近代イギリス小説の傑作とも評される本作品は、しかしながら、少なくともその最初の三分の一において、実は恋愛がほとんど進まないのである。当初、「**第一印象**」と名付けられていたこの作品は、恋愛と同様、**高慢と偏見**に満ちた第一印象も人間関係の機微において大きな意味をなすものであることを丁寧に描き出した作品でもあるといえよう。

恋愛は人を成長させるか?

人生には、かけえのない**瞬間**が存在する。そのことは確かなのだが、それと同時に、そういう瞬間の前後にあっても、人生が歩みを止めるということはない。時間の経過とともに進行する**言語表現**の語りは、瞬間そのものの描写というよりは、むしろその前後を含めた人生の紆余曲折を描くことに力を発揮する。『高慢と偏見』の恋愛も、オースティンの優れた描写力に支えられ、時間とともに、登場人物たちの人生にさまざまな陰影を投げかけていくことになる。

友人ビングリーに語ったエリザベスの第一印象をうっかり本人にも知られることになってしまったダーシーだが、彼は「まあ、悪くはないか」などと言った直後から、エリザベスの知的な魅力に引き寄せられることになる。彼は、大貴族に似合わず不器用なアプローチをエリザベスに繰り返すのだが、彼に対して否定的な第一印象が強く残る彼女は、これにほとんど見向きもしない。その間エリザベスは、美男子で表面的には好感の持てる青年将校ウィッカムに気持ちが動いたかと思えば、牧師コリンズの求婚を受けたり、暗礁に乗り上げてしまった姉ジェインとビングリーの恋愛の行方に気を揉んだりと、結構慌ただしいのだが、肝心の彼女自身の恋愛の芽はまったく育たないでいる。そういう膠着状態に変化がおとずれるのは、作品の半ばに至って、ついにダーシーがエリザベスにプロポーズをして厳しく拒絶され、しかしその翌日、彼がそれにもかかわらず彼女に長文の手紙を渡してからのことである。ダーシーの手紙には、ジェインとの関係を断つようビングリーに対して助言したのが自分であるということ、そしてダーシー家の執事の息子でもあったウィッカムの過去の秘められた非行が克明に記され、高慢ゆえに犯してしまった自らの誤りへの反省が連綿と綴られていた。エリザベスにとってにわかには信じがたい内容であったが、これを機に彼女は、第一印象に基づく偏見が彼女自身の判断を鈍らせていたことに気づき、ダーシーに心を寄せていくことになる。とはいえ、ひとたび彼のプロポーズを厳しく斥けてしまった彼女に、ダーシーとの関係を深めていく糸口は今のところない。それが動くのは、作品の後半に至って、彼女がたまたま訪れたペンバリーでダーシーに遭遇する場面からである。

この作品では、エリザベスを中心に、登場人物たちの人生の紆余曲折があくまでもゆっくりと描出される。だから、炎のような恋愛感情の高まりは、ほとんど感じられ

オースティンが生まれ育った当時のスティーヴントンの牧師館

ない。しかし、それゆえにこそ読者が実感できるのは、エリザベスとダーシーがそれぞれ味わう苦痛と反省、そしてそこからの人間的成長であろう。高慢と偏見に満ちた第一印象の迷妄を解き、エリザベスとダーシーの両者が人間的理解を深めていく確かなプロセスがそこにはある。オースティン自身、最も愛すべき登場人物としてエリザベスを挙げているのは、まさに、恋愛と人間的成長の融合を、エリザベスを通して描出しえたことへの彼女自身の満足感によるものであったといえよう。[(2)] しかしながら、そのことのみを、この作品に込められた作者のメッセージだと考えるのはいささか早計である。最終的には結婚に至るジェインとビングリーだが、両者の恋愛は途中で暗礁に乗り上げてしまう。それは、ダーシーの誤解に基づくビングリーへの助言によるものであって、実はジェインにもビングリーにも、その誤解を解く力はなかった。結局はダーシーが、自らの誤りに気づくことによってのみその誤解は解消するのだから、ジェインとビングリーの恋愛が二人を成長させたとは言いがたい。また、かつてはエリザベスが心を寄せたことのあるウィッカムと駆け落ち同然の形で家出してしまったベネット家の五女リディアからは、作品の最後に至るまで、反省の弁が語られることはなく、それどころか、彼女の厚かましさは結末に至ってもまったく変わらない。三女メアリーや四女キティに至っては、特に重要な恋愛関係が起きることはなく、彼女たちの人生はストーリー展開にほとんど影響を与えぬまま、作品は幕を閉じてしまう。恋愛は人を成長させるのか？――この問いに明確な答えを出したのは、五

(2) 姉カッサンドラに宛てたオースティンの書簡（一八一三年一月二十九日付）による。

人姉妹のなかにあって実はエリザベスだけであり、そのような人間社会の現実に透徹したまなざしを向けたところにオースティンの真骨頂がある。

オースティンの書かなかったこと

オースティンの『高慢と偏見』とは対照的な作品としてしばしば言及されることの多いイギリス小説に、**シャーロット・ブロンテ**の『ジェイン・エア』（一八四七年）がある。ロチェスターへの愛を貫く主人公ジェイン・エアの自伝として**一人称**で語られるこの作品は、全体として牧歌的で落ち着いた展開をする『高慢と偏見』とはまったく異なり、主人公の激しい**情念**が、荘厳さを漂わせるイングランド北部の自然とともに活写されている。実際ブロンテは、『高慢と偏見』を評して次のように語るのをはばからない。「平凡なお嬢さんの正確な描写や、入念に囲いが張りめぐらされて洗練された、きれいな境界線とか美しい花に満ちたお庭があるばかり。生き生きとして輝くような顔もなければ、開かれた野原も、新鮮な空気も、青々とした丘もみずみずしい川の流れもない(3)」。「洗練された淑女のごとく作品を描くオースティン」と「情念によって躍動する女性のごとく作品を描くシャーロット・ブロンテ」という対比は、すでに十九世紀半ばの批評にも見られる通りである(4)。

ブロンテによるオースティン評やブロンテ作品との比較は、オースティンという作家の性格と『高慢と偏見』という作品の特質をはっきりと示すことに役立っている。

(3) シャーロット・ブロンテが友人ジョージ・ヘンリー・ルイスに宛てた一八四八年一月十二日付書簡の一節。

(4)『イングリッシュ・ウーマンズ・ドメスティック・マガジン』の一八六六年七・八月合併号における無署名論説の一節。

両者には、文学的価値の高低ではなく、明らかに、資質の違いがあった。オースティンは生涯にわたってハンプシャーの自然を愛して都会の喧騒を嫌い、ロンドンへ出ることも少なかった。「田園地帯に三つか四つの家族があれば、それで小説が書ける」と語っていた彼女は、強い意志によって自らの情念を貫くヒロインではなく、「三つか四つの家族」の個々の人々の微妙な心の動きに注目しつつ、その調和のなかにあって、納得のいく自らの生き方をあらゆる角度から注意深く検討しつつ作品を仕上げている。[5] エリザベスを最も好んでいたとされるオースティンが、それにもかかわらずエリザベスの一人称による語りではなく、三人称を用いた**俯瞰的視点**から、逡巡し自らの偏見に赤面するエリザベスの姿を描いたのは、そうした事情による。エリザベスやダーシーの成長を丁寧に描出することができたのは、まさにこの**多角的な語り**の視点によるものとも言えよう。そしてそれは、姉ジェインや妹リディアの恋愛に安易な成長を描かずに作品を終えたオースティンの矜持にも通底するものであった。ジェインやリディアのような存在は、確かに、「三つか四つの家族」のなかにも存在する。それを彼女は肯定も否定もせず、ごく自然に共存させ調和させたのである。そういうオースティン文学の趣向をよしとするかしないかは、もちろん読者の判断による。

もう一つ、オースティンが、『高慢と偏見』はもちろん、他の作品においても基本的に書かなかったことがある。それは、ヒロインたちの**結婚の「その後」**の行方だ。結婚のプロポーズを受け入れかけたことはあったものの、生涯独身であったオーステ

(5) 姉カッサンドラに宛てたオースティンの書簡(一八一四年九月九日付)による。

インは、ベネット家の父母のような夫婦の描写はしつつも、恋愛によって成長を遂げ結婚に至ったカップルの「その後」を描くことはなかった。それゆえ彼女の作品には、「その後」を描いた別の作家の作品が今日に至るまで少なからず存在している。(6)安易なハッピー・エンディングを描かなかったことは、ある意味で、そうしたものを求める読者の期待には沿わないとも言えるだろうし、あるいは、「オースティンが結婚していたなら」と思う読者が多く生まれるかもしれない。しかしながらここでも、オースティンは作家としての自らの姿勢をはっきりと示していると言えるのではあるまいか。「その後」の人生とはいったん切り離すことで、彼女は、恋愛を通じた人間的成長の、その美しい人生の局面を鮮やかに描き切ったのである。(原田)

(6) エマ・テナント『ペンバリー館――続高慢と偏見』、P・D・ジェイムズ『高慢と偏見、そして殺人』など『高慢と偏見』に関する二次的創作は少なくない。やはり映画でもおなじみだが、ヘレン・フィールディングの『ブリジット・ジョーンズの日記』(一九九六年)も『高慢と偏見』に材を得た作品である。

黒人奴隷体験記の遺産

モリスン『ビラヴィド』
ポストモダン・ゴシックの命脈

トニ・モリスン

（1）テキストには Toni Morrison, Beloved (1987, Vintage, 2004) を用いた。吉田迪子訳（集英社文庫、一九九八年）も参照させていただいたが、基本的に引用文は拙訳によるものである。

アメリカ黒人文学初のノーベル文学賞作家

「一二四番地には瘴気が立ち込めていた。赤ん坊の呪いが取り憑いているのだ。その家に暮らす女たちも子どもたちも、思い知っていた」[1]（p.3）

こんなショッキングな文章で第一部が始まるアメリカ黒人女性作家トニ・モリスン（一九三一—二〇一九）の代表作『ビラヴィド』（一九八七年）は大ベストセラーを記録し映画化もされたから、たとえ通読したことのない読者でもその概要を知っているのではなかろうか。

南北戦争以前の一八五五年、ヒロインでありケンタッキー州の農園スウィートホームで働く十九歳の黒人女性奴隷セサ（Sethe）はオハイオ州めがけて逃亡し、夫ハーレの母である姑ベイビー・サッグズたちの待つ家へ到着するが、しかし白人の追っ手が迫っていたため、四人の子どものうちでも三番目、まだ二歳の長女に手をかける（他の三名は長男ハワード、次男バグラー、次女デンヴァー）。「一二四番地」という名称自体に「三」が欠落しているのは偶然ではない。しかし、やがて二十年近い歳月を経た一八七〇年代後半に、セサの前に黒衣の少女が現われ、「ビラヴィド」(Beloved) と名乗るのだ。それは、セサがかつて自ら殺した赤ん坊の墓に「最愛なる娘」の意で刻んだ名前であり、彼女はその生まれ変わりとしか思われなかった。以後、物語はセサが逃亡中に白人少女エイミー・デンヴァーの手を借りて産み落とし、その命を守り抜いた末娘デンヴァーとビラヴィドという三者を中心に展開していく。かくして、アメリカ黒人女性文学最大のポストモダン・ゴシック・ロマンスが幕を開ける。その反響は凄まじく、作者モリスンは翌年一九八八年のピュリッツァー賞に引き続き、一九九三年、アメリカ黒人文学史においても黒人女性文学史においても初のノーベル文学賞受賞に輝く。

モリスンはハワード大学卒業後に進んだコーネル大学大学院では一九五五年、モダニズム文学の巨匠ヴァージニア・ウルフとウィリアム・フォークナー双方における疎外者表象の研究で文学修士号を取得した。その作品では記憶と歴史の処理が中核を成し、さらにモリスン語と呼ぶべき独特な言い回しを駆使するから、ここにモダニズム的実験を批判的に発展させる最先端のポストモダニズム文学のかたちを見いだすのはあながち間違いではない。ただし、『ビラヴィド』の事件の発端となる一八五五年といえば、黒人奴隷であったフレデリック・ダグラスがすでに黒人奴隷としての半生を綴った自伝の二巻目『我が捕縛、我が自由』を発表した年であり、同書に代表される**黒人奴隷体験記**《スレイヴ・ナラティヴ》が頭角を現わした時代である。こうした語りはすでにアフリカ出身の黒人奴隷オローダ・エクイアーノがアメリカ独立革命直後の一七八九年に出した最初の自伝以降、その伝統を連綿と織り紡いでいた。そしてビラヴィドと名乗る少女が出現する一八七〇年代といえば、南北戦争とともに**奴隷解放**が実現し、ダグラスが生まれ育ったメリーランド州で奴隷として仕えた主人であるトマス・オールドが死の床に横たわり、かつての奴隷と和解していく時期に当たる。英米文学を専攻したモリスンがそうした黒人文学伝統を意識していたのは疑いない。

黒人奴隷体験記《スレイヴ・ナラティヴ》の伝統

ふりかえってみれば、アメリカ文学がアメリカ文学になる以前、つまり十八世紀後半のアメリカ独立革命以前の段階から、文学的想像力の原形質とでも呼ぶべきさまざまな「ナラティヴ」の一群がひしめいていた。たとえば、十七世紀ピューリタン植民地時代には、荒野すなわち原生自然《ウィルダネス》のなかで多くの苦難をしのびつつも神への真の信仰に目覚めていく「回心体験記《コンヴァージョン・ナラティヴ》」や、苦難の最たるものであったアメリカ原住民による襲撃とその結果としての白人誘拐を綴る「インディアン捕囚体験記《キャプティヴィティ・ナラティヴ》」などが広く浸透していたのである。

しかし、そもそも植民地アメリカが宗主国イギリスから独立を果たす一番のきっかけとなった三角貿易は、政治的独立という美名のもとにアフリカ系黒人をおびただしく奴隷としてアメリカ大陸へ輸送し酷使してきた悲劇の歴史によって成立している。

一七七六年の「独立宣言」では「すべての人間は平等に作られている」と明記されたにもかかわらず、以後九十年近くも、アメリカ合衆国が黒人奴隷を解放することはなかった。それを強力に正当化したのが、ダーウィン以前の進化論者、たとえばエドワード・ロングが、黒人というのはそもそも人類の最底辺なのではなく猿の最上位を占めており、**読み書き**もろくにできないぐらいに知能程度が低いがゆえに、黒人を家畜《チャトル》同然の動産とする奴隷制《スレイヴァリー》に何ら間違いはないのだと説く疑似科学理論であった。にもかかわらず、ダグラスをはじめとする黒人奴隷たちは、等しく農園の女主人から読み書き教育を受け、一定の知的能力を発揮して農園からの逃走に及んでいる。南部諸州では長いこと黒人奴隷に読み書きを教えることを禁じる法律まで制定されていたから、その背景にはむしろ、教育の機会さえあれば黒人は白人を圧倒しかねない可能性への恐怖心が垣間見える。

だが、モリスンは一体なぜ、そのように高度な知的可能性が保証される黒人奴隷が自らの愛娘を殺害するというモチーフを選んだのか？　アメリカ政府が下した一八五〇年の妥協が、一方ではウィスコンシン州やカリフォルニア州が新たな自由州に加わるのを認めながらも、他方では南部奴隷州からの**逃亡奴隷**が自由州で発見されたらすぐにも元いた奴隷所有者のところへ返還すべしという逃亡奴隷法を強化したことに、すべての要因は求められる。

もちろんモリスンにはるかに先立ち、白人女性作家ハリエット・ビーチャー・スト

映画版『ビラヴィド』ポスター

ウが発表し南北戦争の導火線になったとも評される『アンクル・トムの小屋』（一八五二年）に登場する美しき混血黒人女性奴隷キャシーは、子どもまでもうけた白人所有者に裏切られ売り飛ばされ、ついには次に出産した子どもに自ら手をかけたという過去を持つ。それから四年を経た一八五六年には現実世界でも、オハイオ州シンシナティにおいて、マーガレット・ガーナー（Margaret Garner）という黒人女性奴隷が白人の追っ手に取り囲まれて実際に四人の子どものうちの一人を殺しており、この事件こそがモリスンに直接的なヒントを与えることになった。主人公セサの姑ベイビー・サッグズをその値札通り「ジェニー」と呼ぶスウィートホーム農園の奴隷所有者が「ガーナー氏」（Mr. Garner）の名で登場するゆえんである。

ビラヴィドは二度死ぬ

しかし、黒人奴隷の**子殺し**とその亡霊としか思われぬ娘の登場は、実は小説『ビラヴィド』の発端にすぎない。問題は、冒頭の一文「一二四番地には瘴気が立ち込めていた」が凝縮するように、子殺しの呪いが主人公セサに付きまとい、それをいったんは取り除けたと思ったのも束の間、今度はビラヴィドという名の実体が出現し、彼女をさらなる混迷に突き落としていくところにある。

物語冒頭はすでに南北戦争が終わって八年ほど経った頃だが、一二四番地で合流するケンタッキー農場における元同僚で女たちにとっては癒し系のポールD（彼も農園主の苗字をもらっているから正確にはポール・D・ガーナーと命名されている）は、時に屋敷全体を揺るがす憑きものを祓うべく、テーブルの脚をつかんで振り回して「やるなら相手になるぞ、かかってこいこんちくしょう！　セサはな、おまえを抜きにしたって充分苦しんできたんだ。もうたくさんなんだよ」（p. 22）と怒鳴りつけ、いったんは除霊に成功する。そして、以前からセサに憧れていたポールDは、とうとう彼女と肉体関係を結ぶ。

いよいよ幸せな生活が始まるかと思われた日々。ある時、町にサーカスが来たので一緒に見に行こうとポールDが提案するので、セサはデンヴァーを伴い、三人で楽しむ。そこでは魔術や道化芝居が演じられたが、登場したのは頭が二つある人間や四メートル以上ものノッポに七十センチもない小人、それに一トンはあろうかという大女といったフリークスだった。そして、まさにそのフリークショウとも呼ぶべきサーカスの場面に続く章の冒頭において、いよいよ喪服に身を包んだビラヴィドが川の中からずぶ濡れになって出現し、一二四番地のポーチからほど近い切り株に腰を下ろす。

ゴシック・ロマンス風の幽霊譚で始まりながら、ここでビラヴィドがフリークスに連なる奇怪な存在として姿を現わすことに注目したい。作者モリスンは二〇〇四年ヴィンテージ版への序文で、一九八三年に彼女がランダムハウス社の編集者としての仕事を辞め、専業作家となって数日したころ、自宅からハドソン川をのぞんでいるときに、辞職によって落ち着いた気分になるどころか、一気に神経が研ぎ澄まされ、それまでの束縛から解放されたことで圧倒的な創作欲が湧くのを経験したと回想している。この時のモリスンほどに逃亡奴隷に感情移入できる作家はいなかったろう。そしてマーガレット・ガーナーの子殺しのエピソードに啓発されるも、未だ物語全体は構想されてもいない。けれども、再び家のポーチに坐り直した時、モリスンはハドソン川のさなかより一人の娘が浮かび上がり自分の方へ歩み寄ってくるのを幻視したのだ。「だからビラヴィドの姿は最初から見えていた——そして私を除く登場人物はみんながみんな、彼女が誰だかわかっていたのだ」(p. xviii)。かくして亡霊が受肉した瞬間は、物語ではこのように描写される。「彼女に備わった新たな肌は、指の関節に到るまで皺一つなくなめらかだった」(p. 61)。

ある意味で生まれたばかり、実際には生まれ変わったばかりのビラヴィドは、しかし純真無垢どころではない。彼女は次女のデンヴァーがいかに白人娘の手助けを得て産み落とされたかというエピソードを繰り返し聞くのを好むように見えたが、それと同時に、母セサへの憎しみを増長させているようにも思われた。セサはセサで、ビラヴィドを自らの娘として実感し再び愛そうとするも、時に暴れ出すこの娘は母を消耗させるばかりだ。しかもビラヴィドは何と色仕掛けで、母セサの恋人たるポールDをも寝取ってしまい、彼をこの家から追放するのに成功する。次女のデンヴァーはデンヴァーで、自分こそが母からビラヴィドを守らねばならないと思うこともあれば、むしろビラヴィドから母を守らねばならないと思うこともある。この三者は愛の営みとは対象を限りなく所有し束縛するほどに死守することだと信じる点で共通しており、そこには黒人社会における母娘関係のおぞましき倒錯を窺うことができる。そしてセサはポールDにこう説明する。「あたしは子どもたちを連れて安全なところへ隠したのよ」。その言明を受けて彼は、こう確信する。「いまセサが語っている安全とは鋸による我が子殺害すら正当化するものなのだ」(一九三頁)。

しかし第二部では、ビラヴィドの暴虐と魔力はとどまるところを知らず、母セサが拒食症じみた傾向に走るのとはうらはらに、その身体はますます大きくなって行く。かくして第三部後半に至ると、三十人もの女たちが一二四番地に集まり、ビラヴィドの追放が行なわれる。すなわち、本書は第一部では赤ん坊の幽霊が憑依した家をポールDが除霊し、第三部に至ると幽霊が受肉したビラヴィドを町の女たちが追放するという、二重の幽霊物語《ゴースト・ストーリー》のうちに二重の悪魔払《エクソシズム》いを仕組む**魔女狩り小説**《ウィッチハント・ナラティヴ》になっている点において、ポストモダン・ゴシック・ロマンスの名に値する。その上で、あえて本書の献辞に目をやるならば、そこに「六千万人以上の者たちに」と記されていること、すなわち本書が基本的に過去アフリカから連行され殺された黒人奴隷たちに捧げられていることに気づく。『ビラヴィド』が描いたのはたんにセサという一人の黒人女性奴隷にとどまらず、その背後で息をひそめる過去六千万人以上の黒人奴隷たち全体の壮大なドラマなのだ。ビラヴィド同様、アメリカ黒人は奴隷制時代に一度殺されながら、南北戦争後、奴隷制解体後の時代になっても——しかも二十世紀後半の公民権運動以後の時代になっても――いま一度殺されねばならなかった。このような運命を、かくも鋭利に刻み上げた物語は、ほかにない。

以後、モリスンはハーレム・ルネッサンス時代のニューヨークにおける三角関係の悲劇を即興演奏的手法で描き出した『ジャズ』（一九九四年）と、黒人内部でも肌が漆黒に近いことで差別された連中が築いた町ルービィを代表する黒人男性たちとルービィ近郊の修道院に集う多民族女性たちの闘争を物語る『パラダイス』（一九九八年）を発表するが、これら三作を合わせて『ビラヴィド』三部作と呼びならわすことを付記しておきたい。

（巽）

悦楽とタブー　デュラス『愛人』

植民者の娘が現地の男と恋をする

現代日本では、少子化、晩婚化、性の多様性がしばしば話題になる。性や家族のあり方をめぐる考え方は二十世紀末以降、急速に変化してきたし、そこには**ジェンダー**の意識が密接に関わっていることは否定できない。愛、性、身体、家族など一見きわめて私的で、個人的な現象がじつは社会的、歴史的に形成され、同時に社会と歴史の動きに波及してきたということである。愛や性の現象はつねに存在してきたが、その表現様式は国によって、文化によって、そして時代によって異なる。

二十世紀フランスを代表する女性作家の一人マルグリット・デュラス(1)の数多い作品において、女性の愛と性はつねに本質的なテーマだった。確固たる現実感が喪失し、時間の座標軸もしばしば曖昧な世界で、女性たちは浮遊するような感覚でみずからの愛を生き、性に戸惑い、ときには狂気の淵に沈んでいく。

デュラスは一九一四年、当時フランスの植民地だったヴェトナム(2)の首都サイゴン（現在のホーチミン市）近郊で生まれた。フランス人の両親はともに教員だったが、幼くして父親を失った後インドシナ各地で暮らし、一九三三年、十九歳でフランス本

(1) デュラス（一九一四―一九九六）フランスの作家。小説のほかに戯曲や映画のシナリオも書いた。第二次世界大戦後の新しい文学の傾向を代表する作家の一人で、女性が書くことの意義を問い続けた。ベストセラーになった『愛人』によってゴンクール賞受賞。なおこの小説は一九九二年にジャン＝ジャック・アノーによって映画化されている。

(2) ヴェトナムは一八八七年にフランス領インドシナの一部となり、その状況は第二次世界大戦の時代まで続いた。

国に居を移した。多感な思春期をインドシナで過ごしたデュラスは、この地を舞台にした作品をいくつか発表した。『愛人』（一九八四年）もそのひとつである。

一九三〇年頃のインドシナ、主人公は十五歳のフランス人娘（名前はない）で、母はヴェトナム南部サデックで小学校を経営し、二人の兄がいる。ある日サデックから、フランス人高校のあるサイゴンに戻る途中、メコン川の渡し船で裕福な中国人青年（彼にも名前はない）に出会う。華僑出身の青年はパリに留学した経験があり、フランス語を話す。美しい娘に恋した青年は、寄宿舎から高校まで車で娘を送り、授業が終わった後はサイゴン郊外のショロン地区に所有する部屋に連れ込んで、愛の営みに耽る。二人の関係は家族に知られるところとなり、母親は娘を娼婦扱いして罵倒する。やがて娘は大学教育を受けるためフランスに赴くことになり、二人の別離が訪れる。フランスに向かう定期客船のなかで、娘は自分が青年を愛していたことに気づいて涙を流す。

この小説は、主人公である女性が、十五歳の頃の自分の体験を回想しながら語るという形式をとる。しかし少女の目をとおして語られるだけの、一人称の物語ではない。主人公は自分を「わたし」と呼ぶが、その同じ主人公が「彼女」や「娘」と三人称的に記述されたりもする。『愛人』においては、主人公の女性は他者や外部世界を**見つめる主体**であると同時に、**他者から見つめられ、判断される客体**でもある。そのうえこの作品では、さまざまな物語が断片的に、時間的な統一性を保つことなく展開

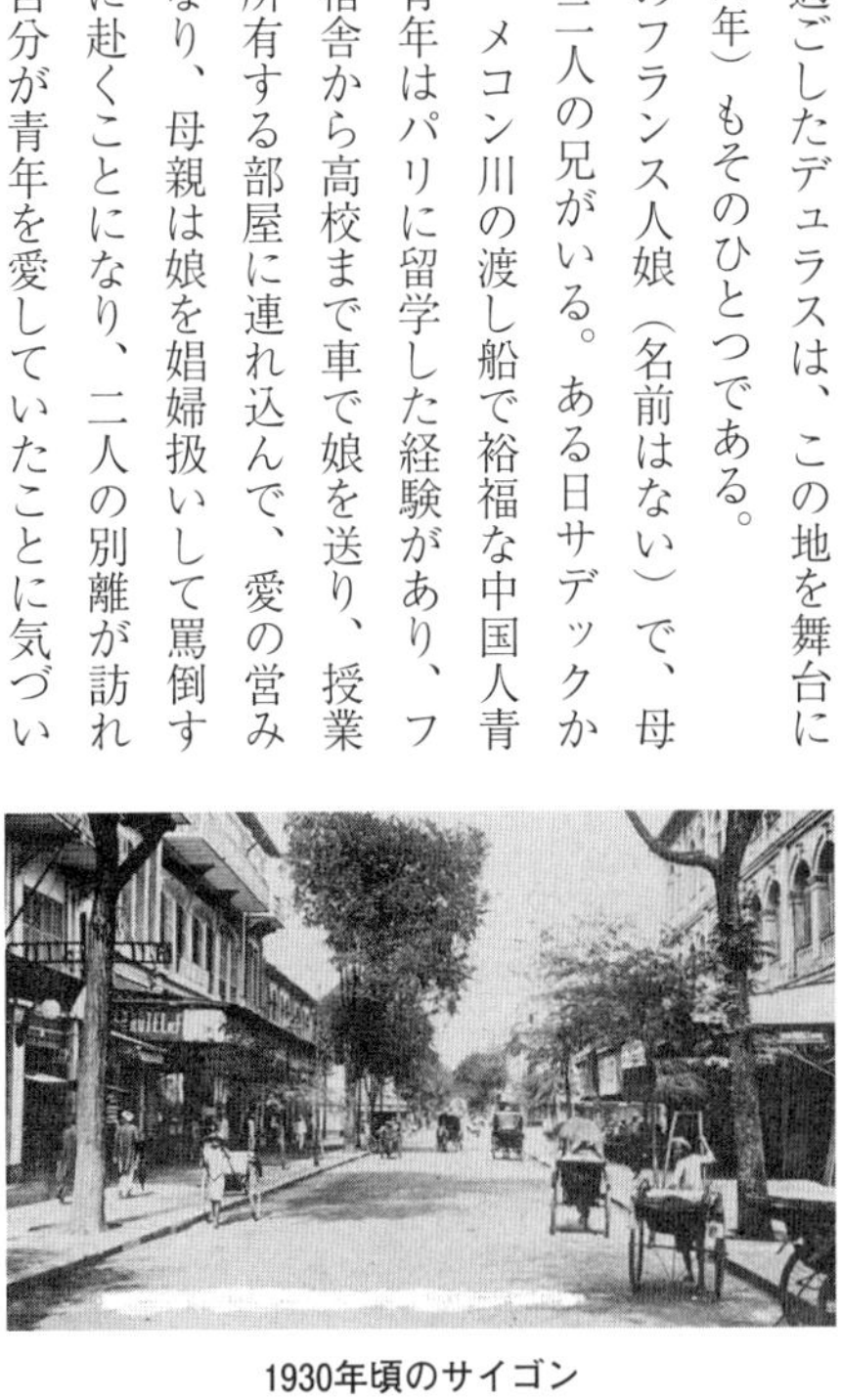

1930年頃のサイゴン

する。娘と青年の恋物語に加えて家族の悲劇、母親の錯乱、サイゴンの学校生活などが複雑に交錯しながら語られる。デュラスはそれを「流れるエクリチュール」と呼んだ。

植民地で恋をすること

娘と青年は船上で出会う。娘は現地のヴェトナム人で混みあった渡し船に乗り、そこに男が黒い高級車ごと乗りこんでくる。愛の物語において**出会いの場面**はきわめて重要な意味をもつ。愛が始まるためには男女が出会わなければならない。それまで互いの存在を知らなかった二人が偶然に遭遇し、まなざしを交差させ、言葉を交わす。そのときから二人の感情が波立ち、何かが変化し、外部の世界が同じ表情でなくなる。出会いは予期せぬ未来に向けて開かれた扉、あるいは逆に展望のない未来への入り口になるだろう。デュラスは出会いの場面を次のように描いている。

上品な男がリムジンから降りてきて、イギリス煙草をふかしている。男物のソフト帽をかぶり金ラメの靴を履いた娘をじっと見つめ、ゆっくりと彼女に近づく。男がびくついていることは、すぐに分かる。最初は微笑みかけもしない。まず男は娘に煙草をすすめるが、その手は震えている。人種が違うのだ、彼は白人ではないのだから。彼はその人種の違いを乗り越えなければならず、だから震えているのだ。

いえけっこうです、煙草は吸わないの、と娘は言う。それ以外のことは何も言わず、かまわないで、とも言わない。すると男の怯えたようすが少しやわらぎ、まるで夢を見ているようですと言う。(3)

この短い一節には、二人の今後の関係性を示唆するさまざまな要素が凝縮している。幼い頃から美しく魅力的な娘は、男たちに見つめられることに慣れていた。男の**欲望の視線**が自分の身体に注がれ、誘惑の電流を発するのに慣れていた。ここでも娘は男に見つめられ、たちまち欲望の対象にされてしまったことを認識する。そして平然とその視線に身をさらしているが、他方で男のほうは怖気づき(「手は震えている」)、遠慮がちに娘に接近する。大胆な女と内気な男という力関係がここで成立し、一般的なジェンダー規範をかき乱す。

男の気弱さの一因は、彼が中国人だということ、つまり植民地に住む現地人だということだ。娘よりはるかに裕福な家庭で育ち、フランス留学を経験し、サイゴン近郊で不動産事業を手広く営んでいる一族の後継者である彼は、宗主国フランスとフランス人にたいして劣等意識を払拭できない。二人の愛は、この**植民地的な状況**を捨象しては考えられない。経済的に困窮しているとはいえ、娘とその家族は植民者の集団に属し、娘が通う高校では彼女とエレーヌ・ラゴネルという娘だけが白人であり、他の生徒はフランス人の軍人、貿易商、船員などが現地女性との間にもうけ、ときには棄

(3) Marguerite Duras, *L'Amant*, dans *Œuvres complètes*, Gallimard, 《Pléiade》, t.Ⅲ, 2014, p. 1473.

てた混血の子どもたちである。主人公の娘のように素行が悪い生徒でも、純粋の白人が在学していることが、高校にとっては声価を高める要因となる。子どもや学校もまた、一九三〇年当時の植民地ヴェトナムの状況を映しだしている。(4)

　フランスの作家が東洋を舞台にした作品を書いたのは、デュラスがはじめてではない。ミルボー(5)の『責め苦の庭』（一八九九年）は、西洋列強に支配されていた中国で展開するし、海軍士官として世界中を巡ったロティ(6)は、トルコや日本を舞台にした作品を残している。ロティの『アジヤデ』（一八七九年）はイギリス人士官とトルコ人女性アジヤデの悲恋物語だし、『お菊さん』（一八八七年）は長崎を舞台にしたフランス軍人の滞在記の体裁をとる。いずれもヨーロッパ人男性とアジア人女性の恋愛であり、男が去ることでそれが終焉する。西洋人作家が東洋を舞台にした恋愛小説を書くとき、西洋の男が東洋の女と恋愛し、その身体を所有し、やがて棄て去るというのが一般的構図であり、そこには**帝国主義時代の東西文明の権力関係**が、男女のジェンダー的な支配―被支配という関係性として表象されている。サイード(7)の『オリエンタリズム』に倣うならば、西洋文学は「**東洋の女**」という神話を捏造したのである。

　ところが興味深いことに、デュラスの『愛人』ではそのジェンダー的関係性が逆転している。宗主国フランスの女と、植民地ヴェトナムの男の愛の物語であり、最終的に女がフランスに向かうことで二人の関係に終止符が打たれるからだ。関係の清算を決意するのは女であり、男はそれに従うしかない。最初は男に欲望され、所有される

（4）『愛人』は植民地主義を直接的に批判しているわけではないが、植民地下のヴェトナムを舞台にしていることは無視しえない。フランスではアンドレ・ジッドが『コンゴ紀行』（一九二七年）において、植民地主義の弊害を語った。フランス以上に植民地大国だったイギリスのコンラッドは、『闇の奥』（一八九九年）でコンゴ奥地を舞台にヨーロッパ文明による植民地収奪を告発した。

（5）オクターヴ・ミルボー（一八四八―一九一七）フランスの作家、ジャーナリスト。ブルジョワ社会の頽廃を痛烈に揶揄する作品を多く書いた。

（6）ピエール・ロティ（一八五〇―一九二三）フランスの軍人、作家。海軍士官として世界中を巡り、異国趣味あふれる小説や旅行記で人気を得た。

対象だった女がやがて欲望の主体に変貌し、みずからの快楽を追求する主体になっていく。そのかぎりでは、早熟な娘の成長物語とも言えよう。そして娘と青年の物語では、植民地主義の政治力学と男女のジェンダー力学が複雑に絡みあっている。

母と娘の物語

この作品には家族の物語というもうひとつ重要な側面があり、そこにもジェンダーの問題が関与している。娘一家の父親はすでに亡くなっており、苦労して学校を経営する母親と三人の子どもからなる家族である。母親はさまざまな苦難の末に精神を病むが、植民者の白人という体面にはこだわり続ける。長男は暴力的で麻薬に溺れるごろつきだが、母親からは溺愛される。次男は心やさしく気弱で、兄に虐待されるが、主人公の娘はこの次兄にたいして愛情を抱き、ときに近親相姦的な様相さえおびる。娘の愛人である青年は十二歳年上であり、「父親のように」娘を愛したと作家は書いており、ここでも近親愛的な雰囲気がただよう。『愛人』はタブーと逸脱を示唆する作品でもあるのだ。

より本質的なのは、母と娘の関係だろう。不出来な兄弟に比して成績の優秀な娘に母親は期待し、娘のほうもそれを誇りに思うのだが、他方で母親は、娘が中国人と付き合うという社会的逸脱をつうじて自立しようとすることに、嫉妬の混じった苛立ちを覚えずにいられない。激しい愛憎が相半ばするこの関係は、デュラスにとって永遠

(7) エドワード・サイード(一九三五—二〇〇三) アメリカの文学批評家。主著『オリエンタリズム』によってポストコロニアリズム理論の先駆けとなり、その後の文学研究、文化研究に絶大な影響を及ぼした。

の神秘であり、けっして解決できない問いだったようだ。『愛人』のはじめのほうで、語り手は次のように回想する。

> わたしの子ども時代と関連するわたしのさまざまな本の物語のなかで、わたしが言うのを避けたこと、言ったことが何なのか突然分からなくなる。みんなが母にいだいていた愛は語ったと思うが、母に憎しみをいだいていたことや、家族どうしが互いに愛と、すさまじい憎しみを感じていたことについて語ったかどうかは分からない。わたしの家族の物語は、愛しているのであれ憎んでいるのであれ、いずれにしても破滅と死の平凡な物語なのだが、いまだにわたしには理解できず、接近不可能で、わたしの肉体のいちばん奥深いところに潜み、生まれたばかりの赤ん坊のように外部に閉ざされている。家族の物語は、沈黙が始まる入り口のような場所なのだ。(8)

デュラスの実質的なデビュー作である『太平洋の防波堤』（一九五〇年）以降、デュラスは複数の作品で自分の娘時代を語り、**母との緊迫した関係**を想起してきたが、いまだに語り尽くした気がしない。家族の物語は依然として「接近不可能」だ。だからこそ『愛人』はその沈黙を突き破って、母と娘の物語を紡ごうとしたのである。成績の良い娘に期待する母親を前にして、娘はその期待を幼い頃はうれしく思い、それ

（8）*L'Amant, op. cit.*, p. 1468.

に応えようとするが、母親がほんとうに期待したかったのは娘ではなく長兄だった。夫を早くに亡くし零落した一家の母親にとって、長兄こそが一家を立て直す人物になるはずだった。しかし彼はその希望を裏切る。娘は、自分が母親にとって長兄の代理人にすぎないことを自覚した時から、母親と距離を置くようになる。『愛人』は、愛と快楽とタブーの侵犯（近親愛の誘惑）をつうじて、**娘が自立と解放を模索する物語**であり、作品末尾で描かれる客船での旅はそのための旅立ちにほかならない。

デュラスには自伝的な作品が多く、しかも一度書いたことを忘却してしまったかのように、同じ時代の出来事が細部をいくらか変えて何度も語られる。『苦悩』（一九八五年）についてデュラスが、「私はこれを書いた覚えがまったくないのです」と発言したことを受けて、アメリカの批評家ショシャナ・フェルマンは、女性の自伝あるいは自伝的作品は**トラウマと記憶喪失の物語**だと定義した(9)。男は記憶によって自伝を書くが、女の自伝は書き手の意識と一致しない記憶喪失の物語、そしてその記憶喪失に抗って書かれる作品である。記憶から排除された出来事は消滅するわけではなく、秘められたトラウマとして残り、語られることで蘇生する。デュラスにとって、中国人青年との官能的な愛と悦楽、母親との葛藤、次兄へのタブー視される近親愛はいずれも心の奥深く潜んでいたトラウマであり、そのトラウマを意識化し、払拭するために何度も語り直したのである。

（小倉）

（9）ショシャナ・フェルマン『女が読むとき　女が書くとき』下河辺美知子訳、勁草書房、一九九八年、二七頁。

コラム　やばい!!　『女の一生』

一般的な歴史と同様に、文学史も、女性の能力を充分生かせない社会状況を反映して成り立ってきたことは言うまでもない。だが一方で文学をやる男性は、体力や経済力などで男性を計る世俗的な価値観に対する批判や馴染めなさを持つ人も多く、文学はそれを表現する媒体でもあった。だから、にもかかわらず起こる**女性の疎外**とは、なかなか複雑なしくみを持つ、男性ジェンダーに関わる問題でもある。実際、疎外とは裏腹に、女性を描かない小説などむしろ珍しく、「名作の中のおんな101人」（『国文学 解釈と教材の研究』一九八〇年三月）などのガイドも多く編まれてきた。作家の**ジェンダー**や作中人物のジェンダーに絡む問題については、現在でもさまざまなアプローチの余地がある。紹介しきれないので、コラムの話題までに、近代日本で『女の一生』という同名のタイトルを持つ小説を挙げ、〈女〉のイメージを確認してみよう。

森田草平（一九一三年）、山本有三（一九三三年）、室生犀星（一九三八年）、森本薫の戯曲（一九四六年）、田村泰次郎（一九五五年）、遠藤周作（『第一部・キクの場合』『第二部・サチ子の場合』一九八二年）など、枚挙にいとまない。そもそも、**モーパッサンの『女の一生』**というお手本があるからそうつけたくなるとはいえ（ただし、「女の」は翻訳のタイトルで付加されたもの）、並べてみると、あまりの内容に唖然とすることになる。

例えば教養小説の大御所・**山本有三**のものでは、医学校へ進学した允子《みつこ》は、ある男性に恋して妊娠するが、彼は妻があったことを隠しており、堕胎を迫る。拒絶し一人で子どもを産んだ允子は、町医者で助手として勤めるが、悪徳医者のせいで、堕胎（当時は非合法）幇助の濡れ衣を着せられピンチに陥る。青年になった息子も、左翼活動に入れ込み家を出てしまう。そんな逆境に負けず、再び医師として立つことを、主人公は「第二の出産」と誇る。

女性を描く名手・**室生犀星**の場合は、共に世間から「混血児」（当時の表現をそのまま使用する）としてまなざされることへの違和感を持つ三人の女性が友情を結び、二人が男性からこれまで受けた卑劣な扱いから処女のみね子を守ろうとするが、みね子は藤堂と関係を結び、妊娠がわかると藤堂は行方をくらます。友人に助けられ、一人で出産したみね子は、新たな生を求めて新天地のハルピンへ旅立つ。

森本薫の戯曲は、文学座で杉村春子をはじめ現在まで演じられるもの。孤児のけいは、堤家の母に気に入られ、次男栄二への思いがありながら長男と結婚し、消極的な彼に代わって、恩のため家を守り、家業の中国貿易を発展させ、左翼とわかれば栄二まで警察に渡す。その一念に、かえって家族は離れてゆく。日中戦争からアジア・太平洋戦争という背景がかかわっているが、脚本には戦中と戦後のバージョンがあり、国策に対する作品の意図が問題になるところである。

田村泰次郎は、戦後に売春婦を描くなどセンセーショナルな作品で売った作家だけあって、一九三〇年を舞台にした『女の一生』でも、主人公春子が左翼学生・坂上と関係をもち、妊娠して捨てられ、支援してくれた瀬沼と満洲へ渡って夫婦になるが、春子の友人・三枝が瀬沼と関係を持ってしまい、さらに軍人とも関係していたいざこざで瀬沼が殺されたり、瀬沼に実は正妻があったり、再婚すると坂上が復員したり、息子がぐれて三枝と関係を持ったり……と盛沢山すぎるので、ため息交じりに省略せざるをえない。

遠藤周作は『キクの場合』だけを挙げるが、幕末の長崎を舞台に、禁制だった切支丹への過酷な弾圧を描いたものである。切支丹である清吉に恋したキクが、彼を助けたい一心で探索を続け、侍が遊びに来るという花街に住み込む。運よく清吉の拷問を担当する侍に出会うことができたが、清吉の待遇はお前次第だと侍に騙されて身体を汚され、託した金品は着服されてしまう。ついには結核にかかり、清吉の解放を見ずに死んでしまう。日本におけるキリスト教のテーマを突き詰めた作家であるだけに、侍の後悔など人間の罪が描かれているのだが、女性が試される唯一のものは**貞操**である。

こうしてみると、〈女の一生〉は、波瀾万丈であるらしい。おもしろいことはおもしろいが、教訓を旨としていても、女性の堕落を嗤う関心のありかを否めないし、〈肉体〉をめぐる攻防が多く共通する点で、個別の人生というよりは、〈女〉という類型化がなされていることがわかる。『男の一生』というタイトルが少ないのは、男性の人生はそれぞれで違うということ、一篇で描き切れるほど単純ではないということなのだと思い知らされる。『女の一生』たちがそれぞれの作家の代表作にもなっていないのは（森本薫は例外だろうか）、通俗として評価されるからだろう。

けれどもひょっとすると、現在でも、テレビドラマから、タイトルに「女の一生」とつく渋谷直角の漫画まで、その系譜は続いているのではないか。女性作家が増えてくるのはせいぜい一九八〇年代である。近代小説を読むとき、私たちは見てきたようなパターンに馴れており、〈女性〉を愛することができないできた。そんな女性が出てくるよりは、ホモソーシャルな時代劇やBL（ボーイズラブ）を好む女性もいる。もちろん、目的は男性と女性を分けて優劣を競うことではないが、これまで芸術的評価だと思ってきたものに含まれる歴史的・社会的限定性を意識したり、別のあり方を美しいとか、おもしろいと思える感性を磨くことも重要だろう。（小平）

第Ⅴ章　都市の表象

世界のおもな大都市は頻繁に文学に舞台を提供してきた。十九世紀以降、近代的な産業と制度の確立にともなって、人とモノと情報が加速度的に移動し、流通し、普及した。都市では政治が動き、経済が活性化し、文化が沸騰し、社会が流動性を増す。そのような状況下で、野心的な若者たちがみずからの夢を実現しようと都市に出てきて、さまざまな人間に遭遇し、歴史の激動に立ち会い、思想や芸術の新たな潮流と関わる。こうして近代小説においては、田舎町から大都市や首都にやって来た主人公の成長を語るというのが、ひとつの典型的な図式となる。もちろん都市の表情は多様だ。繁栄と貧困、善と悪、華やかな上流社会と犯罪者たちの巣窟が、わずかの距離を置いて共存する。作中人物は成功して社会の階段を上昇することもあれば、挫折して都市から追われるように去っていくこともある。

ディケンズの小説はロンドンの光と影を、主人公たちの運命と関連づけながら鮮やかに浮き彫りにする。ベンヤミンの自伝的著作『一九〇〇年頃のベルリンの幼年時代』では、著者のベルリンでの幼年時代の体験が子どもの身体と感覚をとおして、遊歩者的なまなざしで語られている。ゾラは、オスマン計画によって近代都市の相貌を整えた十九世紀後半のパリの情景を、『制作』など一連の作品でダイナミックに表象してみせた。そしてバルガス゠リョサの『都会と犬ども』は、ペルーの首都リマにある士官学校を舞台にして校内の閉鎖空間を描きつつ、その外部に位置する都市リマの権力構造を抉りだしてみせる。

（小倉）

ロンドンの光と影

ディケンズ『オリヴァー・トゥイスト』『デイヴィッド・コパーフィールド』
大英帝国首都の公と私

器としての都市、ロンドン

「ロンドンに飽きた人間は人生に飽きたということだ、ロンドンには人生の与えうるすべてがあるのだから」とは、十八世紀イギリスの文豪サミュエル・ジョンソンの言葉である。(1) ロンドンがいつからイギリスの首都であったのかについては諸説ある。中世のイギリス国王は必ずしも一カ所に定住せず、その時々の居所が「首都」とされていたからだ。ただ、十二世紀には、ロンドンのいわゆる「シティ」とウェストミンスターに政府機能が集まり、すでに人口の最も多かったロンドンが、この頃から明確に首都として機能し始めたとされる。そういう経緯もあってロンドンは、その成立期から、王権や国家のような強大な単一の権力によって形成された都市ではなかった。テムズ川の水運をはじめ、生活の諸条件が整っていることから人々が自然に集まり、さまざまな試みを企て、事業を興し、そういう人々が愛着を感じて、あるいは他に住む場所もないのでやむをえず、定着していった都市である。ジョンソンの言う「人生の与えうるすべて」には、人々の希望と挫

(1) ジェイムズ・ボズウェル『サミュエル・ジョンソン伝』(中野好之訳、みすず書房) 第二巻三九〇頁を参照。訳文を一部、改変させていただいた。

若きディケンズ 姉ファニーによるスケッチ、ファニー自身の自画像も左下隅に描かれている(一八四二年)。

折、失敗と成功、繁栄と退廃、無関心と共感が幾重にも織り込まれている。

実際、ロンドンという都市は、率先してイギリスの文化を先導するというよりは、**異種混淆の器**といった性格が強い。この国の学問はオクスフォードやケンブリッジを中心に発達したし、イギリス国教会の大主教はカンタベリーとヨークにいる。ワーズワースやコールリッジといったロマン派詩人は湖水地方を拠点としていたし、田園風景をこよなく愛したジェイン・オースティンのような作家がロンドンに姿を見せることはほとんどなかった。シェイクスピア劇の大半はロンドンで上演されたが、ロンドンが作品の舞台となっているものは決して多くない。何よりもロンドンは、国内はもとより世界各地から人とモノが集まり、それぞれの個性が自由に輝く劇場や博物館、美術館、コンサートホール、市場、取引所などが軒を連ねる街なのである。実際、シェイクスピアもジョンソンもロンドン出身ではなかった。十九世紀半ば、故国プロイセンを追われ、フランスやベルギーにも定住できなかったカール・マルクスが、結局、ドーヴァー海峡を渡ってイギリスに住み、『資本論』を書き上げることができたのも、そういう彼に大英博物館が図書館の利用資格を認めたからである。民族的にも言語的にも文化的にも、いわゆる正統はどこにもないというイギリス的特質を、ロンドンは如実に反映した都市である。

都市はパブリックか、プライヴェートか？

そういうロンドンには、常に**パブリック**な（公共的）空間と**プライヴェート**な（私的）空間とが共存する。(2)異種混淆だから出自を問われることはあまりない。イギリス特有の階級社会をいったん棚上げするような都市生活者の領域が、ロンドンには大きく存在する。その公共圏に、人々は基本的に対等な資格で出入りする。だがそれと同時に、出自を問われないからこそ、ロンドンは最も私的な空間にもなりえる。サミュエル・リチャードソンの長編小説『クラリッサ』（一七四七―四八年）のなかで、放蕩貴族ラヴレイスがハーロウ家の美しい娘であるクラリッサをそそのかし、彼女を田園地帯の居宅からロンドンへ連れ出すのも、「この世の中で最もプライヴェートにしていられるところはロンドンなのだから」という理由であった。(3)

チャールズ・ディケンズ（一八一二―七〇）は、ロンドンを舞台に成長する主人公を活写して多くの傑作を残した作家である。クリスマスの季節には日本でも上演されることの多い『クリスマス・キャロル』（一八四三年）も、舞台はロンドンである。なかでも、『オリヴァー・トゥイスト』（一八三八年）と『デイヴィッド・コパーフィールド』（一八五〇年）は、ロンドンを拠点に活躍したディケンズ自身の伝記的要素が色濃く、それゆえ、ロンドンの風俗によって織りなされる登場人物の人生行路が、精彩に富む描写によって躍如としている作品である。(4)もっとも、ディケンズ自身も、また作品の主人公であるオリヴァーやデイヴィッドも、ロンドンの生まれではない。ディケンズが生まれたのは、イングランド南部のポーツマス近郊の町であったし、オ

（2）社会学者ユルゲン・ハーバーマスは、著書『公共性の構造転換――市民社会の一カテゴリーの探究』（細谷・山田訳、未來社、一九九四年新版）において、都市ロンドンの「公共圏」としての性格に注目している。

（3）Samuel Richardson, *Clarissa, or, The History of a Young Lady* (Penguin Classics, 1985), p. 389より、拙訳による引用（第九八書簡）。

（4）『オリヴァー・トゥイスト』には、加賀山卓朗訳（新潮文庫）や小池滋訳（ちくま文庫）、『デイヴィッド・コパーフィールド』には石塚裕子訳（岩波文庫）や中野好夫訳（新潮文庫）がある。なお本章における引用は、これらを参照した拙訳による。

リヴァーは、そのポーツマスを思わせる、ロンドンから百キロ以上も離れた「ある地方の町」の救貧院で産声を上げている。デイヴィッドが生まれたのは、イングランド東部のサフォーク州ブランデストンだが、作品中では「どこかそこらへん」とわざわざ記されている。ロンドンは、ディケンズにとっても、またその作品の多くの主人公たちにとっても、いわゆる**生まれ故郷**ではなかった。彼らが生まれ故郷を離れて人生を構想し、刻苦勉励し、時に辛酸を嘗めつつも自らのアイデンティティを築き上げていく器であり舞台、それがロンドンなのであった。パブリックとプライヴェートが共存するロンドンの表象に深い陰影が刻まれているのは、こうした事情による。

　ロンドンに出てきて間もないデイヴィッドは、のん気な紳士ミコーバーに、「お見受けしたところ、この首都での遍歴においては、まだそれほど足を延ばしてはいないようですな」などとたちまち素性を見破られてしまうのだが、それでも彼はさっそく、ロンドン中心部で、フリート・ストリートの鹿肉屋をのぞいたり、アデルフィあたりをぶらついたりすることを楽しむようになる。ロンドン・ブリッジの石の欄干にある「くぼみ」に腰を下ろして通り過ぎる人々を眺めては時を過ごし、テムズ川の川面に映える朝日がロンドン大火記念塔の頂に「サッと黄金の炎を投げ掛ける」瞬間に感激したりもする。主人公たちが無為に過ごす時間、わざわざ語る必要もないかに見えるボンヤリとした瞑想の時間、そういう彼らのプライヴェートな時の流れのなかに、多くの人々が集う、パブリックなロンドンの風景が丁寧に描き込まれ、それが読

ディケンズが贔屓にしていたロンドンのパブ「イェ・オールド・チェシャー・チーズ」　十八世紀のサミュエル・ジョンソンも常連であった。現在も健在。

者にも共有されていくことになる。イギリス文学におけるロンドンの表象は、登場人物個人の内面心理の微妙な動きと、周囲にいる多くの人々や社会、そして読者とをつなぐ、いわば結節点でもあったといえよう。

都市のアイロニー――主人公はロンドンで成長したのか？

主人公が**成長**し、身を立て、何らかの形で社会的に功成り名を遂げて成功を収める――それは、近代小説の典型的なストーリー展開の一つである。主人公はその過程で、多くの人々と交わり、人生のさまざまな局面に遭遇して、その評価が広く定着していくことになるわけだから、作品の舞台が**都市**に設定されるのはむしろ自然であろう。いな、地方の寒村から都市に出るという舞台の変化は、それ自体、主人公の成長をきわめて分かりやすく説明するものとも言える。だがディケンズは、ロンドンを舞台にして、主人公のそのような成長を本当に描いたのであろうか。

救貧院に生まれ、その直後に母が亡くなって孤児となった『オリヴァー・トゥイスト』の主人公は、夜逃げをしてロンドンに到着、その後、フェイギンを首領とする窃盗団に入れられるもののめぼしい働きはせず、寛容にして温厚な紳士ブラウンローに引き取られ、彼の一家のあたたかい庇護を受ける。だが、再びフェイギン一味に捕まり、盗みに加わることになるが、今度

『オリヴァー・トゥイスト』に付されたジョージ・クルックシャンクの挿絵の一つ 救貧院でおかわりを求めるオリヴァーが描かれている。

は途中で負傷してしまい、彼は盗みに入ろうとしたメイリー夫人の家で手厚い看護を受けることになる。オリヴァーの素性を知る異母兄モンクスの計略によって彼は再びフェイギン一味に連れ戻されかけるが、一味のビル・サイクスの情婦ナンシーがオリヴァーに同情していたことから、窃盗団の巣窟が警察に通報され、一味は一網打尽となって、フェイギンは処刑されることになる。そしてオリヴァーは、亡父の親友でもあったブラウンローのもとで幸福に暮らすことになる、というのが、この小説の概要だ。救貧院で餓死寸前の生活を送る作品の前半部を除き、オリヴァーの生活の舞台は首都ロンドン。結果としてオリヴァーがブラウンローの庇護を受けることになるスリの現場も、ロンドンの中心部、クラーケンウェル・グリーンそばの書店の店先だ。だがここで興味深いのは、この作品の概要をまとめようとすると、前述のように、どうしても、「入れられる」「受ける」「連れ戻されかける」のように、主人公を**受動的**な存在として記さざるをえなくなる、ということだ。そう、オリヴァーは、ロンドンで、そして作品の結末に至るまで、実はあらゆる点で受身的なのである。ハッピー・エンディングに向けて彼が積極的に行動することはまずない。唯一見られる彼の積極性は、彼が常に良心に忠実であり続けたこと、すなわち、救貧院での幼少時代からの純粋さを、彼が堅持したことのみである。この意味においてオリヴァーは、ロンドンで成長した主人公ではない。ロンドンという器に入れられ、それでもなお、幼少期の純粋さを持ち続けた、いわば**成長しない主人公**なのである。

他方、『デイヴィッド・コパーフィールド』の主人公は、明らかに**能動的**である。語り手もデイヴィッド自身。ロンドンから遠く離れた「どこかそこらへん」に生まれたデイヴィッドは、ロンドンの「マードストン＝グリンビー商会」で働き、ミコーバーのもとで暮らす。その後、法律や速記を身につけるのも、新聞記者として自立するのも、一目惚れした法律事務所の娘ドーラと結婚して新婚生活を始めるのもロンドンである。窃盗を中心に主にロンドンの裏社会が描かれる『オリヴァー・トゥイスト』にくらべ、『デイヴィッド・コパーフィールド』のロンドンは、確かに明るい躍動に満ちている。ドーラが病死することで主人公はアグニスと再婚するのだが、作品はこのアグニスへの感嘆符付きのオマージュをもって閉じられる。そこには、ロンドンに定住し、作家としての成功を収めつつあったディケンズ自身の満足感がうかがえよう。彼自身、『デイヴィッド・コパーフィールド』を最も好きな作品であると語っていた(5)。

だが、この作品にも、ロンドンをめぐる**大きな影**が存在する。借金のせいでミコーバーが逮捕されたため、庇護を求めて幼いデイヴィッドが向かった先はカンタベリー、ドーラの病死後、主人公が心機一転をはかって執筆活動に専念したのはイギリスを離れた大陸旅行でのこと、つまり困難に窮した主人公がその困難を克服する道筋を見出すのは、実はロンドンではないのである。物語の最終部分でデイヴィッドは、ロンドンの家でアグニスとの幸せな結婚生活を送ることになるのだが、この最終場面で

(5) ディケンズ自身が一八六九年版の『デイヴィッド・コパーフィールド』に付した序文において述べた言葉である。

も、ロンドンの風景はほとんど描かれていない。実際、大陸旅行から帰国したデイヴィッドが真っ先に目にしたロンドンの風景は、「うす汚い友だち」のような、いささか変わり果てた姿をしていた。主人公のプライヴェートな心理をも反映しているかに見えたこの作品におけるロンドンの表象には、実は大きな**空白**があって、デイヴィッドの真の成長の軌跡はむしろその空白の中にある。一人称による主人公の語りは、その空白をより鮮明に浮かび上がらせていると言えるのではあるまいか。

パブリックな空間とプライヴェートな空間が共存するかに見えたロンドンの文学的表象には、もう一つ奥の、さらにプライヴェートな、主人公が真に成長する場を措定する必要があるようだ。ダイナミックで、「人生の与えうるすべて」を包摂する器としての光り輝くロンドンの表象の背後に、それとは別の、静謐で、ロンドンをも距離を置いて見据えるような視点を提供する場である。『デイヴィッド・コパーフィールド』を一つの境にして、ロンドンに巣食う深刻な社会問題の描写に軸足を移していくディケンズの作家的成長は、このロンドンの光と影によって織りなされたものにほかならない。

（原田）

ベルリンの幼年時代

ベンヤミン『一九〇〇年頃のベルリンの幼年時代』
子どもの身体が知覚したベルリン

この作品でヴァルター・ベンヤミン（一八九二―一九四〇）は、大都市ベルリンですごした幼年時代を回想している。ベンヤミンは、ユダヤ系ドイツ人の哲学者、批評家、エッセイストで、理論家肌の人物として知られる。壮大な言語哲学を含む「翻訳者の使命」（一九二三年）、『ドイツ悲劇の根源』（一九二八年）の前衛的な美学、十九世紀のメディア革命である写真や映画が芸術をどのように変えたかを論じた「**複製技術時代の芸術作品**」（一九三五年）などで名高い。現在でもメディア論などで頻繁に取りあげられる「**アウラ**」(1)の概念は、この複製技術論文の中心概念である。また、十九世紀パリのパサージュ建築に着目することで「モダンとは何か」を、その根源から問おうとする未完のライフワーク『パサージュ論』は、社会学的な**都市論**の先駆であり、ドイツ文学研究を超えて、幅広い層の読者からアプローチされている。

そのような理論的な業績と並んで、ベンヤミンは**散文の名手**としても知られている。シュールレアリズム的で遊び心に富む『一方通行路』（一九二八年）と並んで、ここで紹介する『一九〇〇年頃のベルリンの幼年時代』（以下では『幼年時代』と略

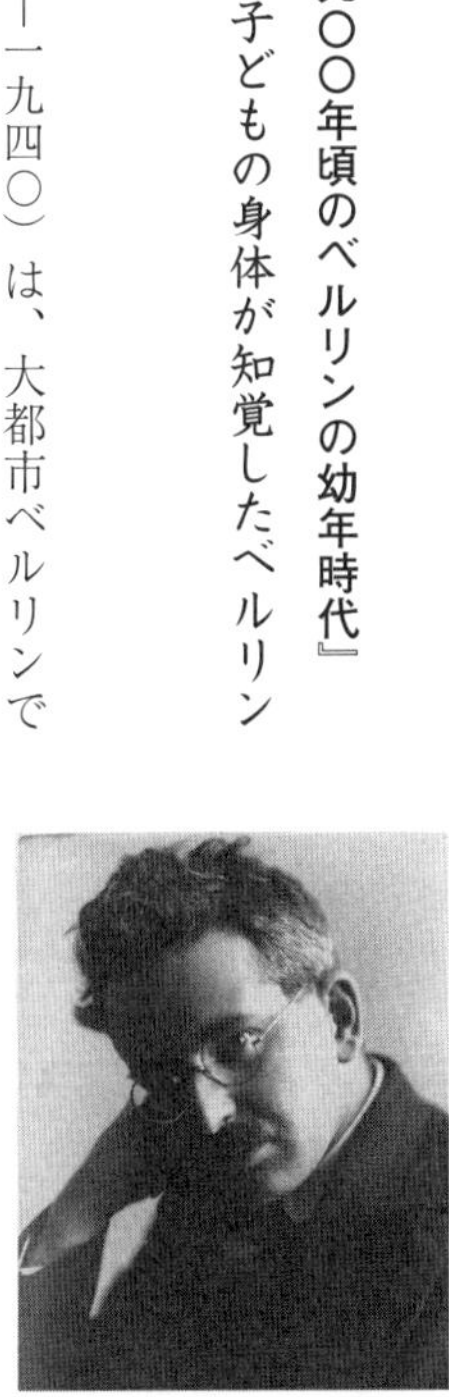

ヴァルター・ベンヤミン

(1)「アウラ」とは、語源的には、俗にいう「オーラ」である。ベンヤミンの説明によれば「どれほど近くにあれども、ある遠さが一回的に現われること」である（Vgl. Walter Benjamin. *Gesammelte Schriften*. Unter Mitwirkung von Theodor W. Adorno und Gershom Scholem. Hrsg. von Rolf Tiedemann und Hermann Schweppenhäuser. Frankfurt a. M. 1972-1989. Bd. I/2, p. 479）。ベンヤミンは、複製技術によって失われるものは、このアウラであると主張する。

記）は、文章家としてのベンヤミンの力量が遺憾なく発揮された作品である。しかし『幼年時代』が一冊の書物として出版されたのは、著者の死後の一九五〇年であった。そこには、ユダヤ系のベンヤミンが、**ナチス・ドイツからの亡命**の途上、一九三二年から一九三八年にかけて書いた短い散文による幼年時代の回想が収められていた。三七編の各編が表題を備え、それぞれ独立した作品でもあるので、どこから読みはじめてもよいし、つまみ食いのように気になったところだけ読んでもよい。予備知識がなくても楽しめる、斬新で魅力的なイメージに満ちあふれた著作である。

『幼年時代』で描かれる一九〇〇年頃のベルリンは、歴史家の客観的な視点から記述されたものではない。また、享楽的かつよそ者的なツーリストの目から眺められたものでもない。どのような視点であれ大人の目で見たのではなく、**子どもの身体**が知覚したベルリンが想起されていることが本書の特徴である。読者はつまり、子どもの体とその**五感**を通してベルリンを感じ取るような気になるのである。冒頭におかれたモットー「おお　茶色く焼けた凱旋塔よ／幼き日々の　冬の砂糖をまぶされて」[2]がそれを典型的にあらわしている。凱旋塔は、ドイツ帝国を樹立したプロイセン王国の戦勝を記念するために十九世紀後半に建てられたもので、今日ではベルリンを象徴する建築物の一つである。「茶色く焼けた」という形容は、古くなった写真を連想させるとともに、塔の頂上にある黄金の勝利の女神像を示唆する。しかしモットーでは、凱旋塔の戦争に関わる連想は抑圧され、むしろ子どもが好むような甘いお菓子として現

1900年頃の凱旋塔

（2）Benjamin, *op. cit.*, p. 236.

われている。ここでの塔は歴史的建造物や観光名所ではなく、食欲の対象なのである。

凱旋塔は『幼年時代』の本編の一つでも登場する。そのなかには、凱旋塔の展望台に登った人々を、子どもが下から見上げる描写がある。子どもは塔の上の人々を、「切り貼り絵本の小さな人形《ひとがた》のように」[3]仰ぎ見る。ベンヤミンは、微笑ましくも素朴な――しかし客観的ではない――子どもの知覚世界をノスタルジックに懐かしんでいるのではない。そうではなくて、大人が失っている子どもの知覚に、ある種のチャンスを見いだそうとしているのである。垂直に屹立《きつりつ》し、戦士たちの武勇の成果を讃えるための歴史的建造物が、ベンヤミンの「凱旋塔」では、他愛ない子ども向けの本と重ねあわされている。それによって、凱旋塔という男根的な権力の表象の意味がズラされ、骨抜きにされる。子どもは、革命家の知覚を宿している、と言ってもよい[4]。

似たような観点をさらにとりあげると、『幼年時代』に描かれる子どもは、**遊歩者**《フラヌール》の知覚を宿している。十九世紀の**パリ**に現われた遊歩者は、必要に迫られて無駄なく効率的に街を歩くのではなく、むしろあてどなく遊歩することによって大都市を味わい尽くす。その時、大都市は労働のために人が縛りつけられている灰色の空間ではなく、わくわくするような冒険的探究の舞台となる。前述のパサージュ研究と関連して、『悪の華』（一八五七年）や『パリの憂鬱』（一八六九年）で知られる詩人シャル**ル・ボードレール**を遊歩者として理解しようとしたベンヤミンだが、彼自身もまたそ

（3）Benjamin, *op. cit.*, p. 242.

（4）ベンヤミンが描く子どもは、頭上の世界を仰ぎ見るだけではなく、地面の下を覗き込む。「せむしの小人」では、散歩の途中で地面にある鉄格子の隙間から地下を覗き込む子どもの姿が描かれるが、これはブルジョア階級の子どもの下層階級の人々との接触として表現されている。

のような遊歩者の一人であった。『幼年時代』所収の「ティーアガルテン」は次のように書き出されている。「ある都市で道がわからないということは、たいしたことではない。だが、森のなかで道に迷うように都市のなかで道に迷うには、習練が必要である」[5]。

大都市を自然であるかのように体験するには練習がいる。習練を積み、そのダイナミズムに慣れる（**習慣化する**）ことによってはじめて、大都市はいわば「第二の自然」になる。ここでいう意味での大都市とは、十九世紀に生まれた新しい現象だからである。十九世紀の人々は、未知の体験におののく子どものように大都市を冒険し、その**ショック**体験に少しずつ慣れることで順応していったのである。このように見ると、ベンヤミンが子どもの身体を媒介にしてベルリンを描くのは、そのような**大都市の実存**というモダン特有の問題とつながっているのであり、たんなるノスタルジーからではないことがわかる。ドイツ文学でいち早く大都市の実存を主題にしたのはライナー・マリア・リルケの『**マルテの手記**』（一九一〇年）だが、デンマーク出身の若き詩人マルテは、パリで生活する最中に、たびたび子ども時代の回想にふける。大都市の実存は、子ども時代の経験を呼び起こすのである。

大都市での生活は、新旧のさまざまな**技術メディア**に規定されている。一九〇〇年頃のベルリンもその例外ではない。先駆的なメディア論として読める論文「複製技術時代の芸術作品」の著者ベンヤミンは、『幼年時代』で、子どもがさまざまな技術メ

（5）Benjamin, *op. cit.*, p. 237.

ディアに取り囲まれている様を描いている。たとえば子どもは「皇帝パノラマ館」を訪れる。**パノラマ**とは、十九世紀はじめに現われた**視覚メディア**で、さまざまな形があるが、皇帝パノラマ館はステレオスコープを用いて立体感を備えた絵画や写真を見せるものであった。二次元の映像以上のイリュージョンを実現するという意味で、今日の3D映像やVRの先祖だが、二十世紀になって急速に廃れた。二次元の静止画像である絵画や写真を超えるイリュージョンを、動画によって実現する映画が、二十世紀の主要メディアの一つへと成長したのとは対照的である。『幼年時代』はこのように、時代に取り残されたパノラマの「最後の観覧客(6)」となったのが子どもたちだったことを証言している。

『幼年時代』には「電話」という一編も含まれている。「生まれた日時からして、電話は私の双子の兄弟だった(7)」とベンヤミンは述べる。パノラマが「遠方と過去のための水族館(8)」であるのに対して、**電話**は今現在、遠方にいる人との交信、つまりライヴのテレコミュニケーションを可能にする。電話は十九世紀の末に生まれ、二十世紀を通して中心的な**情報伝達メディア**であり続ける。ベンヤミンは、初期には薄暗い廊下に置かれていた電話が、次第に住居の中心へと進出してゆく様を描いている。一九〇〇年頃のベルリンで子どもが体験したパノラマと電話は、**遠さの克服**という共通点があるが、両メディアの命運は正反対であったことが読みとれる。

『幼年時代』には、子どもが写真スタジオに立たされている場面もある。当時はま

(6) Benjamin, *op. cit.*, p. 240.
(7) Benjamin, *op. cit.*, p. 242.
(8) Benjamin, *op. cit.*, p. 240.

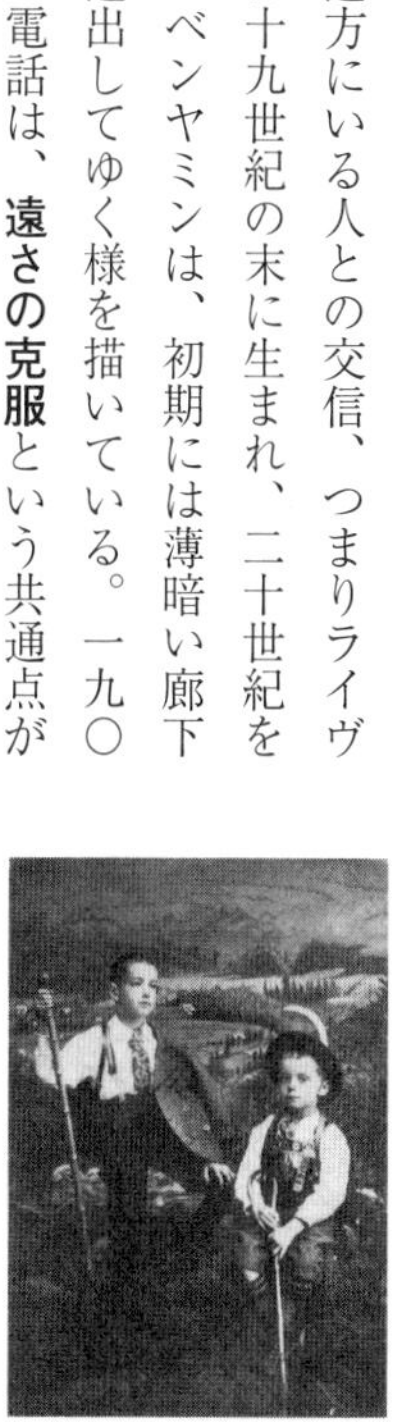
ヴァルター・ベンヤミンと弟ゲオルク　一九〇〇年頃のスタジオ写真。

だ、誰もが自前のカメラで写真を撮ることができる時代ではなかった。家族の肖像写真は、人生の節目ごとにスタジオでプロの写真家に撮ってもらうのが普通であった。しかし『幼年時代』の子どもにとって、親のいいなりに写真を撮られることは苦痛以外の何物でもなかったようである。ベンヤミンは次のように述べている。写真屋で「私自身と似たものになるように要求されると、私はどうしたらよいか全くわからなかった」[9]。メディア史の上では、十九世紀末に写真から映画が誕生する。子どものころ誰もが親しんだ経験のある、**ぱらぱら漫画**の原理で**連続写真**を流すことから動画が生じるのである。『幼年時代』の最後に位置する「せむしの小人」は、このような写真から映画への発展を念頭においている。『幼年時代』を構成する各編は、短い散文によるイメージであり、写真のような静止画像であるが、フィナーレをなす「せむしの小人」でそれらが次々に流れることで、死ぬ間際に見えるという走馬燈のごとく、人生の映画となる。十九世紀末に起こった、**写真からの映画の誕生**というメディア史が、自伝的テクストである『幼年時代』の構成の決め手となっているのである。

周知のように、子どもは大人以上にメディアへの対応が柔軟である。心身ともに柔らかい子どもは、同時代のメディアにいち早く順応すると同時に、大人にとっては流行遅れになったメディアにも魅力を感じることができる。『幼年時代』ではパノラマ、電話、写真、映画など、一九〇〇年頃の子どもが親しんでいた技術メディアのありようが描かれる。それによって、子どもが当時のベルリンをどのように知覚したか

(9) Benjamin, *op. cit.*, p. 261.

が示されているのである。メディアとは「身体の拡張(10)」であり、人はそのように**拡張された身体**によって世界を感知するからである。

『幼年時代』は、個人の来歴を虚構化せずに描く伝統的な意味での自伝ではない。矛盾を恐れずにあえていえば、**匿名的な自伝**である。作品の初めから終わりまで読んでも、書き手の父の名前も母の名前も出てこない。ベンヤミンの回想では、個人的な事実や出来事よりも、集団的な事柄に焦点があてられている。それは『幼年時代』がベルリンという大都市を舞台にしているからである。大都市に集う群集のなかで、人間は、他の誰とも取り替えのきかない個別の存在であることをやめ、他者と判別のつかない匿名的な存在となる。『幼年時代』が匿名的な自伝となったのは、第一の理由として、このような大都市特有の**群集**の経験がある。第二の理由として、一九〇〇年頃が複製技術時代であり、事物や出来事の一回性――ベンヤミンが「アウラ」と呼んだもの――が克服された時代だからである。写真、映画、蓄音機、タイプライターなどのメディア技術が**反復性**に優位を与えている一九〇〇年頃に、主体の個性やオリジナリティにしがみつくのは反動的であろう(11)。そして第三の理由として、『幼年時代』がナチス時代のドイツからの亡命者の自伝だからである。一九三二年末から一九三八年にかけて、後に『幼年時代』にまとめられる各編が、さまざまな新聞や雑誌に掲載されたとき、たいていの場合デートレフ・ホルツなどの偽名が使われた。ユダヤ系だったベンヤミンは、できるかぎり自分の**痕跡を消す**必要があったのである。　（川島）

(10) マーシャル・マクルーハン『メディア論――人間の拡張の諸相』みすず書房、一九八七年。

(11) ボードレールは、散文詩集『パリの憂鬱』に収められた「後光喪失」で、大都市において詩人がオリジナリティ信仰から解き放たれる様を描いている。ベンヤミンは論文「ボードレールにおけるいくつかのモティーフについて」で、この散文詩に着目している。

彷徨と風景のパリ　ゾラ『制作』

遊歩者がまなざす第二帝政期のパリ

フランス文化のなかで、首都パリは特別な意味をもっている。文学作品、歴史書、社会調査、ルポルタージュなどの諸ジャンルが、パリの社会と習俗を倦むことなく語り続けてきた。視覚芸術の領域においても、多くの画家、版画家、写真家、さらには映画監督に、パリほど多くのインスピレーションをあたえてきた都市はおそらくない。ロンドン、ローマ、ベルリン、サンクト＝ペテルブルク、ニューヨーク、そして京都や東京など、それぞれの国の文化と密接な繋がりをもつ都市は少なくないが、そうしたなかでもパリの位置は際立っているように思われる。

フランスにおいて、パリがそれ以外の都市と鋭く差異化され、**首都と地方**が顕著な対照を示すようになるのは、革命後のことである。中央集権化の進行にともなって、パリが政治、経済、文化の中心になった。革命以前の古典主義時代には、たとえばルソー(1)に典型的なように、対立の座標軸は「都市」と「田園」にあったが、十九世紀に入るとその軸は「パリ」と「地方」を分かつようになった。バートン・パイク(2)は、都市が作家の個別的な体験と結びつき、錯綜した諸現実の舞台として形象化されるよう

(1) ジャン＝ジャック・ルソー（一七一二—七八）十八世紀を代表するフランスの思想家・作家。『新エロイーズ』『社会契約論』など。

(2) バートン・パイクはアメリカの批評家。『近代文学と都市』松村昌家訳、研究社、一九八七年。

になるのは十九世紀以降だと指摘した。実際、フランス近代小説の多くはパリを舞台にする。そのうちのひとつが、エミール・ゾラ(3)の『制作』である。

時代は一八六〇年代、クロード・ランチエは才能に恵まれながらも、それを実作に結晶させることができない。仲間にはその才能を認められているものの、サロン展に出品しても評価されることはなく、批評家たちからは冷遇される。クリスチーヌとの結婚や子どもの誕生という家庭的な幸福も、ランチエの苦悩を鎮めてくれはしない。やがてパリをモチーフとする畢生の大作に取り組むが、その完成に至らず、絶望した彼はみずから命を絶つ。

遊歩者のまなざし

物語の大部分はパリを舞台に展開する。傷心を癒やし、新たな霊感源を求めて郊外の田園地帯に居を構えることはあるが、やがてパリに戻ってくる。愛も、創造も、昂揚も、そして挫折も、クロードの人生の重要な局面はすべて首都のなかで展開するのだ。そして彼はひとりで、あるいはクリスチーヌとともに、繰りかえしパリの町を散策する。ベンヤミン(4)の用語を借りるならば、「**遊歩 flânerie**」こそいかにもパリ小説にふさわしい身ぶりなのであり、実際パリを舞台にした小説の主人公たちは倦むことなくパリを歩き回る。**フロベール**『感情教育』のフレデリックがそうだし、二十世紀では、たとえば**ブルトン**(5)『ナジャ』(一九二八年)の主人公のようにパリ右岸を好ん

(3) エミール・ゾラ(一八四〇―一九〇二) フランスの作家。第二帝政期を時代背景にした『ルーゴン＝マッカール叢書』全二十巻において、十九世紀後半のフランス社会の壮大な見取り図を提示した。またマネやモネの友人でもあり、印象派絵画の真価を認めた最初の批評家でもある。晩年はドレフュス事件に関与して、ドレフュスの無実を訴えた。

(4) ヴァルター・ベンヤミン(一八九二―一九四〇) ドイツの哲学者、文芸批評家。『ボードレール』や近代パリ論である『パサージュ論』のなかで、「遊歩者」の概念を用いた。本書「ベルリンの幼年時代」の項も参照。

(5) アンドレ・ブルトン(一八九六―一九六六) シュルレアリスムを代表するフランスの作家。『ナジャ』『狂気の愛』など。

で放浪する。現代文学に例をとるならば、ノーベル賞作家**モディアノ**(6)の一連の小説は、霧や夜の闇に包まれ、危険な罠と深い謎にみちたパリを語る。そしてこの遊歩は、作家が都市を描写する恰好の機会を提供してくれるのだ。『制作』においては、セーヌ川に架かる橋から眺めた晩夏の夕刻の情景が次のように描かれている。

> まず前景には、彼ら〔クロードと妻〕の真下にサン＝ニコラの船着場があった。小屋のような港湾事務所が並び、ゆるやかに傾斜している幅広い敷石の河岸には、舟からおろされた大量の砂や、樽、袋が、山のように積まれている。まだ積荷がいっぱいの川舟が一列にならび、荷おろしの人夫たちが動きまわり、それらの上には鉄のクレーンが巨大な腕をのばしていた。一方、川をへだてた対岸には水浴場があり、灰色の天幕が風にはためき、陽気な笑い声が聞こえてくる。終わろうとしている季節に名残りを惜しむ水浴客たちの声だった。見渡す眺望の中央を、セーヌ川が緑がかった水をたたえて上流に向かってのびている。流れの表面には、白、青、バラ色のさざ波が立っている。後景をかたちづくるのは、ひときわ高くかかっている鉄骨構造の芸術橋だ。黒いレースのような軽快さだ。(7)（第八章）

クロード・ランチエが見つめる風景は、まさしく一枚の絵のように構造化されている。「前景」「後景」、引用しなかった後続部分にはさらに「背景」「巨大な画布」とい

(6) パトリック・モディアノ（一九四五—）フランスの作家で、二〇一四年にノーベル文学賞受賞。戦中から一九六〇年代にかけてのパリを舞台にする小説が多い。

第二帝政期のパリ中心部

(7) Émile Zola, *L'Œuvre*, *Les Rogon-Macquart*, Gallimard, «Pléiade», t. Ⅳ, 1982, p. 212. 邦訳は、ゾラ『制作』（上・下）、清水正和訳、岩波文庫、一九九九年。

った、明瞭に絵画の領域に属する言葉が用いられている。クロードの目は橋から見える風景を近い順に、両岸のさざめきにも配慮しながら捉えていくのだが、それは画家が前景から後景、後景から背景へと画布に絵筆を滑らせていくのと同じである。主人公の視線はセーヌ川の風景のなかに、幻想の絵画を切り取っていく。

描写されている細部もまた絵画的に配列されている。繊細な橋のシルエット、河岸で働く人々の賑わい、白、青、バラ色に染まる川面のきらめきが喚起され、色彩、光、陰影があざやかに浮かび上がる。読者はここで、**印象派**の画家たち、たとえばモネやルノワール(8)がしばしば描いたセーヌ河畔の風景を想起せずにはいられない。

そして第三に、この風景は静かで動きのない風景ではなく、人々の生命力あふれる活動を示している。ゾラが描くパリは都市の活気を際立たせる。それは歓喜にうち震えるような光景、陽気な声が聞こえ、敏捷な身ぶりが目に見えるような情景である。ゾラのパリは無為を知らず、つねに躍動しているのだ。

クロードの散策はその後も頻繁に繰りかえされ、橋上からの観察が続く。クロードがとりわけ好むのは、パリ中心部に浮かぶシテ島を望む構図である。

どの時刻、どのような天候でも、分かたれた川の二つの流れの間に挟まれてシテ島は彼の前に屹立していた。季節外れの雪が降ったときは白貂《てん》の毛皮にくるまれたようになり、泥色の水に浮かんで、明るい青灰色の空に鮮やかなシルエットを浮か

(8) クロード・モネ（一八四〇—一九二六）、ピエール＝オーギュスト・ルノワール（一八四一—一九一九）はどちらも印象派の画家。

びあがらせた。春の日差しが訪れると、シテ島は冬の衣を脱ぎ捨て、土手の大木から吹きでた緑の新芽に包まれて若返るのだった。細かい霧がかかった日、シテ島は遠くにかすみ、夢の宮殿のように軽やかにゆらめいていた。島が篠つく雨に煙る日は、天から地面まで引かれた巨大なカーテンの陰に隠されたようになるのだった。雷雨のときは稲光のせいで島が荒々しく見え、まるで伏魔殿が放つような妖しい光を浴びている。そして赤銅色の大きな雲が割れると、島まで半ば壊れるように思われた。(9)（第九章）

まだ長く続くこの場面は、先ほどの場面と同じ場所から見つめる光景を提示しているのだが、決定的な違いがある。先述の場面は、ある夏の特定の瞬間の風景で、一回きりの風景だが、こちらの描写は季節、時刻、そして天候が異なる複数の多様な情景をひとつのページに凝縮させている。雪をかぶったシテ島、河岸の樹木が芽吹いた春のシテ島、あるいは霧や雨に包まれたシテ島。この後にはさらに嵐の日、燦々《さんさん》と太陽が輝く日の情景、あるいは夜明けや白昼や夕暮れの情景が描かれる。クロードは自分の作品を構想するために、シテ島の変化する表情に目を凝らし、あらゆる様相を記憶にとどめようとする。歴史家アラン・コルバン(10)は、十九世紀に天候にたいする人々の感受性が鋭敏になり、「**気象的自我**(11)」が誕生したと指摘した。『制作』は、文学における風景と気象のつながりを有機的に描いた最初の作品のひとつであろう。

(9) *L'Œuvre, op. cit.*, p. 231.

(10) アラン・コルバン（一九三六―）フランスの歴史家で、「感性の歴史学」を先導する。『音の風景』『風景と人間』『身体の歴史』（監修）など。

(11) 十九世紀に人々が気象の変化に敏感になり、それにともなって移ろいやすくなった主体のありかたをコルバンは「気象的自我」と名づけた。それは当時の日記、旅行記、絵画によく表われている。コルバン『空と海』小倉孝誠訳、藤原書店、二〇〇七年、三六頁以下。

『制作』の作家は、一人の画家の視線をつうじて、パリの風景を網羅的に表象しようと試みており、それは同時期にモネが、サン＝ラザール駅を異なる時間帯や天候のもとに描き出した連作を想起させずにいない。ゾラの小説と印象派の関係について語ることができるとすれば、それは作中人物のモデル探しという次元ではなく、クロードの美学と、それを語るゾラの物語技法のレベルにおいてであろう。

オスマンとパリの変貌

『制作』を含むゾラの『ルーゴン＝マッカール叢書』全二十巻は、第二帝政期（一八五一―七〇）を時代背景とする小説シリーズで、半分以上がパリを舞台にしている。ゾラ自身も第二帝政期のパリで青年時代を過ごすのだが、じつはこの時代にパリの構造と風景は大きく変わった。**ナポレオン三世**(12)によってセーヌ県知事に任命された**オスマン**(13)が、パリを近代国家の首都にふさわしい都市へと創り変えたのである。中心部に残されていた貧民街を取り潰し、直線的な大通りを貫通させ、上下水道を整備して疫病の蔓延を防ぎ、広い公園や広場を町のあちこちに設け、街路照明を増やし、建物の高さを規制して都市の美観にも配慮した。さらに、当時の先端技術であった鉄とガラスを使用して鉄道のターミナル駅、中央市場、デパートが建設され、消費生活が促進された。パリはこうして新たな近代都市として生まれ変わったのである。

フランス文学で表象されるパリについていえば、この都市改造を分水嶺にしてオス

(12) ナポレオン三世（一八〇八―七三） ナポレオンの甥で、フランス皇帝（一八五二―七〇）。

(13) ジョルジュ＝ウジェーヌ・オスマン（一八〇九―九一） フランスの政治家。ナポレオン三世の庇護下に、パリ大改造を指揮した。

マン以前／オスマン以後を語ることができる。バルザックやユゴーが描くパリがオスマン以前のパリであるのに対し、第二帝政期のパリに生きた**ボードレール**[14]は、近代化の美学に賛同しつつも、都市の急速な変貌には戸惑いを見せた。『悪の華』（一八五七年）に収められた詩編「白鳥」には、「古きパリはもはやない。都市のかたちは人の心よりも速く変わる」という有名な詩句が読まれる。そこには、変貌したパリのなかをまるで流謫者のように彷徨する詩人の姿が感じられる。他方、一世代後のゾラには、古きパリへの郷愁は微塵もない。新しい首都の町並みと雰囲気を、彼以上にあざやかに喚起した作家はいない。ゾラは新しいパリの姿と生態を、そこで営まれる生活の情景を繰りかえし語った。パリに棲息するあらゆる階級の人間たちを描き、営まれるあらゆる職業と、それが展開する労働空間を語ってみせた。ゾラの作品ほど、近代都市パリへの愛が力強く表明されている文学はないだろう。

風景としての都市、芸術の主題と結びつく都市。しかし、それが文学で表象されるパリのすべてではない。それは他方で、**作中人物たちの運命が賭けられる場**でもある。近代の集合表象において、首都パリには愛と、夢と、野心と、富がある、あるいは少なくともそれを実現する可能性が拓かれていると考えられた。産業革命と民主化にともない、地方から多くのブルジョワ青年が学業や仕事のためパリに移住してきた。彼らはさまざまな困難に遭遇しながら、みずからの人生を切り拓かなければならなかった。すでに『ゴリオ爺さん』の項（「青年の成長物語」）で分析したように、そ

（14）シャルル・ボードレール（一八二一—六七）フランスの作家。『悪の華』『パリの憂鬱』など。

れが教養小説の基本構図であり、その構図はパリによって支えられる。

風景のパリと、愛や野心が繰り広げられる空間としてのパリは、どちらも作中人物が個人として関与するパリである。作中人物はみずから進んで内面的なドラマを生きていく。他方、歴史的、政治的な出来事は個人の意志とは無関係に、あるいはそれを超えて個人の生に波及する。そのかぎりで、歴史は人間にとってひとつの宿命である。近代リアリズム文学の主人公たちは同時代の現実を生き、彼らの生は歴史の影響を蒙らざるをえない。フランスではパリの出来事が国全体の歴史を強く規定し、その流れを決定づけてきたから、パリは個人を歴史や政治という集団的な動きに否応なく巻き込むという機能をおびる。この機能は、革命、暴動、戦争などが頻繁に生じた十九世紀から二十世紀半ばにかけて書かれた文学において、とりわけ顕著に示されている。ユゴー(15)『レ・ミゼラブル』(一八六二年)で語られる一八三二年の共和派の蜂起や、プルースト(16)『見出された時』(一九二七年)で描かれる第一次世界大戦下、ドイツ軍の空襲にさらされるパリのエピソードを想起すれば十分だろう。作家たちは、作られつつある歴史にたいして醒めた無関心を装うことなどできなかったのである。

風景として構築される空間、野心と欲望が渦巻く町、歴史のうねりを引きおこす都市——文学において、パリはさまざまな相貌を示し、多様な機能を果たしてきたのである。

(小倉)

(15) ヴィクトル・ユゴー(一八〇二—八五) フランスの作家、政治家。詩、小説、戯曲、批評、旅行記などあらゆる文学ジャンルで活躍した。

(16) マルセル・プルースト(一八七一—一九二二) フランスの作家。『見出された時』を含む大作『失われた時を求めて』全七巻が有名。

学校小説

バルガス＝リョサ『都会と犬ども』[1]

都市のなかの都市で展開する精緻な群像劇

行動する作家の出世作

南米ペルーと聞けば、マチュピチュで知られるアンデス山脈の光景を思い浮かべるかもしれないが、かつてスペイン人植民者が建てた首都リマは、西部太平洋岸に広がる南米有数の大都市である。古代文明が開花し、今なお先住民インディオが独自の生活風習を維持するアンデス地域の陽光輝く明るい気候とは対照的に、周囲を砂漠で囲まれた首都圏は降雨量が極端に少なく、寒冷なフンボルト海流が発する海霧に包まれた陰鬱な気候を特徴とする。『都会と犬ども』の冒頭で、アンデス出身の混血の生徒カーバが、湿気に蝕まれた士官学校の壁の内側に高山動物のビクーニャがいるのを見て不審に思うくだりに、スペイン語で〈シエラ〉と呼ばれる先住民の多い山岳地域と〈コスタ〉と呼ばれる首都圏など沿岸部との文化的落差、ペルー社会特有の二重性を垣間見ることができよう[2]。一九四〇年代からこのリマへの人口大移動が生じ、一九六一年に行なわれた国勢調査では首都圏人口が国の四八パーセントを占めるまでに膨張した[3]。十歳の少年マリオ・バルガス＝リョサが、北部の町から実の父と初めて会うべ

バルガス＝リョリ『都会と犬ども』表紙

（1）初版 Mario Vargas Llosa, *La ciudad y los perros*. Seix Barral, 1963. 邦訳マリオ・バルガス＝リョサ『都会と犬ども』杉山晃訳、新潮社、二〇一〇年（一九八七年に刊行された初版を改訳したもの）。

（2）ペルーの作家ホセ・マリア・アルゲーダス（一九一一―六九）はインディヘニスモ（先住民主義）文学で知られ、リマなど都市圏を中心に小説を構想するバルガス＝リョサと好対照をなすペルー人作家である。代表作に『深い河』（杉山晃訳、現代企画室）。

く首都へ来たのも、そんな大移動期の真っただなかのことである。

一九六三年に『都会と犬ども』を世に出したとき、バルガス＝リョサは若干二十七歳であった。その後も、ペルー北部の複数の場所を舞台に時空を超える複数のストーリーを巧みに絡めた長編小説『緑の家』を一九六六年に、首都リマの酒場を中心にペルー社会全体の腐敗を暴き出す『ラ・カテドラルでの対話』を一九六九年にと、まさに矢継ぎ早に超大作を発表した。**キューバ革命**の余波もあいまって一九六〇年代に世界的ブームを巻き起こした**ラテンアメリカ文学**の真打ちがガブリエル・ガルシア＝マルケス『百年の孤独』（一九六七年）であることに疑問の余地はないが、実は、その前に中南米出身作家の存在感を世界中に認知させたのが、異様に質の高い革新的小説をほぼ三年ごとに発表したこのペルーの早熟な若者だったのである。

学生だった一九五〇年代にマヌエル・オドリア独裁政権の腐敗を目の当たりにしたバルガス＝リョサは政治への関心が非常に強く、キューバで反体制作家に対する言論弾圧事件が起きた一九七一年には反カストロ派の先鋒となり、[4] また一九七六年から三年間国際ペンクラブの会長を務めるなど、闘う知識人としてペルーをはじめとする世界各地の政治問題について積極的な発言を行ない続け、一九九〇年には保守派の候補として自国ペルーの大統領選にも出馬した。世界的に見ても突出した行動派作家なのだが、本人が朝は必ず数時間デスクに向かって執筆すると豪語するとおり、決して創作活動から離れることなく、今なお定期的に小説を発表し続けている。[5]

（3）増田義郎・柳田利夫『ペルー　太平洋とアンデスの国　近代史と日系社会』中央公論新社、一八四頁。

（4）一九五九年に成立したキューバ革命政府は文化政策の一環としてラテンアメリカ各国の文学者と密接な協力関係を築いた。バルガス＝リョサも当初は革命政府に好意的な立場であったが、一九七一年に起きた言論弾圧事件（いわゆるパディージャ事件）をきっかけに、国際文学界における反カストロ派の中心的存在となり、これを機に親カストロ派のガルシア＝マルケスとの不仲説が伝えられるようになる。

（5）二〇一九年十月、八十三歳のバルガス＝リョサによる最新の長編小説『苛烈なる時代』（*Tiempos recios*）が刊行された。一九五四年にグアテマラで起きた政変の背景をドキュメンタリータッチで描く。

都市のなかの都市

近代国家の首都とは、生家あるいは地方の町といった比較的小規模な生活空間で育った若者にとって、それまで見たこともない異質な他者が大勢行き交う、蠱惑的であると同時に恐怖にも満ちた未知の空間である。近代小説においても実に多くの若者たちが地方から首都を目指して〈上京〉した。バルザック『ゴリオ爺さん』のラスティニャック、ディケンズの『オリヴァー・ツイスト』、そして夏目漱石の『三四郎』、いずれも若者は成長の過程で首都を目指し、怪奇かつ魅力的な**他者**と遭遇することで人間的に一皮むけていった。そして、出自が異なる他者と共生せざるを得ない、この都市という環境が疑似的に再現される場所が、**学校**である。

バルガス＝リョサが舞台に選んだそんな都市のなかの都市、すなわちリマ市レオンシオ・プラード士官学校は、作家自身がかつて通った実在する中高一貫校で、軍人を養成するというよりは、軍人が経営と教育に従事してスパルタ教育を行なう全寮制男子校である。周囲をコンクリートの塀に囲まれ、厳しい校則があり、夜間には銃をもった歩哨が立ち、体育では実弾を用いた模擬軍事演習も行なわれる。生徒たちは二十四時間をこのなかで過ごし、勉学と寝食を共にする同級生たちとは都市の大人同士さながらの緊張感ある関係を構築している。それは一言でいえば弱肉強食だ。彼らは学校という小規模な疑似的都市空間で互いを喰らいあう犬として振る舞う。下級生のし

『都会と犬ども』杉山晃訳、新潮社

『緑の家』木村榮一訳、岩波文庫

『ラ・カテドラルでの対話』旦敬介訳、岩波文庫

日本語で読めるバルガス＝リョサ初期の三大小説（カバー）

ごき、カンニング、教師の前での偽善的態度、盗み、博打、飲酒、競い合って悪行を働くなかで人間関係の序列が出来上がっていくのだ。

生徒たちの頂点に立つジャガー、その部下カーバとボア、手紙の代筆や自慰用のエロ小説を書くなど文才のある器用な〈詩人〉ことアルベルト、奴隷と呼ばれる弱気な青年リカルドを軸に物語は進むが、この作品の面白さは、校内の物語と校外の都市における数人の生徒の前史が同時進行するという、その複雑な構成にある。(6)

物語構造が意図するもの

小説は二部に分かれ、各部とも八章あり、これにエピローグが加わる。各部の章はさらに三つから多いときには八つのシークエンスに分かれ、このシークエンスごとに時空間や語り手が入れ替わるという構造になっている。この物語は不可逆な川のように時間を追って前に流れていくわけではない。そこがたとえば同じ学校小説の『ハリー・ポッター』シリーズとの違いである。読者の前にあるのは断片化されたパズルのピースのような情報群だ。読み進めるうちに、それらのピースが然るべき場所に次々と回収されてゆき、ある種の爽快なカタルシスを伴う感覚に襲われる。(7)

たとえば冒頭の《一部一章》には五つのシークエンスがある。①(第一シークエンス、以下この記号に倣う)は物語の枠外にいる全知の語り手が学校内の描写をする。②では同じく全知の語り手が、リカルドという少年がリマに着いた日の様子を語る。

(6) 校内での生徒たちの呼称はすべてあだ名である。たとえばジャガー(スペイン語の jaguar)は南米大陸最強の肉食獣で生態系の頂点にいる。カーバは邦訳ではしばしば「田舎っぺ」と呼ばれているが、これは原文では serrano(山の人間)、すなわちアンデス山岳部出身者を指す一種の差別語である。ボアは巨大な蛇で、この生徒の性欲を暗示する。

(7) 情報を断片化・分散して提示するという手法についてはウィリアム・フォークナーの影響が色濃い。バルガス=リョサ自身はこれについてフォークナーの『野生の棕櫚』などを取り上げ〈通底器〉という比喩で説明をしている。上層を見る限り関係ない二つの容器が見えない下層で連結しているという比喩である。バルガス=リョサ『若い小説家に宛てた手紙』(木村榮一訳、新潮社、二〇〇〇年、一三四―一四三頁)を参照。

これは後に、①より前の時間の出来事で、しかもリカルドは①をはじめとする学校の場面で奴隷と呼ばれる青年と同一人物であることがわかってくる。③は**全知の語り手**が校内のアルベルトを描くが、アルベルトがフォーカスされるときは彼が書いている手紙やエロ小説や彼の思考内容が山かっこ内の文として挿入されるなど、①のようなシークエンスとはやや異なる踏み込んだ叙述が際立つ。一口に全知の語り手と言っても、そこには実は微妙な濃淡がある。(8) いっぽう④はアルベルトの学校外での前史である。そして最後の⑤は生徒ボアによる**一人称の語り**で、ここには呪詛や罵倒の言葉や、他の生徒の声までが取り込まれている。

学校内での描写は、カンニング事件から、リカルド＝奴隷の事故死を挟んで、アルベルトの裏切り、ジャガーの退学処分とガンボア軍曹の左遷まで時間順に進んでいくが、ボアによる一人称の語りのシークエンスだけは異質で、生徒たちの欲望、怨念、嫉妬、階層間格差の自覚など、他の語りでは見えてこない深み、広がりをもつ。

いっぽう校外で前史が語られるのはアルベルト、リカルド＝奴隷、そしてジャガーの三人。特に、最後まで名が明かされない一人称の「ぼく」が、実はのちにジャガーと呼ばれることが途中で分かってくる仕掛けは本書の白眉である。校外での前史を扱ったシークエンスと、校内におけるいわば先端時間のシークエンスとをつなぐ小道具も張り巡らしてある。もっとも効果的な仕掛けはテレサという女性の使い方であろう。リカルド＝奴隷はテレサに恋をしていて、彼女会いたさにカンニングの密告をす

(8) 語り手の諸特徴に関しても、これまたバルガス＝リョサ本人の説明が極めて分かりやすい。バルガス＝リョサ、同書、五〇―六七頁を参照。

る。アルベルトは外出許可をもらった日にリカルドの恋文をテレサに届け、ここで彼女に一目ぼれしてしまう。いっぽう泥棒時代のジャガーも、彼らより先にテレサに対して誠実な思いを寄せていたことが、前史の記述から明らかにされてゆくのだ。

バルガス＝リョサはなぜこのような構成を採用したのか。それは、生徒たちの校内における人格がつくられたペルソナであることを暴き出し、学校という閉鎖空間とそこを支配する**マチスモ**[9]的で暴力的な行動原理が生徒たちに（都市が地方から来た若者に強いるのと同様に）他者と接する人工的仮面をかぶることを強いる現実、都市における過酷な生存競争の実態を読者に体験的に理解させるためである。また、校内で築かれた**ヒエラルキー**が校外のそれと微妙に異なることを明るみに出すことで、リマという都市を支配する社会格差、権力構造を透視する意図もあっただろう[10]。

アルベルトとリカルドは、バルガス＝リョサ自身の前半生を二つに分けて体現していると言われる。文才があり、白人社会で育ったアルベルトは、校長をはじめとする大人たちの圧力に最後は屈してジャガーを密告、卒業後は悪い夢でも見ていたかのようにケロリと在学時のことを忘れ、貧しい地区に住むテレサなどになぜ恋をしたのかと自問しながら、裕福な白人社会へと帰還する。アルベルトは挫折という経験を経ることで、それなりに大人への階段をひとつのぼったと言えよう。いっぽう、バルガス＝リョサと同じく北部の小さな町から首都へやってきた奴隷＝リカルドは、嫌いな父の手で無理やり放り込まれたジャングルのような学校に適応できず、校内での社会的

(9) マチスモとは男らしさの誇示を至上原理とする価値観を意味し、ラテンアメリカの特に都市部の混血社会全般に見られる。思春期以降の男性は多かれ少なかれマチスモ的な男性社会の圧迫に直面することになる。

(10) アルベルトの暮らすミラフローレスは白人の多い高級住宅街だが、テレサの暮らすリンセは典型的な庶民街である。リマ市は、海辺の中心街に白人富裕層、下町には混血の庶民街、そして都市周縁部に山岳部から来た貧しい移民のスラム街というスプロール構造を有する。これは物語において校内の描写では見えてこない現実だ。

仮面を構築するのに失敗し、最後は無残にも死んでしまう。彼の死は、都市での生存に欠かせない社会性構築における失敗の一サンプルともみなせるだろう。

弱肉強食の頂点にいたジャガーが最後に仲間から孤立し、彼が腕力で築いた秩序が崩壊したとき、生徒たちの先頭に立って彼を糾弾したのは、校外での強者である白人の生徒アロースピデだった。校外の秩序が校内の秩序を凌駕した瞬間である。ここにきて、カンニング事件で退学処分にされたアンデス出身のカーバや、犬を凌辱するなどやりたい放題をしていた欲望の塊ボア、そして校外で行き場を失っていた貧しい元泥棒のジャガーにとって、学校という空間こそが実は居心地のよい家として機能していたこともわかる。アルベルトとアロースピデは、バルガス＝リョサと同じく、ペルー人口の一割程度に過ぎない白人であるが、彼らは実はリマという都市における強者なのだ。彼らはいったん卒業したら新たなペルソナを構築する必要もない。それはすでに社会が用意してくれている。だが、校外で再び自分の居場所を見つけなければならないジャガーは、退学後も新たな社会性を自力で築かねばならない。都市という、学校より何倍も暴力的で排他的なジャングルで、彼は成長し続けなければならないのだ。苦労人のガンボア軍曹はそれを分かっていたからこそ、別れの場で、ジャガーからの告白の手紙を黙殺し、逆に彼を励ましたのだとも受け取れる。

バルガス＝リョサらラテンアメリカの文学を読んで育ったというスペインの作家ハビエル・セルカス(11)は、ジャガーこそが真の主人公であり、この小説はバルガス＝リョ

(11) ハビエル・セルカス（一九六二―）代表作に『サラミスの兵士たち』（宇野和美訳、河出書房新社、二〇〇八年）など。

サが好む**騎士道小説**の英雄にも似た高潔な理想（この場合は「仲間を決して裏切らないこと」）を抱く主人公が成長を遂げる**ビルドゥングスロマン**なのだという説を唱える[12]。たしかに小説の冒頭と結末にジャガーが現われている。エピローグからは、彼が思いを寄せていたテレサと結婚し、銀行員という堅気の仕事も得て、人間的に成長した様子が窺える。この小説の題には当初『英雄の住処』という選択肢もあったというから、バルガス＝リョサがジャガーを読者にとってもっとも共感しやすい人物として意図的に造形した可能性は極めて高いといえよう。

とはいえ、若者の成長物語という見立てもひとつの読み方にすぎない。学校経営者らに象徴される大人社会の腐敗と生徒たちによるその模倣、次第に前景化する生徒たちの社会格差など、他にも多くの重要な読解ポイントがあり、また前述した以外にも数多くの小説的技巧が随所に凝らされている。本書の英訳初版には *The Time of the Hero* といういい加減な題が付され、ペルー社会の歪みを告発する抗議の書として売り出された結果、かつてはレオンシオ・プラードが本書を焚書処分にしたなどという根拠なき噂まで流れた[13]。本書のもつ文学作品としての可能性に関する多言語による研究は端緒を開いたばかりである。位相が異なるシークエンスを入れ子細工のように組み合わせたこの小説自体が、研究者、小説愛好家、ペルーに関心をもつ人など、実にさまざまなペルソナをもつ読者を度重なる回遊へと誘う霧中の都市なのだ。（松本）

（12）Javier Cercas, "La pregunta de Vargas Llosa," Mario Vargas Llosa, *La ciudad y los perros. Edición conmemorativa del cincuentenario*, Real Academia Española, 2012, pp. 473-498.

（13）ガルシア＝マルケスらのいわゆる〈ブーム世代〉が頭角を現わした一九六〇年代以降も、世界の文学研究者の多くはラテンアメリカ地域の文学者に現地の社会問題を告発する代弁者の役割を求める傾向にあった。焚書の噂に関してはペルー人研究者らの調査で事実無根であったことが明らかにされている。

コラム　文学的表象にみる都市と田舎・郊外

多くの人とモノが集まって政治経済の中心的な機能を果たし、洗練された文化が展開する——それが**都市**の一般的な姿だ。イギリスでいえば、まずロンドンを思い浮かべることができよう。だが、そうした都市の表象には光と影がある。繁栄を謳歌する都市の力強いダイナミズムと、そうした繁栄がもたらす貧富の差や人間疎外といった都市の闇である。アーサー・コナン・ドイルの「シャーロック・ホームズもの」に描かれるロンドンが霧に覆われて見通しが悪いのは、もちろん実際には煤煙によるものだが、それと同時に、著しく発達した都市に巣食う深い闇や不安、孤独を象徴的に示すためでもある。これに対して**田舎**は、一般に、近代的繁栄から置き去りにされ、粗野で古びた習慣が支配的とされる。もちろんここにも正負両面があって、そうした粗野で古びた習慣をこそ純粋で素朴な人間関係を表わすものと捉えることもあれば、その後進性が批判的に描写されることもある。田園の静謐な時の流れを詠って古くから親しまれてきた牧歌の伝統などは、前者の代表的な文学表現と言ってよいだろう。

しかしながらこの一般的な図式には、例えば二十世紀の批評家レイモンド・ウィリアムズが『田舎と都会』（一九七三年）において明快に指摘しているように、ただちに疑問符が付く。田舎から断絶した都市もなければ、都市から断絶した田舎も実はありえないのであり、都市の繁栄と田舎の荒廃とか、純粋無垢な田舎と汚辱にまみれた都市といった単純な対比を、文学作品は決して描いてはいないからである。繁栄を謳歌するかに見えたヴィクトリア朝ロンドンに多くの闇があり、主人公のロンドンでの成長にも多くの留保をつけなければならないということは、ディケンズの作品にも見られる通り。ロバート・ルイス・スティーヴンソンの『ジキル博士とハイド氏』（一八八六年）やオスカー・ワイルドの『ドリアン・グレイの肖像』（一八九〇年）などに登場する謎めいた二重人格の持ち主たちは、ロンドンの光と影をみごとに表現している。そしてそういう観察をしたディケンズもスティーヴンソンもワイルドも、実はロンドンの生まれではなかった。首都の闇を冷徹に見据える地方の眼がそこにはある。他方、ウィリアムズも言及しているように、イングランドの寒村を舞台に、そこに住むテスの凌辱を描いたトマス・ハーディの『ダーバヴィル家のテス』（一八九一年）は、しかし、都市が田舎を凌辱するという単純な構造の物語ではない。テスを凌辱するアレックの父は、ダーバヴィル家を乗っ取った成り上がり者だが、彼が財力を得たのもまたイングランド北部の地方の町においてなのである。D・H・ロレンスの多くの小説に登場する炭鉱町は、イングランド中部の彼の故郷ノッティンガムを念頭に置いたものだが、そういう田舎町の風景は、当然のことながら、都市の繁栄と無縁ではいられない。十八世紀イギリスの文豪サミュエル・ジョンソンには『ロンドン』（一七三七年）という詩があって、そこでは、主人公セイリーズのロンドンでの生活の回想が、都市の惨状を田舎的牧歌的風景と対比させる形で進行し、彼は最終的に、田舎での再起を期すことになる。だが、その再起が本当に実現するのか否か、ジョンソンは語っていない。イングランド北部の風光明媚な湖水地方を拠点としたイギリス・ロマン派詩人の多くが讃えた純粋で素朴な田舎の風景も、実は都市化や産業社会の発達に伴って失われていく人間的なつながりを背景にしたものにほかならないのである。自然の美しさに感嘆し、寺院などの廃墟に文明の栄枯盛衰を思うとき、十八世紀後半から十九世紀にかけての文人たちはそういう情景をしばしば「ピクチュアレスク」（絵のような）と呼んでいる。だが、田舎の変化と都市の発達という時代状況のなかで、その「ピクチュアレスク」の意味内容にもさまざまな変化が生じてきたことを忘れてはなるまい。

このように考えてみると、都市の表象と田舎の表象は、互いに実は分かちがたく結びついていることが分かる。田舎の風景が極端なまでに理想化されているとすれば、その背後には深刻な都市の苦悩がある。また、素朴な田舎の風景が、田舎のなかに内発的に生じた都市的現象によって断ち切られることもある。エディンバラやダブリンといったロンドンに準じる都市に加え、各地に中規模の町が点在していて、都市的社会と田舎的風景が比較的混在しやすいイギリスの場合、両者の結びつきはより緊密であると言えよう。

もうひとつここで指摘しておきたいのは、特に十九世紀後半以降、都市の拡大に伴って、都市と田舎の中間的な場所、すなわち**郊外**に、「田園都市《ガーデン・シティ》」のような住宅地が建設されて主に中産階級の人々が多く住むようになり、郊外の文学的意味にも変化が生じた、ということである。つまり、都市に寄り添いつつもこれをじっくり観察できる余裕を持っていたかつての郊外が、次第に、都市との抜き差しならぬ関係を結ぶに至ったということである。十九世紀末から二十世紀にかけてイギリスに留学した夏目漱石は、最初、ロンドン中心部に下宿を定める。だがその生活は長続きせず、彼は留学中、幾度となく引っ越しを繰り返すことになるのだが、そういう漱石が移り住んだのもまた、郊外にある家々であった。郊外をさすらうなかで、彼が深刻なアイデンティティの危機を体験したことは言うまでもない。都市と田舎・郊外をめぐる文学的表象には、人生を左右する心の動きのひだが深く刻み込まれているのである。

（原田）

第Ⅵ章　異邦と越境

越境は、現代文学を特徴づけるキーワードのひとつである。この言葉はいくつかの次元を内包している。まず、外国に一定期間居住したり、あるいはさまざまな理由で異国に定住することになった人間にとって、その異質性の体験はアイデンティティの形成に影響を及ぼす。次に、作家が祖国を離れ、あるいは祖国を追われて異国に住むことになり、執筆環境や主題が大きく変わるということがある。第三に、このような体験は文化的な越境を作家に要請する。新たな国で生活し、それに融けこもうとするならば、文化的、社会的な適応を志すだろう。そして第四に、このような地理的、社会的越境は作家にときとして言語的な越境さえ求めることがある。あるいは作家みずからがそれを選択する。日本人作家、多和田葉子(1)がドイツに住んで、日本語とドイツ語で創作することがその一例である。

明治時代にドイツとイギリスに官費留学生として滞在した森鷗外と夏目漱石にとって、西洋体験はみずからの文学観を確立するうえで決定的な意味をもった。尹東柱《ユンドンジュ》と白石《ペクソク》は、日本が朝鮮と満洲を植民地にしていた時代に、これらの地域を往来しながら、公用語ではないとして禁じられた朝鮮語で忘れがたい詩を書き続けた。南アフリカ出身でオーストラリア在住のクッツェーは『夷狄を待ちながら』で、文明と野蛮、帝国と異邦の境界が政治的な虚構であることを浮き彫りにした。カリブ海のグアドループで生まれ育った黒人女性作家マリーズ・コンデは、パリやアフリカで暮らすことによってみずからの文化的アイデンティティを見出した。（小倉）

（1）多和田葉子（一九六〇―）日本の作家で、現在はベルリン在住。日本語とドイツ語で作品を発表してきた。『雲をつかむ話』（二〇一二年）、『献灯使』（二〇一四年）など。

人文学という科学の発見

〈西洋〉との出会い　鷗外と漱石の留学体験

鷗外のドイツ留学――新国家と個人

森鷗外[1]が今日あまり読まれない理由は、だいたい察することができる。漢学や外国語に裏付けられた著作が読みにくいからだけではない。その言動の隅々に見いだせる国家に対する責任感を、現在の人の多くが実感できないからだ。組織に属する者としての葛藤が、かつてのサラリーマンには共感されたこともあったかもしれないが、いまや会社への帰属意識も以前とはよほど異なっている。鷗外と漱石を少ないページ数で語ることは無謀だが、時期も留学先も異なる二人を例として、近代初期に日本国を出るという体験について考えたい。

そもそも複数の外国語のうちどれを学ぶのが優位であるのか、明治期の日本で統一的イメージがなかったことは、幕末にそれぞれの藩が、イギリスやフランスなどとも交渉を行ないながら覇権を争っていたことから明らかである。そのなかで、ドイツは一八七一年、日本の明治維新より遅れて国家統一が成ったにもかかわらず、その後急速に近代国家としての発展を遂げ、日本の諸制度の手本として浮上した。

（1）森鷗外（一八六二―一九二二）石見国津和野（現・島根県津和野町）出身。ドイツから帰国後、翻訳、小説、評論などで文筆活動を開始する。その後、日清戦争に出征。また小倉転勤になるなど、一時期文壇を離れるが、明治四〇年代には再び小説を執筆、歴史小説も書いた。海外事情に通じた鷗外は、大逆事件の際には、被告の弁護人・平出修に社会主義についてレクチャーするほどであったが、国家に属する立場であることが、前向きな諦念とでも言える独特の立場につながっている。代表作は『ヰタ・セクスアリス』『雁』『興津弥五右衛門の遺書』『澁江抽斎』など。

鷗外は、よく知られるように家の環境から医師を志し、第一大学区医学校（現・東京大学医学部）卒業後は陸軍省に入った。ドイツの陸軍衛生制度を調査するために一八八四年から一八八八年の間、ドイツに**留学**し、ベルリン、ライプツィヒ、ドレスデン、ミュンヘン、ベルリンで過ごした。留学を始めた時、満年齢でいえば二十二歳である。本業に力を入れたことはもちろんだが、観劇を体験し、「夜は独逸詩人の集を渉猟することゝと定めぬ」（「独逸日記」明治十七年十月二十四日。引用は『鷗外全集』第三十五巻、岩波書店、一九七五年。以下同じ）、「架上の洋書は已に百七十余巻の多きに至る。鎖校以来、暫時閑暇なり。手に随ひて繙閲す。其適言ふ可からず」（同明治十八年八月十三日）など、さまざまな領域を吸収しようとしている。留学の初めに、ドイツ公使の青木周蔵に「学問とは書を読むのみをいふにあらず。欧州人の思想はいかに、その生活はいかに、その礼儀はいかに、これだに善く観ば、洋行の手柄は充分ならむ」（同明治十七年十月十三日）と言われたこともきっかけかもしれない。

ただし対象が何であっても、ドイツ語で見聞きすることのすべてが、**国家**に属する**国民**としての意識を学ぶことでもあるのには注意が必要だろう。それまで公的な文書ではラテン語やフランス語が使われ、また所属意識を地域に対して持っていた人々に、同じ民族としての自覚が広がったのは、ドイツ語の統一と同時進行である。哲学や文学を身近な言葉で読み共有することが、気持ちの糾合にも貢献したのである。

鷗外日記などには、ドイツ滞在時にも日本人のなかでの上下関係や出世に関わる人

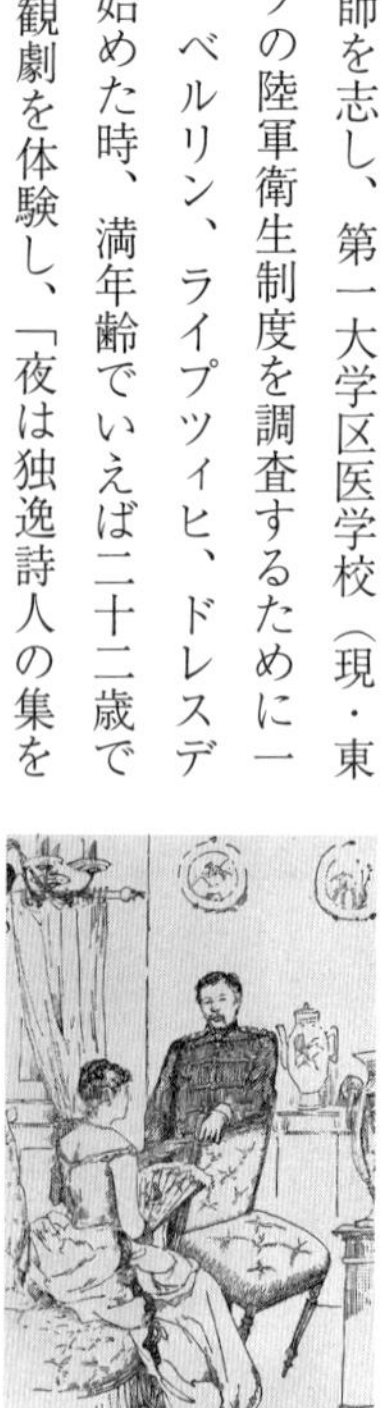

原田直次郎による『舞姫』挿絵

脈への配慮や服従への不満が記されている。それらに距離を置きたい気持ちもあったろうが、しかし、例えば当時の軍医監・石黒忠悳がドイツに来た際に部下として出席した国際赤十字会議において、鷗外は、各国に注意を払われていなかった日本の存在感を示すことに成功している。個人の努力が日本国の評判によって報いられるような位置に生きていたことは確かである。

だからこそ、**学問の自由**の大切さを探り当てた。清田文武[2]によれば、鷗外の所蔵した本の書き込みを調査すると、「自由」が最も多いという。鷗外が留学中に得たことの一つは、確かに、学問による自由ということであったろう。ヘルムホルツ[3]の講演「ドイツの大学における学問の自由」(一八七八年)やウィルヒョウ[4]「近代国家における学問の自由」(一八七八年)などに触れており、政治や国家権力が介入することに対する批判は、帰国後の評論「大学の自由を論ず」(一八八九年)になって表われている。また一方、鷗外は評論だけでなく、「自由」を考えるのに**小説**という手段を必要とした。次は鷗外自身の体験が流れ込んでいるといわれる『舞姫』[5]の一部である。

> たゞ所動的、器械的の人物になりて自ら悟らざりしが、今二十五歳になりて、既に久しくこの自由なる大学の風に当りたればにや、心の中なにとなく妥《おだやか》ならず、奥深く潜みたりしまことの我は、やうやう表にあらはれて、きのふまでの我ならぬ我を攻むるに似たり。〔中略〕又大学にては法科の講筵を余所にして、歴史文学に心

(2) 清田文武『鷗外文芸とその影響』翰林書房、二〇〇七年。

(3) ヘルマン・フォン・ヘルムホルツ(一八二一—一八九四) ドイツ出身の生理学者、物理学者。

(4) ルドルフ・ウィルヒョウ(一八二一—一九〇二) ドイツの医師、病理学者。

(5) 『舞姫』一八九〇年発表の小説。ドイツ留学した太田豊太郎が、現地の踊り子であるエリスと恋仲になり、彼女は妊娠するが、日本での出世を優先させる周囲の妨げに悩み、結局はエリスを捨てて帰国するというストーリー。

を寄せ、漸く蔗《しよ》を嚼む境に入りぬ。(『舞姫』)

鷗外はなぜ小説を必要としたのだろうか。「実験と観察を通過せずして学問的真理に達することが可能であろうか？――古来東洋ノ学医皆是耳――直観!?／不可能である。『自然』という家はそう簡単な構造ではない」(「感想1887」)と書きつけているように、すでに当時の**自然科学**では、観察や実験を通した帰納的な思考が一般的になりつつあった。だが鷗外は特に人間の精神の解明に関して、哲学にいう「直観」を否定してはいない。「感想」は、師事した二人の科学者コッホとペッテンコーフェルになぞらえながら、実験・観察的な帰納法と、思弁的・哲学的な演繹法を比較したものであり、双方の両立を考えていたもののようである(6)。考えてみれば医師であるということは、人間が健全である方法を科学的に割り出すだけではなく、人の生死に関する哲学や人間の慰謝を要求する。これらは近代的な自然科学から除かれただけであり、文学という領域として新たに練り上げられたといえよう。鷗外が読んだのはゲーテやシラーなどのドイツ文学に限らず、ギリシャ悲劇、バルザック、ダンテそのほか多岐にわたった。科学と**人文学**が並び立つことが、鷗外の自由の条件であったのである。

夏目漱石のイギリス留学――文学研究とは何か

対する夏目漱石(7)の留学は、一九〇〇年、第一回文部省官費留学生としてのものであ

(6) 松村友視『近代文学の認識風景』(インスクリプト、二〇一七年)

(7) 夏目漱石(一八六七―一九一六) 現・東京都新宿区喜久井町出身。幼少期は他家へ養子に出されており、そのことが後年まで心の持ちように影響した。帝国大学(現・東京大学)英文科卒業後、愛媛県尋常中学校教師、熊本第五高等学校教授を務め、イギリスへ留学。帰国後、現・東京大学で英文学の講師となる傍ら、友人・正岡子規や高浜虚子の影響もあり、『吾輩は猫である』を執筆。その後、大学講師をやめ、朝日新聞社に入社。代表作には他に『こゝろ』『明暗』など。神経衰弱・胃病にはずっと悩まされた。

る。その時、満年齢でいえば三十三歳。この時間の差は、鷗外との海外体験の差に反映されるものだろう。後に、「私は其時留学を断わらうかと思ひました。それは私のやうなものが、何の目的も有たずに、外国へ行つたからと云つて、別に国家の為に役に立つ訳もなからうと考へたからです」（「私の個人主義」[8]）と語っているが、関心がすでに国家とは異なるところにあることがわかる。

与えられた研究の題目は英語だったが、漱石は**英文学**を勉強してはいけないのかと、わざわざ問いただしている。彼の関心はツールとしての語学ではなく、コンテンツ、特に情緒を扱う文学だったのであり、当時の日本円の価値の低さから下宿や大学の講義にも不如意を感じながら、文学を明らかにするために、かえって**心理学**や**社会学**など他領域の本を読み漁るようになる。ウィリアム・ジェイムズ、モーガン、ギュイヨー、ロンブローゾなどを読んでいる。自分が追求すべきことが、世界をいかに見るか、人生をいかに解釈するか、社会との関係における生きる意義などであると確信され、「留学中に余が蒐めたるノートは蠅頭の細字にて五六寸の高さに達したり」（『文学論』）という成果は、「文学論ノート」として残され、帰国後の帝国大学での講義を経て、『文学論』[9]としてまとめられた。

その道は簡単なものではない。大学での講義を拒絶し、個人教授は受けたものの、そのほかは下宿の部屋にこもりきりのその状況は、周囲に「夏目発狂」と囁かれることになり、文部省によって彼の帰国は早められることになる。この鬱屈の原因の一つ

（8）「私の個人主義」『輔仁会雑誌』一九一五年三月。一九一四年十一月二十五日に、学習院輔仁会で行なった講演の記録。前半は鬱屈した日々から自分の研究態度を確立した経緯だが、後半は、他人の自己本位とぶつからざるをえない近代の危機について論じている。引用は『定本　漱石全集』第十六巻（岩波書店、二〇一九年）。

（9）『文学論』一九〇七年。「文学的内容の形式は（F＋f）なることを要す。Fは焦点的印象又は観念を意味し、fはこれに付着する情緒を意味す」という有名な書き出しに始まり、文学の特質を明らかにしようとする。近年、山本貴光『文学問題（F＋f）＋』（幻戯書房、二〇一七年）、服部徹也『はじまりの漱石——『文学論』と初期創作の生成』（新曜社、二〇一九年）など、読み直しが行なわれている。引用は『定本　漱石全集』第十四巻（岩波書店、二〇一七年）。

は、今よりはるかに大きい文化と国力の違いである。これを自分の卑小さとして身体に引き受けてしまった。

向ふから人間並外れた低い奴が来た。占《しめ》たと思つてすれ違つて見ると自分より二寸許り高い。此度は向ふから妙な顔色をした一寸法師が来たなと思ふと是即ち乃公《だいこう》自身の影が姿見に写つたのである。不得已《やむをえず》苦笑いをすると向ふでも苦笑ひをする是は理の当然だ。(「倫敦消息」(10))

もちろん彼我の違いは、「漢学に所謂文学と英語に所謂文学とは到底同定義の下に一括し得べからざる異種類のものたらざる可からず」(『文学論』序)という文学の違いにも及んでいた。日本人には英文学は理解できないのだろうか。しかしそれほどの違いにもかかわらず、なお英文学に心を動かされることもある。漱石が考えようとしたのは、人が文章に心を動かされる経緯を説明する共通理論の体系である。

例えば、当時の東大で行なわれていた国文学研究は、**文献学**というものである。これこそ、ドイツから輸入した最新の研究法だったが、現在の感覚では歴史学にも近く、特定の民族について、過去の文献の真偽・誤写・誤伝の過程を調査して本文を確定、意味も過去のとおりに復元するもので、科学的ではあるが、現在なら文芸の最も中心的な性質だと思われる人の心の動きを研究するものではなかった。

(10) 引用は『定本 漱石全集』第十二巻(岩波書店、二〇一七年)。

だから漱石の考えたことはかなり独自性があったわけである。人間の心理は国や民族のような集団の行動の様式に還元されるのか。また文学作品というものは、人間の営みのどんなことでも書けるため、詳しくなろうとすれば、社会について知り、経済について知り、心理について知り……という必要があるが、それなら**文学研究**の独自性というものはあるのか。それは、文学研究というものが何なのかという、今日の私たちにも継続している問いである。そこで、漱石の関心は、個人というもののありかと、特に文章によって心的イメージが現われる機構の解明に向かったのである。文学研究というもの自体を創始してしまったというべきだろう。文献学とはまるで違うが、文学によって得られる感情について、だれが試みても再現可能な分析方法を確立するという意味では、まさに科学的である。

これを漱石個人の心情の面から見ると、有名な「自己本位」ということになる。「漸く自分の鶴嘴《つるはし》をがちりと鉱脈に掘り当てたような気がした」と述べているが（「私の個人主義」）、これは彼の場合、文学研究という体験と不可分なのである。

> 私は此自己本位といふ言葉を自分の手に握つてから大変強くなりました。彼等何者ぞやと気慨が出ました。今迄茫然と自失してゐた私に、此所に立つて、この道から斯う行かなければならないと指図をして呉れたものは実に此自我本位の四字なのであります。（「私の個人主義」）

その後、周知のとおり漱石は小説を書き始め、名誉ある東京帝国大学の職を辞し、まだ社会的地位の確立していない作家になるため朝日新聞社に入社するという、当時としては破天荒な行動に出ることになる。書いた小説は、今でこそ名作と言われているが、特に初期は、同じ人が書いているのかわからないほど、テーマや文体の移り変わりも激しい。イギリスの歴史や絵画を取り入れた幻想的な『倫敦塔』のようなものから、滑稽味のある『吾輩は猫である』や『坊っちゃん』、華麗な漢文脈を用いた『虞美人草』。われわれがよく知る『三四郎』『それから』『門』などの作品に至るには、やはりかなりの試行錯誤を繰り返しているのだ。

鷗外と漱石が文学を読む多くの人を現在までひきつけるのには、以上のように、科学とのかかわりのなかで文学や文学研究そのものについて思索し、世界の中に置きなおしたからであろう。ただ、彼らに深い思索をもたらした日本の西洋への接近は、このあと東洋と再度向かい合わせることになる。鷗外は日清戦争では大連に赴き、その後**台湾**総督府陸軍局軍医部長になり赴任、日露戦争では、日本人七万五千人が死傷したといわれる奉天会戦の間近にいた。夏目漱石は、その後の一九〇九年、友人で南満洲鉄道総裁の中村是公《よしこと》に誘われ、当時の**満洲**・**朝鮮**を訪れている。こちらの越境についても考えるべきことは多いが、読者それぞれの課題としていただきたい。（小平）

帝国の中心と辺境

尹東柱と白石の詩
「満洲」と「内地」を行き来した朝鮮の詩人たち

詩人尹東柱《ユンドンジュ》(1)は朝鮮半島の外郭、満洲国の間島《カントウ》省で、詩人白石《ペクソク》(2)は朝鮮半島の北部、平安北道定州郡で生まれた。朝鮮が日本から独立するまで、白石は東京（青山学院大学）を経て満洲に、尹東柱は満洲から京城《ソウル》の延喜専門学校を経て、東京と京都（立教大学、同志社大学）に学び、**朝鮮語**で詩を書いた。

両詩人はいずれも一カ所に定着せず、中国と朝鮮と日本を行き来しながら詩を書いたが、朝鮮が独立する前に滞在していたのは尹東柱の場合、日本の京都で、白石の場合、満洲の新京（現・長春）であった。京都と朝鮮半島、そして満洲の新京を繋ぐキーワードは**帝国**である。彼らは、韓中日の**国境**を行き来する詩を書いたとされるが、実は「**拡張された帝国**（内地と外地）」を**越境**する詩を書いたわけである。

帝国の公用語は日本語であった。特に一九四〇年代に入り、朝鮮人の苗字の改名（創氏改名）、朝鮮語使用禁止や朝鮮語で書かれたすべての新聞・雑誌の廃刊などの措置が行なわれたため、朝鮮語で詩を書くのはそれほど容易なことではなかった。

（1）尹東柱（一九一七—四五）北間島の明東（現・中国吉林省延辺朝鮮族自治州）出身。延禧専門学校を経て渡日、同志社大学英文科在学中、独立運動を理由に日本警察に逮捕され、福岡刑務所で獄死。解放後の一九四八年、文友の手によって遺稿詩集『空と風と星と詩』が刊行された。代表作は「星かぞえる夜」「序詩」「たやすく書かれた詩」「自画像」など。

尹東柱

故郷の喪失と母国語の喪失

白石は一九三〇年、青山学院に留学したが、それは『朝鮮日報』の新春文芸に当選して受け取った奨学金のおかげであった。彼は青山学院で中国古典から英米文学に至る幅広い文学の勉強ができたが、特に興味を持ったのは愛蘭《アイルランド》文学であった。彼は朝鮮に戻り、新聞社に勤めながら「ジェイムズ・ジョイスと愛蘭文学」（D・S・ミルスキー）を翻訳して載せたが、この文章を見ると、彼がなぜ朝鮮の西北地方（関西）なまりにこだわりつつ詩を書いたのかがわかる。

白石は特に、「愛蘭語を話す愛蘭はひとえに愛蘭の極西地方だけに保存」されているという点、**ジェイムズ・ジョイス**が「愛蘭農夫の言葉」を通じて「独自の文学的方言」を作り出したという点に注目した。植民地の言語（英語）ではないジョイスの「**愛蘭語**」は白石には「朝鮮語」であり、生きている愛蘭語が維持されている「愛蘭の極西地方」はまさに伝統的な農村共同体の方言が変わらずに生きている「朝鮮の西北地方」であった。

鴨の罠の仕掛けがうまい　離れ小島にママカリの塩辛《チョッカル》を漬けに行くのが好きな叔父　叔父の女房　年長の従妹《いとこ》　年少の　従弟妹《いとこ》たち//〔…〕そうして窓に軒の影が差す朝　小姑や嫁たちでごった返して　にぎわう台所から　戸の隙間から　障子戸の隙間から　大根汁《ムイジンケグック》を煮るおいしい匂いがしてくるまで眠る[3]

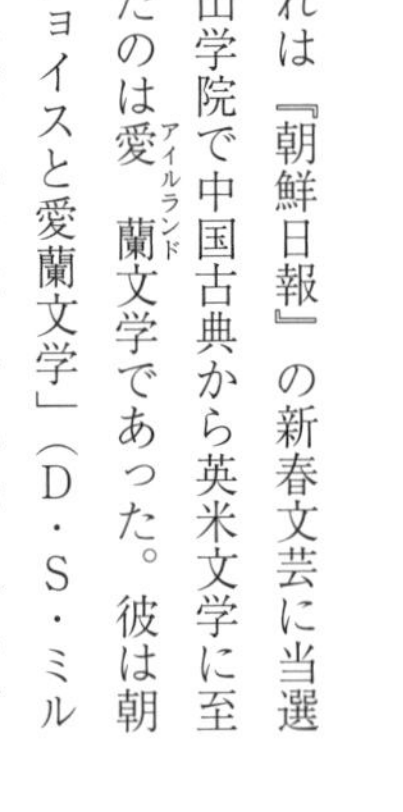
白石

(2) 白石（一九一二―九六）平安北道定州の出身。本名は白夔行。一九二九年に日本へ留学。青山学院英文科を卒業したのち朝鮮に戻り、モダニズム的でありながら郷土的な叙情の世界を方言で表わした詩集『鹿』を出版。一九三九年満洲の新京に移る。解放後、朝鮮に戻り北朝鮮で没。代表作は「私とナターシャと白いロバ」「狐谷の一族」「白い風壁があり」など。

(3) 白石「狐谷の一族」（一九三五・十二）部分、『朝光』第一巻二号。以下、白石の詩は、『白石詩集』（青柳優子訳、岩波書店、二〇一二年）より引用。

市日《いちば》の町／市の中を爺さまたちが通り過ぎる／爺さまたちは／馬面　虎面　イタチ面／犬の足鼻　鞍花　瓶の鼻／その鼻にみんな老眼鏡をかけている／〔…〕爺さまたちはガラス窓のような目を光らせながら／武骨な北関弁を大声でしゃべりまくり／まぶしい夕陽の中に／荒々しい獣のように消えていった(4)

最初に引用した詩は、朝鮮の祝日を過ごすため、親戚が集まって一緒に祝日の準備をする風景を描いており、次に引用した詩は、平安道《ピョンアンド》の市場に集まった年寄りたちの風景を描いている。鴨の罠《オリチ》、ママカリの塩辛《バンディジョ》、軒《トンナプセ》、瓶の鼻《ジルビョンコ》、老眼鏡《ハクシル》のような北関（朝鮮の最北端）の方言は、暖かい祝日風景と市場の風景が相まって、親近感を与える。

彼の他の詩「蕎麦」のように、彼の詩にはよく**食べ物**が登場する。食べ物は匂い（嗅覚イメージ）に置き換えられ、流浪の民に故郷を喚起させる。このような食べ物が登場する空間は、節日の本家や市日の市場、街中の麺屋《めんのみせ》などで、農村共同体の人々が集まる場所である。豊かではないが「ごった返してにぎわう」、持ち物を分かち合いながら楽しく過ごす場所で、消えてしまった幼年時代の故郷を思い浮かばせる。

朝鮮の西北地方の方言を通じて失われた朝鮮語を蘇らせ、西北地方の農村風景を通じて消えていく農村共同体／故郷の記憶を呼び起こしている。イギリスの植民地の下でかろうじて残っていた極西地方の愛蘭語の方言を通じてアイルランドの農村共同体

（4）白石「夕陽」（一九三八・四）一部、『三千里文学』第二号。

を活かそうとしたジョイスのように、白石は朝鮮の西北地方の方言を通じて消えつつある朝鮮の農村共同体を活かそうとしたのである。つづいて、多くの韓国人が愛誦する尹東柱の詩「星をかぞえる夜」を見てみよう。

星ひとつに追憶と／星ひとつに愛と／星ひとつにわびしさと／星ひとつに 憧れと／星ひとつに詩と／星ひとつにオモニ、オモニ、／／お母さん、私は星ひとつに美しい言葉をひとつずつ唱えてみます。〔…〕私はなにやら慕わしくて／この数かぎりない星の光が降り注ぐ丘の上に／自分の名前を一字一字書いてみては、／土でおおってしまいました。(5)

延喜専門学校時代、星空を眺め、故郷の思いに浸った詩人の心境を巧みに描き出した詩である。この詩で注目すべき詩語は「星」である。「星」は、彼の詩全体において非常に重要な意味を持つ。彼の詩集『空と風と星と詩』の「序詩」最後の句である「今夜も星が風にかすれて泣いている」のように「星」は希望を、「風」は試練を象徴するが、ここでの「風」と「星」は特に植民地朝鮮の試練と希望と読まれもする。

彼は「星をかぞえる夜」で、いとしい詩人や幼い頃一緒に過ごした大切な友人たち、すなわち星ひとつひとつに名を付けた。例えば、「佩《ペー》、鏡《キョン》、玉《オフ》」のような「異国の少女たちの名前」、また動物、隣人たち、母親にも名を付け、大切な幼い頃の共同

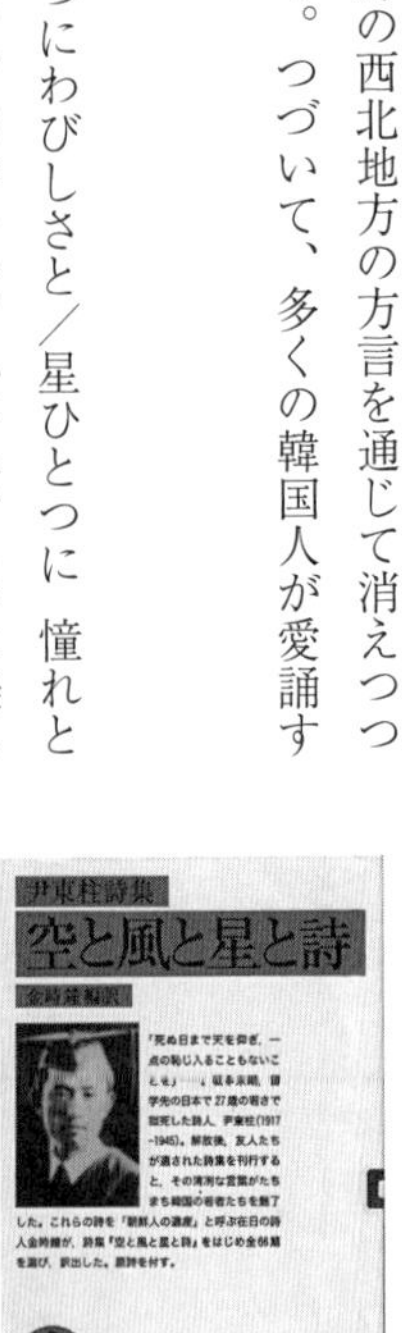

尹東柱『空と風と星と詩』（岩波文庫）カバー

(5) 尹東柱「星をかぞえる夜」（一九四一・十一）部分。以下、尹東柱の詩は、『空と風と星と詩』（金時鐘 編訳、岩波文庫、二〇一二年）より引用。

体の記憶を呼び出した。尹東柱が「異国の少女」と言ったのは、彼の故郷が朝鮮半島から押し流され、中国東北部の満洲―北間島に定住していた朝鮮人移住民の村だったからである。中国人と朝鮮人が一緒に住む移住民の村だが、そこは尹東柱には「母」を喚起させる「追憶と愛とさびしさと憧れ」がともにある故郷である。

尹東柱は、母親の村共同体の記憶のなかにある自分の名前を「土でおおって」しまう。日本に渡航するために**自分の名前**を平沼東柱に変えざるを得なかったからである。創氏改名や詩人の命綱に等しい**母国語**の禁止および母国語の新聞と雑誌の廃刊は、彼が「星をかぞえる夜」を書く一年前の一九四〇年から本格化した。北間島の朝鮮人村として記憶される尹東柱の「星」は、母国語の喪失とともに徐々にその光を失い始めた。

帝国の中心と辺境

白石は一九四〇年、朝鮮西北地域から満洲へ、尹東柱は一九四二年、京城《キョンソン》（ソウル）から玄海灘を渡って東京に向かう。朝鮮半島の境界を越えそれぞれ北、西に向かったが、彼らが越えたのは帝国の外ではなく境界の内側だった。より正確にいえば、尹東柱は帝国の中心（内地の真ん中）に向かい、白石は帝国の辺境（外地の果て）に向かって進んだことになる。

帝国は土壇場に向かって疾駆していた。結局、彼らが越境を通して到達したところは帝国の中心であろうが辺境であろうが、そこが帝国の中である限り、朝鮮半島／外地出身の二人の詩人を待っていたのは悲劇的な結末だけであった。

春がそっと来ていた朝、ソウルのある小さな停留場で／希望と愛のように汽車を待ち、／私はプラットホームにつらい影をふり落として、／〔…〕汽車はめぼしい報せひとつ伝えるでもなく／私を遠くへ載せていってくれて、／春はとっくに去ってゆき――東京郊外のとある閑静な／下宿房で、古い街なかに居残った私を／希望と愛のようになつかしんでいる。／〔…〕――ああ　若さはいつまでも　その場所に残っていてくれ。(6)

窓の外で夜の雨がささやき／六畳の部屋は　よその国∥〔…〕人生は生きがたいものだというのに／詩がこれほどもたやすく書けるのは／恥ずかしいことだ。∥〔…〕灯をつよめて　暗がりを少し押しやり、／時代のようにくるであろう朝を待つ　最後の私、(7)

尹東柱が日本留学を始めたのは、東京の立教大学だった。そこのある下宿の部屋で、留学する前、浮ついた気持ちで「希望と愛のように汽車を待」っていた「ソウルのある小さな停留場」の自分（話者）を思いだす。しかし、彼は今、東京のある「プ

(6) 尹東柱「いとしい追憶」（一九四二・五）部分。

(7) 尹東柱「たやすく書かれた詩」（一九四二・六）部分。

ラットホーム」で、ただ「つらい影をふり落として」立っているだけである。玄海灘越しにそのどこかにあると夢見た東京の「春」は消え、話者はただソウルの「古い街なかに居残った私を、希望と愛のようになつかしんでいる」だけである。朝鮮でも母国語が使えないなら、いっそ東京留学にでも出かけようとした彼の考えは、初めから間違っていたということを「東京郊外のとある閑静な下宿房で」で悟る。

彼はまた、その下宿房が北間島のオンドルではない六畳の畳部屋だという事実に、改めてそこが「よその国」であることを自覚する。みなのための帝国ではない「よそ」の国で、「自分」の言葉である朝鮮語で詩を書くということがどんなに大変なことかをよく知りながら、一行一行の詩を書き下している自分を彼は恥ずかしがっている。「よその国」に留学した一九四二年六月に書かれたこの詩は、その翌年、**治安維持法違反**（在京都朝鮮人学生民族主義グループ事件）で逮捕される前までに、日本で残した最後の作品である。彼は逮捕されてから一年六カ月後、一九四五年二月、植民地からの解放まであとわずか六カ月というときに、福岡刑務所で最期を迎える。

尹東柱は、この詩の最後で、「私は私に」「涙と慰めを込めて握る最初の握手」を渡す。故郷の北間島を離れ、延喜専門学校があったソウルを離れ、帝国の真ん中に入ってきたが、実は何もできない恥ずかしい「私」を慰め、撫でてくれる人も自分自身だけであった。

白石が、**満洲国**の首都である新京（長春）に渡ったのは一九四〇年二月である。愛したジャヤ（金英韓）との結婚に反対した家族への反発も大きかったが、帝国の辺境でありながらもモダンな新都市であった新京にかける期待感があり、五族協和を掲げたが相変わらず朝鮮語の新聞を発刊していた『満鮮日報』の先輩詩人朴八陽《パクパリヤン》の紹介によって、満洲国国務院経済部で働くことになったからである。もちろん彼は、相対的に経済的な余裕があった、いわゆる「朝鮮人の饒舌地域」西七馬路ではなく、経済的に苦しいさまざまな民族が集まって住んでいる東三馬路に居住していた。そこの銭湯（澡塘）で書いた詩が「澡塘にて」である。

「一つの浴槽」の中に「殷や商や越」の子孫たちが「裸になり」入浴する姿を、最初は「さびしい」とか「悲しませる」とし、「うれしくなる」とか「渇仰される」と表現したが、最後は「滑稽でもある」と描写している。「祖先」も「言葉」も「着るものや食べもの」も違うなど、いわゆる五族以外にも多様な「異国の人々」が一緒に裸になって体を洗う風景はさびしさを喚起する。しかし、「板塀に半分くらい出て横になり、日の光を限りなく眺め、独り何かを楽しむ」人を見ていると、世を達観した「帰去来辞」の陶淵明が想起される。また、「水鳥のようにアッアッと声を上げる」人を見ていると、自分の楽しさだけを主張（為我説）していた楊子が思い浮かんで、その風景は「渇仰され」たり、「滑稽でも」あったりする。

もちろん、新京での異国の風景はただ不思議で面白いだけではない。詩集『鹿』のように朝鮮の西北地方の風景を西北地域の方言で描く時とは違って、彼の北方（満洲）の詩は、力を失い、悔恨と悲しみがメインである。満洲は愛蘭の極西地方でも朝鮮の西北地方でもない。そこには回復すべき農村共同体も存在しない、「日は暮れ、月は青白く、風は狂い、浮雲だけがひとりぼんやり漂う」(8)帝国の辺境――よその地だからである。

　白石が定着したところは「夜は犬の遠吠えに仰天」し、「朝は通り過ぎる人みんなにお辞儀」をしなければならない満洲国の国務院経済部の席であった。青木一夫に創氏改名した朴八陽のようにはなれないとおもい、新京に来て六カ月目に満洲国国務院を辞したが、彼も結局は「白村夔行」という名前に創氏改名をするほかはなかった。

　朝鮮の独立後、満洲を離れ故郷に帰ってきた白石が満洲を思い出しながら書いた最後の詩編(9)では、「ある大工の家、ぼろの網代を敷いた」部屋で、「わたしの悲しみと愚かさを、牛のように反芻」し、「顔が赤らむほど恥ずかし」くて、「悲しみと愚かさに押しつぶされ、死ぬほかないと感じる」と書いた。

　帝国の辺境へと越境した白石も、帝国の真ん中に越境した尹東柱と同じく、母国語はもちろん名字まで奪われたまま残ったのは恥ずかしさだけだった。彼が満洲へ越境した一九四〇年と翌年には「北方にて」「歸農」「蕎麦」「白壁があり」など十編以上の詩を書いたが、一九四三年以降、解放されるまでの間、白石は一編の詩も書くことができなかった。帝国の最後の段階、居場所が中心部であれ周辺部であれ、詩が「たやすく書かれない」のは同じことであった。

（申）

（8）白石「北方にて――鄭玄雄《チョンヒョンウン》へ」（一九四〇・七）一部、『文章』第一八号。

（9）白石「南新義州柳洞《ナムシンウィジュユドン》　朴時《パクシ》逢《ボン》方」（一九四八・十）。

文明と野蛮

クッツェー『夷狄を待ちながら』

夷狄のいない帝国なんて……

南アフリカの白人（アフリカーナー）作家

現代文学が好きな読者で、J・M・クッツェーの名を知らない者はたぶんいないだろう。二〇〇三年ノーベル文学賞受賞、計三回のブッカー賞受賞と、実力、名声ともに持ち合わせる、南アフリカ出身で現在はオーストラリア在住の作家である。一九四〇年、南ア（現在でも公用語が十言語以上ある超多言語国家）のケープタウン州で、アフリカーナー（白人オランダ移民の末裔）の両親のもとに生まれたクッツェーは、家では英語を、外では**アフリカーンス語**[1]を話すという、南アのなかでも、支配階級の白人が話す二大言語を用いる環境に育った。白人至上主義に彩られた人種隔離政策の代名詞ともなる**アパルトヘイト**は、アフリカーンス語で「分離」を意味する。第二次世界大戦後に南アでは、アフリカーナー中心の国民党が政権をとったところから、一九九四年に全面撤廃されるまで、この人種隔離政策がとられた。さまざまな言語と多くの人種が共存しながらも、文字通り「分離」し階層化した社会のなかで過ごしたクッツェーの少年期、青年期は、のちに彼の自伝的小説をはじめ、本書『夷狄を待ちな

（1）南アフリカ共和国の主要公用語の一つ。オランダ語を基とするゲルマン語諸語言語。

がら』（一九八〇年）で描かれる、帝国と夷狄（蛮族）という寓意図にも欠くべからざる下絵を与えている。

クッツェーは、反ヴェトナム戦争ならびに人種差別を覆そうとする公民権運動まっさかりの一九六〇年代にアメリカに留学した。『ゴドーを待ちながら』で有名なアイルランド出身のフランス不条理演劇家サミュエル・ベケットの言語学的研究で博士号を取得し、アメリカに永住を希望したが、彼の反体制的姿勢ゆえに拒絶され、南アという多言語・他民族のアパルトヘイト社会へ帰還した。大学で教職に就くかたわら、英語による執筆活動に入ったのが一九七〇年代。南アの七〇年代は、黒人意識運動の伝説的先導者スティーヴ・ピコらによる、抵抗運動が活発になりだした時期であり、ピコが政治活動を理由に警察に逮捕され拷問され死亡するという一九七七年に起こった悲劇がまだ人々の記憶に生々しかった一九八〇年に、拷問シーンがやけにリアルな寓意小説『夷狄を待ちながら』は出版された。あくまでも寓意（アレゴリー）的な、すなわち、どこにもない、だからこそどこにでもありうる辺境の町を舞台にしたのも、あからさまに、同時代の南アに限定する形で、社会政治風刺的であることを避けるため、また避けることで逆にいっそう南アに対し風刺的であろうとした、意味深長な仕掛けといえるだろう。この『夷狄を待ちながら』以降、クッツェーは南アという地方性ゆえに／を越えて、世界文学者として注目されていくことになる。(2)

（2）クッツェーの小説の背景にある南アの歴史および作家本人の民族性といった文脈に関しては、Dominic Head, *The Cambridge Introduction to J. M. Coetzee*, Cambridge UP, 2009. 特にその第一章「クッツェーの諸文脈」、第二章「クッツェーの生涯」を参照。

答えのない問い――夷狄は攻めてくるのか？

物語をひもとき、読者はその登場人物の少なさに驚くだろう。実際にはいろいろな人物がでてきては辺境地の風景のなかへ消えていくのだが、筋書きにがっちりと組み込まれ存在感を主張できる人物は数人しかいない。物語は一人称の語り手「私」を主人公とする。彼は二十年もの間、ある帝国の辺境にある城壁で囲まれた砦町の民生官を勤めてきた初老の独身者である。そして帝国中央の第三局から送られてきた将校たち「ジョル大佐」とその部下である「マンデル准尉」、彼らは帝国周辺の蛮族が帝国に侵攻しようとしている、という噂をこの辺境の砦町にとどけ、その真相を確かめるべく異民族を逮捕しては**拷問**にかけ自白を得ようとする。そうした拷問の果てに両足首を折られ、目を潰されたのが「夷狄の女」と呼ばれる若い娘である。彼女は語り手の「私」同様名前がなく、ただ夷狄・異邦人の女として拷問され、城外に捨てられ物乞い（娼婦）をしていたところを民生官の「私」によって救われる。民生官の「私」はこの女の傷を癒そうとし、彼女の内面を理解しようとして理解できず、最終的にはもとの故郷に送り届ける。砦に帰ってきた民生官を待っていたのは過酷な現実であり、夷狄のスパイの汚名を着せられ、ジョル大佐の命を受けたマンデルの手で、肉体的暴力のみならず、社会的汚辱を受けることで、かつての砦の指導者が浮浪者・道化同然の存在へと落とされることになる。

夷狄は本当に攻めてくるのか？　そもそも周辺の異民族は夷狄なのか？　帝国側の

公僕を襲った悲劇的な小さな事件や事故はたしかにいくつかあった。そこから夷狄が近々侵攻してくるのでは、との恐怖心に火がつき、噂が噂を呼び、疑心暗鬼を煽る。答えがないからこそ、真相が欲しくて、異民族の民を捕えては自白に追い込む。しかしその自白とて拷問の末得た自白であれば、ジョル大佐が豪語するほどには、そこに信憑性があるとも思えない。まして異民族の言葉に精通した通訳者をもたないジョル大佐らがいかなる尋問をしようと、得られた自白なるものの正確な意味が理解されたかどうかさえ疑わしい。そうした帝国中央側の強硬なやり方に対する疑いに、過去二十年にわたって砦を穏当に御してきた語り手・民生官の「私」は思い惑う。

「**夷狄**」とは、「文明」と正反対のものとしての「野蛮」の意である。蛮族・夷狄はすなわち文明社会が己の輪郭を知り、その外周を象るための虚像であり、実際の**異民族**の実像とは当然異なる。この物語に登場し夷狄と呼ばれるのは二つの異民族である。辺境の砦を囲む外壁の外には大自然が広がり、川からオアシス付近には漁民と呼ばれる貧しい原住民・先住民（アボリジニー）の異民族が住まう。砂漠とその向こうの山地という広い地域のなかで移動する遊牧民族もいて、彼らは年に一度この辺境の砦を訪れ交易してきた。だからこそ、民生官は、物語のなかで終始、異民族は夷狄であり侵略者だとする帝国側の論理に疑問を呈し続け、批判的態度ゆえに敵に内通する者として疑似的に「夷狄」として拷問の対象となってしまうのである。

そして拷問は拷問を呼ぶ。民生官の心身をいたぶるのはジョル大佐やマンデル准尉のみならず、民生官をそれまで敬っていたはずの砦の民たちまでが、彼を侮るさまざまな行為に笑顔で加担していくのだ。心身ともにいたぶられてなお、スパイであるとの自白を拒んだ民生官は、女の衣服を纏わされ、後ろ手に縛られ、首に縄をかけられ、木に吊るされる。「両肩に筋肉が裂けるような激痛が走り」、心ではなく体が「何度も悲鳴を上げ続ける」。地面から一フィート離れたところで、飛行しているような格好で吊るされる「私」は、あたかも「年老いた大きな蛾」のようで、子どもたちや意地悪い大人たちは、それを突いては絶叫を上げさせ、その声を、あれは「夷狄の仲間を呼んでいる声さ」「夷狄語だよ」と笑う。(3) (感情的にあるいは理性的に) 理解できない言葉、理解したくない言葉、帝国の共通意識に入らない言語は、すなわち「夷狄語」というわけである。

帝国の内なる他者、外なる他者

拷問され虐げられる前の「わたし」は、民生官というれっきとした帝国の公僕であり、その点では中央の第三局から派遣された将校たちとそれほど違う立場ではない。夷狄の脅威についての意見を異にするのは、それぞれの任務と経験値の差によるところも多く、実際に、「夷狄の女」と呼ばれる若い娘に対する態度は、民生官と士官たちでは一見、天と地ほどに異なっているように見える。一方は拷問し、もう一方は治癒を願う行為。だが救済、治療という以上の何かがこの娘に対する民生官の振舞いに

(3) J. M. Coetzee *Waiting for the Barbarians: A Novel*, Penguin Books, 1982 [1980], p. 121. 同書からの引用は本文中に頁数のみを記す。

はある。民生官はこの女に皿洗いという職を与えるばかりか、自ら彼女の痛む身体を毎夜洗い、そして突然の睡魔に襲われる。この洗浄―突発的睡眠という儀式めいた行為は、娘の裸体、とくにその傷跡へのフェティシズムさえ感じさせる執着において、性行為を思わせるものがあり、事実民生官は一度だけだがこの娘を抱いてもいる。だが不思議なほど、民生官はこの夷狄の女に関しては、その身体・精神的内部を貫きたいという欲望を持っていない。あるのはその身体の表面の傷を、士官たちによって与えられた暴力行為の跡をなぞることに終始する行為であり、その点でその行為は彼女に対する愛着などでは決してない。

しかしこの女には、まるで内部などなくあるのはただ表面ばかりで、その上を私は入口をもとめてひたすら行ったり来たりしているようなものなのである。これこそ彼女を拷問したものたちが彼らの機密を、それがなんであれ、追い求めながら感じていたことではなかったか。はじめて、私は彼らに飾りけなしの憐憫を感じる。人が他者の秘めたる肉体の中へ、焼き、引き裂き、切り払って進んでいけると信じるなど、なんとよくある間違いだろう！〔中略〕私はいくつかの点では愛人のように振る舞っている――彼女の着衣を脱がし、湯をつかわせ、愛撫し、隣で眠る――しかし私もまた、彼女を椅子に縛りつけ打擲しないともかぎらない、そうしても同じくらいには親密になれるだろうから。(p. 43)

付け加えるなら、拷問であれ、心のない愛撫であれ、夷狄の女と「同じくらい親密になれる」というのは、もちろん皮肉（アイロニー）に他ならない。夷狄の女の内面を知ることができないことにおいて、拷問者も民生官も等しく、夷狄で女という他者を理解できずに翻弄されるばかりであり、そのことを民生官であり語り手である「私」は認知しているのである。(4)

夷狄と呼ばれる帝国にとっての異邦民族たちは、帝国民の入植が始まった百年前よりずっと以前からこの辺境の地に暮らし、彼らの「文明」を担ってきた先住民にほかならない。先住民の異民族たちがもつ、過酷な自然により密着したよりゆったりとした歴史観からすれば、百年ほどの歴史しかもたない帝国人こそ、彼らの地への「**侵略者**」であり、「外来者」であり、「短期滞在者」にすぎない。民生官の視線は帝国から見た夷狄像のみならず、夷狄からみた帝国像を浮かび上がらせる。自然環境が悪化し、食糧自給の目処がたたなくなれば、畑も家屋も何もかも打ち捨てて、彼らはじきに去っていくに違いない、そして帝国という短期滞在者が帰ったあとのこの地で生き延びるのは自分たちだと、長い歴史をすでに生き抜いてきた先住民らは考えている、と民生官は帝国士官たちに語る。そして事実、小説の最後にジョル大佐たちによる帝国周辺の蛮族討伐失敗の顚末が語られ、将校たちは命からがら逃げ帰り、砦にいた帝国民の大半も一緒に持ち去れるものをすべてもって砦を打ち捨てる場面が続く。帝国

（4）リベラルな考え方をもつ民生官が、帝国論理に対して中途半端な立ち位置にあることを指摘するのは、例えばDavid Attwell. *J. M. Coetzee : South Africa and the Politics of Writing*, U of California P, 1993, pp. 82–84.

軍による蛮族倒伐隊は、夷狄によって砂漠に誘《おび》き出され、馬を盗まれ、飢餓にあえぎ、自滅する。それは多分に砂漠という過酷な環境のせいであり、地の利をよく知る先住民による、ゲリラ戦が功を奏した結果といえる。帝国軍は敗走し、民生官に対するスパイ嫌疑はなかったこととされる。砦にとり残された民生官の、こないかもしれないし、くるかもしれない蛮族を待ち続ける姿を残し、物語は閉じる。こうして、民生官によって代弁された先住民の予想が現実のものとなるのである。

それでも帝国民が野蛮な夷狄と卑下し、暴力で征しようとした当の相手（の幻影）に惑わされ敗走したという事実は残る。『夷狄を待ちながら』のタイトルはエジプト系ギリシア詩人のコンスタンティン・カヴァフィの同名の詩（一九〇四年）に由来する。その一節にはこうある――「辺境から帰還したものたちが、もはや夷狄はいないという。夷狄なしで、われわれはどうしたらよいのか。彼ら、夷狄の民族こそが、われわれの解決策だというのに(5)」。同様に、クッツェーの作品においても、夷狄こそが帝国の存在理由であり、その逆ではないのである。

（宇沢）

(5) C.P. Cavafy. (1904) "Waiting for the Barbarians," *Selected Poems*, Translated with an Introduction by Avi Sharon, Penguin, 2008, pp. 15-16. 引用はp. 16から。

同化がもたらす疎外

コンデ『心は泣いたり、笑ったり』

文学に目覚めるグアドループの少女

現代文学の特徴のひとつは、同じ言語を用いて創作する作家たちの文化的、社会的出自がしばしば異なることだ。それゆえ英米文学、ドイツ文学、フランス文学というよりも、「英語圏文学」「ドイツ語圏文学」「フランス語圏文学」という呼称のほうが定着しつつある。フランス文学といえばフランスの作家が書いた文学を指すが、フランス語で書かれた文学はベルギー、スイス、カナダ・ケベック州、北アフリカのマグレブ諸国にも存在し、それぞれの国の文学場で重要な位置を占める。

そうしたなかで、カリブ海の**マルチニック**と**グアドループ**は特異な状況を呈する。現在はフランスの海外県であり、住民はフランス市民であり、フランス語で学校教育を受け、フランス語で日常生活を送っている。とはいえ、この両県の成り立ちは**植民地主義の歴史**と切り離せない(1)。すでに十六世紀の大航海時代から北米大陸に進出したフランスは、一六三五年にマルチニックとグアドループを正式にフランス領とする。フランス本国から植民者が移住し、さとうきびのプランテーションを経営するために必要な安価な労働力として、アフリカ大陸から多数の黒人が奴隷として強制的に連れ

(1) フランスの植民地政策の理念と現実については、次の著作が参考になる。平野千果子『フランス植民地主義の歴史』(人文書院、二〇〇二年)、N・バンセルほか『植民地共和国フランス』(平野千果子・菊池恵介訳、岩波書店、二〇一一年)。

て来られた。カリブ海のフランス海外県の住民の多くはその遠い子孫であり、したがって人種的には黒人系が多数派である。彼らがかつて日常的に使用していた言葉が**クレオール語**(2)で、そこからクレオール文化が生まれたわけだが、学校など公的機関ではフランス語が公用語だった。住民たちは長い間、このような**言語的二重性**を生きてきた。複雑な歴史的、文化的状況は、この地域に生まれ育った作家たちに特異な自己形成の道筋を辿らせることになる。

現代フランスを代表する黒人女性作家マリーズ・コンデ(3)は、自伝二部作である『心は泣いたり、笑ったり』(一九九九年)と『飾り気のない人生』(二〇一二年)において、みずからの生い立ちと、創作へと駆り立てたアフリカ体験を語ってくれる。

成功した黒人一家

コンデの父は銀行業に進出し、母は小学校教師だったから、経済的にも知的にも成功した黒人一家である。母ジャンヌは貧しいメイドの私生児として生まれたが、成績優秀だったおかげで国の奨学金を得て勉強し、小学校教師になったのだった。成功した黒人一家がしばしばそうであるように、ブコロン家(ブコロンはコンデの旧姓)の人々はフランス本国の文化に同化し、現地のクレオール性には露骨な軽蔑を示した。クレオール語を話すことさえ禁じられていたマリーズは、そのことに疑問を感じなかったという。教育と勤勉によってグアドループ社会に確たる地位を築いた黒人一家

(2) クレオール語とは、植民地時代にヨーロッパ諸言語とカリブ海地域の土着語との接触から生まれた混成語を指す。マルチニックとグアドループではフランス語系クレオール語が使用される。

(3) マリーズ・コンデ(一九三七―) グアドループ生まれのフランス人作家で、カリブ世界の文学を代表する作家の一人。十代で故郷を離れ、パリ、アフリカ、アメリカなどで暮らし、アメリカでは大学教員を務めたこともある。『わたしはティチューバ』『生命の樹』『風の巻く丘』などが邦訳されている。

――それはマリーズの自己形成に無視しがたい影響を及ぼすことになるだろう。

ブコロン家は成功者として町の高級住宅街に居を構えているとはいえ、マリーズは**黒人という人種性**の宿命を突きつけられたことがある。ある日彼女はアンヌ＝マリーという同年代の白人少女と知り合い、遊ぶようになる。白人の少女は先生や女主人の役割を演じ、マリーズをメイド扱いして頬を殴り、はては彼女に馬乗りになって脇腹を蹴った。マリーズが憤然として抗議すると、白人の少女は事もなげに言い返す。「あんたは黒人なんだから、私にぶたれるようになってるのよ[4]」。幼いマリーズには、肌が黒いことと、暴力を振るわれることとの因果関係がまったく理解できない。黒人奴隷制度や植民地主義について何も知らなかったし、両親がそれについて語ったこともないからだ。理不尽な暴力は、当人が知る由もない遥かな過去の歴史の結果にほかならない。この出来事を契機に、少女は自分のアイデンティティの一端を垣間見る。「私は自分の過去の彼方にひとつの秘密が隠されていることに感づいていた。辛く、恥ずかしい秘密で、それを無理に知ろうとするのは不謹慎であり、おそらく危険でもあった。両親や、私たちと付き合いのあるひとたちが皆そうしていたように、その秘密は私の記憶の奥底に埋めておくべきだったのだ[5]」。

幸福な家族の物語に、歴史の記憶が波動を引き起こした瞬間である。この挿話が「歴史の教訓」と題された章に収められているのは、象徴的である。否定しがたい歴史の事実でありながら、それを記憶から抹消することで、それを忘却することで維持

（4）Maryse Condé, *Le Cœur à rire et à pleurer*, Pocket, 2001, p. 49. 邦訳はマリーズ・コンデ『心は泣いたり笑ったり――マリーズ・コンデの少女時代』くぼたのぞみ訳、青土社、二〇〇二年。

（5）*Ibid*., pp. 50–51.

されるアイデンティティがあった。ブコロン家と、彼らと同じく成功した黒人たちの共同体は、みずからの**歴史を忘却する**ことで成立していたのである。

この意識の構図は、おそらく彼らに絶えざる緊張感を強いていた。ある年、母ジャンヌの関節炎療養のため、一家は海辺の町グルベールで数週間過ごす。白人やムラート（白人と黒人の混血）が瀟洒な別荘を構えるリゾート地である。白人やムラートはブコロン家より裕福なわけでなく、知的でも洗練されているわけでもなかった。しかしマリーズは、両親と彼らの間に決定的な違いを認めるのだった。

しかし彼ら〔白人とムラート〕には、私の両親にはけっしてそなわっていない何かがあった。両親は自然らしさをつねに欠いていたのである。両親は自分たちの内部に潜んでいる何かを絶えず抑制し、管理しようと努めているようだった。いつなんどき二人の手におえなくなり、最悪の損害をもたらすかもしれないような何かを。でも何だろう？　私はそれまでどうしてもよく理解できなかった兄サンドリーノの言葉を思い出していた。
「パパとママは疎外された人間なのさ」
私は問題の核心に触れたような気がした。(6)

ブコロン家は大多数の黒人とあからさまに距離を置き、したがって彼らを**疎外**し、

（6） *Ibid.*, p. 127.

彼らに疎外される。他方で、文化的、社会的に同質の白人やムラートたちと親密に交流できるわけではなく、したがって彼らに対して疎外感を覚える。二重の意味で疎外にさらされていたのであり、それが彼らから「自然らしさ」を奪っていたのだ。

疎外と解放

疎外。この言葉の意味と現実を、マリーズは後にパリやアフリカで痛感することになるだろう。第二次世界大戦後まもない時期、一家はパリにアパルトマンを借りて長期滞在した。フランス文化の価値を認め、教育をつうじてそれを摂取したことを誇りに思う彼らは展覧会やオペラ見物に出かけ、パリ生活を享受した。ある日、カフェのテラス席に座った彼らに、ボーイが「フランス語が上手ですね」と賛辞を向けた。フランス語が母語なのだから上手なのは当然で、ボーイより教養があると自負する両親はその賛辞を喜ぶどころか、不快な表情を隠さない。当時、グアドループ出身の黒人がフランス語を母語とすることを、フランス本土の多くの人間は認識もしていなかったのだろう。黒人であることは、すなわち非フランスの表徴だったのである。

マリーズが疎外を感じた第二の事件もまたパリで発生した。彼女は十六歳のときパリに渡り、名門フェヌロン高校に通う。学年末の近づいたある日、フランス語教師が「マリーズ、あなたの国の本について何か発表してください」と提案した。「あなたの国」とは**アンティル諸島**のことで、マリーズは途方に暮れる。フランス的教育を受け、両親と同じくフランス文化に同化していた彼女は、アンティル諸島の文学について何も知らなかったからだ。『帰郷ノート』（一九四三年）の作者**エメ・セゼール**(7)の名は聞いたこともなかったし、**フランツ・ファノン**(8)の『黒い皮膚、白い仮面』（一九五二年）はまだ話題になっていなかった。二人ともマルチニックの生まれであり、カリブ地域の黒人フランス語文学を代表する作家である。

マリーズが兄サンドリーノに助けを求めると、勧めてくれたのが数年前に刊行されたばかりの**ジョゼフ・ゾベル**『黒人小屋通り』（一九五〇年）だった。(9)マルチニック島のさとうきび農園で働く黒人少年ジョゼの一人称で語られる物語で、作者の自伝的要素が色濃く滲み出ている。祖母が多大な犠牲をはらって育てるジョゼは、貧困と飢えと差別にめげず、たくましく成長していく。そして最後はマリーズの両親がそうだったように、教育によって社会的上昇を遂げる。『黒人小屋通り』はマリーズにとってまさしく啓示だった。隣の島で展開する近い過去の物語、そして主人公は黒人という設定であり、そこでは奴隷制度の過酷さ、植民地主義の弊害、黒人にたいする偏見、そして人間による人間の搾取のありさまが描き尽くされていた。

今となれば、私が後年いくらか大袈裟に「政治的アンガージュマン」と呼んだものは、私が不幸なジョゼと一体化せざるをえなかったこの瞬間に生まれた、と思いたくなる。理論的な著作以上に、ジョゼフ・ゾベルを読んだことが私の目を開いて

（7）エメ・セゼール（一九一三―二〇〇八）マルチニック出身の作家、政治家。国民議会議員を長く務めた。ネグリチュード（黒人性）運動の指導者の一人で、『帰郷ノート』『植民地主義論』などが邦訳されている。

（8）フランツ・ファノン（一九二五―六一）マルチニック出身の思想家、精神科医。反植民地主義を唱え、アルジェリアの独立運動を支持した。『黒い皮膚、白い仮面』『地に呪われたる者』が代表作。

（9）ジョゼフ・ゾベル（一九一五―二〇〇六）マルチニック出身の作家。自伝的色彩の濃い代表作『黒人小屋通り』はカリブ海地域フランス語文学を代表する作品のひとつで、一九八三年に映画化されている（邦題は『マルチニックの少年』）。

くれた。そのとき私は、自分が属する環境が何ももたらしてくれないことを理解し、その環境を嫌うようになった。その環境のせいで私は味も匂いもない存在、つき合っていた小さなフランス人たちの劣悪なコピーにすぎなかったのである。

私は「黒い皮膚、白い仮面」だった。フランツ・ファノンはまさに私のために本を書こうとしていたのだ。(10)

先述したように、ブコロン家の成功と幸福は歴史を忘却し、隠滅することのうえに成り立っていた。マリーズはゾベルの小説を読むことで初めて、歴史の真実を垣間見たのである。現実の仏領アンティル諸島とその歴史は、マリーズにとって未知の世界だった。マリーズは、グアドループでもパリのフランス人社会でも疎外され、アンティル諸島の歴史からも疎外されていた。地理的、歴史的な疎外状況を把握し、それを物語化することが作家マリーズ・コンデの大きな主題のひとつになっていく。

『心は泣いたり、笑ったり』最後の二章では、マリーズがパリで奔放な学生生活を送りつつ、マルチニックやハイチ出身の学生たちと共に政治運動に関わっていくさまが描かれる。続編にあたる『飾り気のない人生』(11)は、作者のアフリカ生活を語る。パリで未婚の母になったマリーズは、生活のためコート・ジボワールの学校にフランス語教師として赴任し、その後は結婚した男の祖国であるギニアや、ガーナや、セネガルでの生活も体験する。それは彼女にとって、セゼールの言う「**黒人性 négritude**」

(10) *Le Cœur à rire et à pleurer*, *op. cit.*, p. 120.

(11) Maryse Condé, *La Vie sans fards*, Jean Claude Lattès, 2012.

を自覚し、アフリカにおける植民者と現地人の複雑な関係を認識し、アフリカ文学の豊饒性を発見する機会になる。それらの諸要素が、三十九歳にして処女作を上梓するという遅咲きの作家マリーズ・コンデの誕生へとつながっていく。

自伝文学は、カリブ海地域のフランス語文学で重要な位置を占める。コンデのほかにも、マルチニックの作家**ラファエル・コンフィアン**の『朝まだきの谷間』（一九九三年）や、**パトリック・シャモワゾー**の自伝三部作『クレオールの子供時代』（一九九〇—二〇〇五年）などが主な成果である。コンフィアンとシャモワゾーはクレオール文化に親しみ、それを創作活動の糧にしている点でコンデと異なるが、かつてフランスの植民地だった島で生まれ育った黒人作家として、フランス本土の文学との対抗関係のなかでみずからを形成したという点で共通している。

そしてまた、女性作家が男性作家以上に自伝というジャンルに執着するのは、二十世紀以降の文学の顕著な特徴だろう。日本の平塚らいてう、イギリスのヴァージニア・ウルフ、アメリカのリリアン・ヘルマン、そしてフランスのコレットやボーヴォワールなど、例は枚挙に暇がない。そこにはおそらくジェンダー的な力学が作用している。男は「自分とは何か」と問うだけですむが、女は「**女である私とはいったい何か**」と問いかける。さまざまな次元で疎外を体験したマリーズ・コンデにもその意識は強い。彼女の自伝はその意味でも、現代女性作家による一連の自伝文学の系譜に位置づけられるだろう。

（小倉）

コラム　海を渡った日本文学

かつて**日本語**が亡びる最大の危機は、アメリカによる開国後の十九世紀後半にあったといったら言い過ぎだろうか。明治期に日本は大量の西洋の文献を**翻案・翻訳**したが、同時期には日本の文学・思想もまた英語ほかの外国語に翻案・翻訳・解説されていった。いかにその過程で翻訳・翻案が日本語を劇的に変容させたか、また海外へ翻訳・翻案されるという状況のなかで、いかにこの国の文化や物語が変容したかについての研究は、面白い事例の宝庫になっている。

日本の物語や神話は、日本文化研究者たち、すなわち外交、教育、行政のために来日した西欧知識人オリエンタリストたちの手で、いち早く英語ほかの外国語で語り直された。鎖国を解かれ、その時まさに失われ逝きつつあった「古き」文化を理解するのに、それが最良の一方途と考えられたからだろう。もっとも早い時期に英訳された日本文学アンソロジーの一冊に『**古き日本の物語**』（*Tales of Old Japan*）がある。幕末から明治初期にかけて在日した英国外交官アルジャーノン・**フリーマン＝ミットフォード**が編纂した短編集である。いろいろなジャンルの作品を寄せ集め、「舌切り雀」や「花咲か爺」ほかのおとぎ話もあれば、史実にもとづく怪異伝説「鍋島の化け猫」などの迷信話、市井の道徳家柴田鳩翁の道話の抜粋、ある武士の切腹を見聞したおりの実録など、一つ一つは短いながらも内容は多彩であった。

なかでも、このアンソロジーの冒頭におさめられたのが、赤穂浪士の吉良邸討入りという史実を脚色した「**四十七士**」だったことは、現代の読者にとって特異に感じられるのではないかと思う。外国人にはわかりづらい「日本的な」生の形として、この主君の仇討ちという封建時代の武士の忠義ならびに生死の考え方を含む赤穂浪士の物語が選ばれたのは興味深い。西欧、特にキリスト教文化圏の価値観でいえば、自刃は許されない蛮行である。切腹という行為は、だからこそ、それをもって「蛮族」のそしりを受けてもおかしくないところであり、事実そうした内容の人類学・民族学的な日本紹介英文記事は多く存在した。ミットフォードのこの「四十七士」と補遺におさめられた切腹見聞実録の二つが、そうした安易な判断を下すことをよしとせず、日本の武士像の重要な一部として提示したことは、西欧における日本文化の需要のなかできわめて大事な出来事だったといえる。「四十七士」はアメリカの第二六代大統領のセオドア・ローズヴェルトにも愛読され、新渡戸稲造の『武士道』（一八九九年）ではなく、「四十七士」の物語こそが、このローズヴェルトを通じて、日露戦争の終結を日本有利に進めるための一助となったとしたら、たかが物語とはあなどれないではないか。

ミットフォードは外交官だったが、日本の教育機関が雇い入れた「御雇外国人」のひとりにバジル・ホール・**チェンバレン**がいた。一八七三年に来日して以来三八年の長きにわたり滞在し、アーネスト・サトウ、ウィリアム・ジョージ・アストンらイギリス外交官兼日本学者らとともに、日本研究者として名をなした民間の英国人である。『日本事物誌』(一八九〇年初版)などで名の知られた人物だが、彼が英訳した日本の物語は、その不備というか、時代的・個人的偏向を如実に含むところが面白い。たとえば彼が完訳したとされる『古事記』(一八八二年)である。完訳といっても、英訳のなかにラテン語訳が数カ所混じる形で出版された。そのラテン語に訳された箇所はいずれも性的描写が含まれる。たとえば、日本の国土をつくるイザナギ・イザナミ神の睦みごとの、神々がそれぞれの身体の、突起と窪みを合わせましょう!という箇所が、ラテン語なのである。今日のわれわれが読めば、広い意味では性的描写でも、寓話的な語りには、検閲を必要とする理由が、いわんや、ラテン語で見せながら隠すという著述方法をとる理由が、むしろわからない。ヴィクトリア朝のイギリスの道徳コードに合わせようとしたのだろうが、その同じヴィクトリア朝英国は、日本の春画を競って集めた収集熱で盛り上がっていたのだから歴史は面白い。

最後に、**浦島太郎の話**をあげておく。いうまでもなく、浦島伝説は日本最古の物語のひとつである。この伝説は古くは『日本書紀』『丹後国風土記』『万葉集』にふくまれ、いずれも、浦島子と神の乙女が結ばれるという神人結婚の説話で、恋愛の情がまず神女の胸中に発するという特徴をもつ。やがてこの説話は中世になると御伽草子の形態をとり、捕らえた亀を放つことからくる恩返しの要素を含むようになった、といったあたりが定説である。この物語は、明治十年代以降先に名前が出た、アストン、チェンバレン、そしてラフカディオ・ハーン(小泉八雲)の手で英訳された。彼らの翻訳・翻案においても、神人結婚(亀=乙姫であり、加えて、最後に浦島子が老いるのではなく凄惨な死を迎える)という筋書きを反復し、それが日本の物語として世界に伝わった。ところが、である。それより少し遅れて、日本では明治後期に始まる国定教科書の小学校二年用に「ウラシマノハナシ」が採用されて以降、性的な部分も、凄惨な主人公の最期の死もなく、助けた亀につれられて竜宮城を往来する、かわいい報恩の話としてこの説話は受容されていくことになる。児童文学者巌谷小波による**自己検閲**の結果であり、性的な要素を検閲し、隠蔽するという西欧語への翻訳姿勢が、日本国内の物語の再生産に影響を与えた最たる例をそこに見出すことができる。

(宇沢)

コラム　フランス語圏文学の多元性

フランス文学といえば、フランス人作家がフランス語で書いて、フランスの出版社から刊行された作品というのが一般的な理解だろう。しかし、フランス語で書かれた作品の著者がフランス人でない場合は多いし、出版地もパリとは限らない。

フランス以外の地域で、フランス語で書かれる文学を「**フランス語圏文学**」と呼ぶのが現代の慣わしである。その範囲は歴史的にも、地理的にもかなり広い。フランスと国境を接するベルギーとスイスの一部、カナダ東部ケベック州ではフランス語が公用語である。本文で論じたマリーズ・コンデは、フランス海外県の一つグアドループで生まれ育ったが、かつてフランスの植民地だったカリブ海地域には、土着のクレオール文化を背景にした独特のフランス語表現文学の流れがある。やはりフランスの旧植民地だった北アフリカのマグレブ諸国（モロッコ、アルジェリア、チュニジア）、サハラ以南のアフリカ諸国にも、フランス語で作品を執筆する作家たちが存在する。以下、少し具体的に見てみよう。

ベルギーは一八三〇年に近代国家として成立し、その南半分ワロン地域がフランス語圏である。十九世紀末にフランス語による国民文学の創出を唱えた一連の作家たちが、文芸誌『若きベルギー』を一八八一年に創刊して、ベルギー・フランス語文学の黄金時代を築いた。王妃と義弟の禁断の愛と死を描く『ペレアスとメリザンド』（一八九二年）の作家モーリス・メーテルランク（一八六二―一九四九）や、ブリュージュを舞台に展開する小説『死都ブリュージュ』（一八九二年）の作者ジョルジュ・ローデンバック（一八五五―九八）は、同時代のフランス文壇とのつながりが深く象徴派に分類されるが、この黄金時代を代表する世代に属する。二十世紀になれば、歴史小説『ハドリアヌス帝の回想』（一九五一年）の作者として名高いマルグリット・ユルスナール（一九〇三―八七）はベルギー女性を母としてブリュッセルで生まれており、ベルギー文学史でも特筆される。他方、**スイス・フランス語文学**は日本ではあまり知られていないが、二十世紀を代表する作家シャルル・フェルディナン・ラミュ（一八七八―一九四七）が書いたアルプスで暮らす農民や牧人を描いた小説が、近年邦訳されている。

フランス本国に続いて、**カナダ・ケベック州**は世界で二番目にフランス語話者の多い地域であり、十九世紀以来、長いフランス語文学の歴史をもつ。世界文学の地平でその存在を認知されるようになったのは、第二次世界大戦後である。それは英系支配のもとで従属的な地位に甘んじてきた仏系ケベック人たちが、みずからの文化的アイデンティティとナショナリズムを主張するためにも必要な試みだった。こうして一九六〇年代に「静かな革命」が始まり、それと同時に「ケベック文学」も確立していく。ガブリエル・ロワ（一九〇九―八三）、国民詩人と認められるガストン・ミロン（一九二八―九六）などがこの時代を代表する。近年では、移民国家カナダにふさわしく、さまざまな理由で他の地域からケベック州に移住し、フランス語で執筆する作家の活躍が目立つ。「**移動文学**」と呼ばれる現象である。ハイチ生まれのダニー・ラフェリエール（一九五三―）、中国系のイン・チェン（一九六一―）、そして日系のアキ・シマザキ（一九五四―）などがこの潮流に属する。ラフェリエールはその文筆活動が認められて、二〇一三年フランスの栄誉ある学府アカデミー・フランセーズの会員に選出された。

日本でフランス語圏文学といえば、存在感がもっとも大きいのは**カリブ海地域**と**北アフリカ**出身の作家たちだろう。どちらもかつてフランスの植民地だったという共通点がある。アラビア語が公用語のマグレブ諸国でも、ある世代までは、上流階級の子弟がフランス系の学校で教育を受けた。たとえば、モロッコ出身で、現在はフランスに住んで創作活動を展開するターハル・ベン・ジェルーン（一九四四―）がその典型である。モロッコ時代に政治運動に身を投じ、拘束された経験をもつ彼は、アラブ世界の文化的伝統とフランス語への帰属がもたらす葛藤のなかで、モロッコを舞台にした多様な作品群を発表してきた。

グアドループ出身のコンデについては本文で論じたとおりだが、カリブ海地域ではむしろマルチニック出身者に優れた作家が多い。先駆者はエメ・セゼール（一九一三―二〇〇八）。一九三〇年代にパリで留学生活を送った彼は、植民地主義に抵抗しながら、被支配者である黒人たちの解放と文化的アイデンティティを主張するために、「ネグリチュード（黒人性）」という概念を提唱した。代表作『帰郷ノート』（一九三九年）はその矯激な詩的表現になっている。フランツ・ファノン（一九二五―六一）は『黒い皮膚、白い仮面』（一九五一年）のなかで、フランス的な教育で養成された黒人知識人の疎外感を語っている。現代では、たとえばパトリック・シャモワゾー（一九五三―）が「クレオール性」の価値と創造性を強調しながら、独特のフランス語で創作活動を続けている。彼らの文学に共通しているのは、みずからのアイデンティティを問う自伝的作品が多いということだろう。

以上のように、フランス語圏文学といっても成立過程や、歴史や、主題系は大きく異なる。しかし世界文学や、**越境**や、**移動**が重要な概念になっている現在、この多様性はまさにフランス語圏文学の豊饒さを示しているのである。（小倉）

第Ⅶ章 社会と政治

文学は社会的で、政治的なものだ。それは作家が社会問題について発言するとか、特定の政治的立場に依拠して作品を書くということではなく（もちろんそうした例もあるが）、本となって出版される文学は、不特定多数の読者に向けて放たれる公の言説だからである。また地域によっては、国家が定めた政策の政治的帰結が、日常性として市民の生活を規定してしまう。中東諸国や沖縄がその例として挙げられる。そのような地域に根差し、その現実を語る文学は政治的にならざるをえない。確かに作家は政治家でないから、直接的に社会と政治を動かすことはできない。しかし社会と政治は、語られることで人々の記憶に刻まれ、歴史の一ページになっていく。同時代的な体験を記録し、忘却の淵から救うのは文学の重要な役割だろう。

林芙美子の自伝的著作『放浪記』は、初出から決定版になる段階で大幅に書き換えられるが、それは文壇という社会のなかで女性作家としての地歩を固めるための戦略だった。沖縄在住の作家、崎山多美の『クジャ幻視行』は基地の町の現実を語るだけでなく、アメリカという他者を認識するための想像力を刺激してくれる。阿壠《あろう》の『南京』は一九三七年の南京陥落に焦点を据えて、日本軍の侵略を糾弾するだけでなく、中国人の覚醒を願う雄大な群像劇を展開する。カタルーニャ語で書かれたスペイン文学の傑作、ルドゥレダの『ダイヤモンド広場』は、一九三〇年代の内戦下のバルセロナを舞台にして、人々がこの困難な時代をどのように生きたかを静かな口調で、しかし喚起力溢れる文体と細部によって語っている。（小倉）

都市の貧困　林芙美子『放浪記』

労働者階級のモダン・ガール

林芙美子(1)の『放浪記』〔単行本出版は一九三〇年〕は、詩人を志して東京に出たころの、アルバイトを転々としてなお食べられない暮らしを綴った自伝的文章である。

たった一片のパンで、十九年の牢獄生活に耐えてゆく、人間も人間。世の中も世の中なりか。

駄菓子屋へ行って一銭の飴玉を五ツ買って来る。鏡を見る。愛らしいのだが、どうにもならぬ。〔中略〕不幸な国よ。朝から晩まで食べる事ばかり考えている事も悲しい生き方だ。いったい、私は誰なの？　何なのさ。どうして生きて動いているんだろう。

うで玉子飛んで来い。／　あんこの鯛焼き飛んで来い。／　苺のジャムパン飛んで来い。／　蓬莱軒のシナそば飛んで来い。

ああ、そばやのゆで汁でもただ飲みして来ようか。ユーゴー氏を売る事にきめる。五十銭もむつかしいだろう……。

（1）林芙美子（一九〇三―一九五一）　親と九州を行商する幼少期を経て、尾道で高等女学校に通い、文学に目覚める。上京後は、前衛的な詩人の萩原恭次郎、小野十三郎、壺井繁治、野村吉哉、岡本潤、辻潤などと交流した。『放浪記』のヒットでパリ旅行をする。日中戦争の際には、戦線を報告するペン部隊として従軍、太平洋戦争時には、ジャワ、ボルネオなどにも行った。代表作に戦後の『晩菊』『浮雲』など。

良心に必要なだけの満足を汲み取りか、食欲に必要なだけの金を工面して生きてゆくことにも閉口トンシュでございます。

彼女が読んでいるのは、**ユゴー**の『レ・ミゼラブル』[(2)]。引用冒頭の牢獄生活は主人公ジャン・ヴァルジャンの飢えゆえの窃盗のことだが、この傑作も、古本屋に売れば雀の涙ほどにしかならず、自らの飢えを満たすものではない。**非熟練労働**のアルバイトは金にならず、男からのチップで稼ぐ夜のカフェーは、どこか浮ついてしまう。尾道から後を追ってきた恋人には捨てられる、新たな恋人には二股掛けられる、だが、やぶれかぶれになっても、その言葉はどこか愛嬌があって、自分を楽しむかのように、飛び跳ねている。日記のような形態ではあるが、出来事が起こった年月順に並んでいるわけでもなく、エピソードの集積であるのも、気ままにみえる。

都市や資本主義の発達の華やかさと、労働者の**搾取**は表裏である。この頃、文学においては**プロレタリア文学**[(3)]が勢いを増すが、それらがマルクス主義に裏付けられた生真面目さを持つのに対し、芙美子の移り気は、当時の言葉でいう**ルンペン**である。プロレタリア文学のような思想共有には支えられない孤独感が、自由にも転じている。それでいて、自らの欲望を隠しもしない**恋愛**[(4)]は、最先端の**モダン・ガール**の典型でもある。社会構造の変化による女性の職業進出は、自立を恋愛にまで押し広げた。新時代の女性は、自分の意志で、肉体の遊戯も含めた恋愛を操るのである。モダン・ガー

(2) ヴィクトル・ユゴーの一八六二年の作品。貧困によりパンを盗んで一九年間も服役し、人への憎悪しかなかったジャン・ヴァルジャンは、あるきっかけから回心し、市長にまでなる。だが、彼の過去がさまざまな形で追ってくる。日本では、大正期にいくつかの翻訳が出ている。

(3) 一九二〇年代から三〇年代に盛んになった労働者の厳しい現実を訴え、改善しようとする文学。芙美子が東京に出てきたころの日本は、第一次世界大戦後の恐慌、続く関東大震災で、不況が続く時期であった。

(4) 同時期、コロンタイの『赤い恋』（松尾史郎訳、一九二七年）や『三代の恋』（林房雄訳、『恋愛の道』一九二八年所収）が物議を醸していた。コロンタイはロシアの共産主義者であるため、当時の恋愛論一般を代表するものではないが、この小説の女性主人

ルは多くの場合、デパート・ガールやタイピスト、レビュー・ガールといった専門的技能とファッション性を兼ね備えた新職業として表象されていたが、『放浪記』は、それがデパートや劇場に見いだされるだけではないことを示している。

『放浪記』は書きかえられている

ただ、『放浪記』が、多くの人がイメージしているあけすけな自伝なのかといえば、それは違う。少し煩雑にはなるが、校異をみながら考えてみたい。現在この作品を読もうとすれば、誰もが手に取るのは、おそらく新潮文庫版『放浪記』（一九七九年初版。二〇〇二年改版）である。冒頭の引用もここからである。これは、第一部から第三部に分かれている。発表の経緯は、初め雑誌『女人芸術』(5)に連載され（一九二八年十月から一九三〇年十月）、それに手を加えて単行本化した『放浪記』（改造社、一九三〇年七月）と『続放浪記』（改造社、一九三〇年十一月）が、それぞれ文庫版の第一部・第二部にあたる。さらに二十年を経て、戦後に発表されたもの（『日本小説』一九四七年五月から一九四八年十月）を第三部として併せ、現在の形になっている。実は、何回も出版されるなかで、芙美子は神経質と言えるまでに手を加えている。エピソード自体は大きく変わらないので見過ごされてきたが、全く別の作品になっていると言っても過言ではない。

例として、第一部・第二部について、『女人芸術』の初出と、そこからおよそ十年

公は、喉が乾いたら水を飲むように、自らの性欲も満足させ、複数の男性との肉体的関係も辞さない人物である。

(5) 一九二八―三二年にかけて長谷川時雨によって刊行された、女性を中心とした文芸雑誌。中途から左傾化した。

経って出版された『決定版　放浪記』（一九三九年十一月、新潮社。以下「決定版」と呼ぶ）の違いを、ほんの一部ではあるが挙げ、これがどんな意味を持つのか考えてみよう。このように比較する行為を**本文校異**(6)という。次からの引用は、初出の傍線部が、決定版では【　】内のように変わっていることを示している（便宜上、新潮文庫のページ数を付す）。

ハイハイ私は、お芙美さんは、ルンペンプロレタリヤで御座候だ。何もない。【ナシ】／何も御座無く候だ。／あぶないぞ！あぶないぞ！あぶない無精者故、バクレツダンを持たしたら、喜んで持たせた奴等にぶち投げるだらう【そこら辺へ投げつけるだらう】。／こんな女が、【ナシ】一人うぢうぢ生きてゐるより早くパンパンと、××を真二ツにしてしまおうか【生きてゐるよりも、いつそ早く、真二ツになつて死んでしまひたい】。（五〇頁）

私は油絵の具の中にひそむ、あのエロチックな匂ひを【油の匂ひを】此時程嬉しく【悲しく】思つた事はなかつた。（七二頁）

何も満足に出来ない女、男に放浪し職業に放浪する私、あゝ全く【私である。あゝ全く考へてみれば、】頭が痛くなる話だ。（一五五頁）

（6）複数のヴァージョンの本文について、語句や文字の異同を比べること。近代文学研究の場合、作家の自筆原稿、初出、単行本、全集などを比べる。

最初の引用で、「ルンペンプロレタリヤ」への居直りが消去され、自分を追い詰めた者たちへの怒りが、自棄や自傷に変化しているのが目を引く。他にも、決定版では、〈私〉の乱暴な言葉づかいの多くが削除され、煙草を吸う場面も減少している。引用の二番目は、画学生の来訪に性的欲望を感じる場面（しかも前の男と別れたばかりである）、このケースや三番目のように、性的欲望や男性遍歴が消去される例は、全体で何カ所もある。結果、追加された「あとがき」（新潮文庫では三三六頁からの部分）による強調とも相まって、男たちではなく母との絆が前景化する。総じて、主人公の貧しさは、初出での笑い飛ばす強さから、決定版に至って、憐れみを誘うけなげさに変わっていると言ってよい。

いったい、どういう心境の変化であろうか。おそらく、変化したのは心境ではないのだ。一つには、**検閲**の影響が考えられる。昭和の初めには希望も含んでいたプロレタリア文学は、一九三三年の小林多喜二(7)の拷問死が大きな目印になるように、日本政府によって過激な弾圧を受けた。かねてより出版物に関する事前検閲はあり、**安寧秩序妨害**と**風俗壊乱**は発売禁止などになったが、すでに戦争を始めた日本において、出版界はこれに神経質にならざるをえなかった。

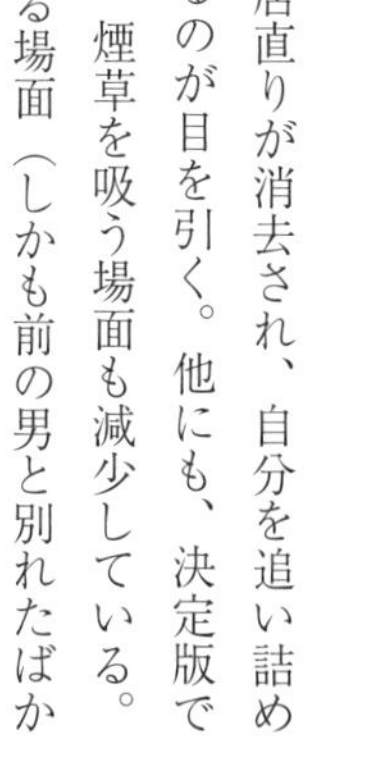

林芙美子詩集『蒼馬を見たり』一九二九年（国立国会図書館デジタルライブラリーより）

（7）小林多喜二（一九〇三―一九三三）　若き日を過ごした小樽で、労働運動に接近。上京後の小説に『蟹工船』（一九二九年）、『党生活者』（一九三三年）など。特高による拷問で亡くなった。

女性作家が生き延びるには

しかしそれ以上に、芙美子自身の文学界における立ち位置が変わっている。初出の時点ではまだ無名であった芙美子は、『放浪記』の単行本でブレイクし、印税で中国やパリにも旅行した。新聞の連載小説も持った。こうして初出からおよそ十年経った決定版では、自己像を穏健なものに変えたということである。これは職業上の成功をおさめ、表現の場を持ち得た女性が、それを生意気と言われないように、殊勝にふるまわなければならない事情を物語る。出版社の乗り換えも、傍証になる。初出とさほど内容の変わらない単行本の出版社は改造社であるが、改造社は、マルクス主義やプロレタリア文学などの出版物を多く出し、新人発掘にも力を入れる、社会に抗する起爆力を求めた出版社である。対して決定版の新潮社は、文芸上の評価を重視する。

そして、この変化の後では、『放浪記』を芙美子の自伝と言ってよいのかは、微妙になる。初出で多く見られる〈書きたい〉欲望が、決定版では消去されており、それは、『放浪記』の意味を決定的に変質させるからである。

何の条件もなく、一ケ月三十円もくれる人があつたら、私は満々としたい、詩をかいてみたい。い、小説を書いてみたい。【い、生活が出来るだらうと思ふ。】（一〇二頁）

何か書きたい。何か読みたい。ひやひやとした【うすら寒い】秋の風が蚊帳の裾を吹く、【吹いた。】（二〇四頁）

早く年をとって、い丶ものが書きたい。／年をとることはいいな【年をとる事はい丶じゃないの】。（二二四頁）

実は、さきほど述べたような芙美子の境遇の変化は、芙美子が書くジャンルを、詩から**小説**へ変えるのと同時に起こっている。詩で食べられなかった芙美子は、王道のジャンルである小説を書くことで、世間の認知と、原稿用紙の枚数すなわち原稿料を獲得していったのである。これと併せて考えたいのは、決定版では、主人公に対して呼びかけられる「芙美子」という名前も消去されがちなことである。総合すると、どうなるか。初出は、実在する詩人の、しかしその作品自体はまだ世に現われていない裏話であり、芙美子自身は『放浪記』のなかにいることになる。一方決定版では、〈書く〉女という特殊性はなく、貧しい境遇に翻弄される市井の一人物がけなげに生きる、いわば〈物語〉としての側面が強い。その意味で、芙美子は、物語を読ませる小説家として、『放浪記』の外での自己の位置を確保したのだと言えよう。

書くことで自らの位置を**パフォーマティヴ**に作り出していくのは、誰しも行なうことかもしれない。ただ、作品ではなく、自分がどう見られるのかについては、女性の方が圧倒的に意識させられる状況がある。これに関しては、初出には飾らない無邪気さがあった、と思うには及ばない、ということもつけ加えておこう。初出の**自伝**も、事実そのままというよりは、当時流行っていた**大衆演劇・映画**の女性像である〈カチューシャ〉(8)を意識し、幼さの残る女性が男性の裏切りによって性的に堕落する、人々が好みそうな物語として成型されているからである。駆け出しの際には、**プライヴァシー**や肉体のチラ見せも厭わない〈体当たり演技〉で。注目されたら、主張をし過ぎないのが仕事を続けるコツ。芙美子は、世の求めを外さない模範的な女優である。

これをみると、文学が自己表現だというのは、半分しか当たらないとも思える。時代を超える傑作というものはあるのだろうか。もしも『放浪記』が、そう見えたとすれば、それは時代の求めに合致するように、芙美子がせっせと書きかえたからである。文学のもう半分は、人々の期待をどう満足させるかで成り立ってもいる。多くの人に読まれなければ、書き手は作家にはならないのだから、こうした行き方が文学の邪道だというわけでもない。『放浪記』を彼女の自伝だと言うなら、若き一時期の事実が描かれているという点ではなく、女性を取り巻く状況との長年の交渉が織り込まれているという点において言わなければならないだろう。

（小平）

(8) トルストイ『復活』の女性主人公。日本では、芸術座の上演や映画化により、やや通俗化されたストーリーや流行歌などとして人口に膾炙した。

米軍基地と都市の記憶　崎山多美『クジャ幻視行』

沖縄で書くとは？

崎山多美が描くコザ／クジャ

八重山諸島・西表《いりおもて》島に生まれ、一九六〇年代末に家族と沖縄本島中部コザ市（現・沖縄市）に移住。そのような来歴をもつ崎山多美[1]は、七〇年代後半から予備校講師の傍ら小説を書き始めた。そして、記憶の島（シマ）をめぐる「水上往還」（一九八八年）や「シマ籠る」（一九九〇年）で芥川賞候補となる。また「ムイアニ由来記」（一九九九年）や「ゆらてぃく ゆりてぃく」（二〇〇〇年）など日本語と異質な言語（シマコトバ）を前景化する諸作品は、その**言語的他者性**や**異種混淆性**においてマイナー文学やポストコロニアル批評への同時代的な文学批評の問題関心とも響きあい、現代沖縄文学を代表する作家として注目を集めてきた[2]。

ここで取り上げる『クジャ幻視行』は、「クジャ」と称される沖縄の**基地の街**を舞台とする短編連作集であり、二〇〇六年から〇八年にかけて月刊文芸誌『すばる』（集英社）に発表された「孤島夢ドゥチュイムニ」「見えないマチからションカネーが」「アコウクロウ幻視行」「ピンギヒラ坂夜行」「ピグル風ヌ吹きば」「マピローマの

（1）崎山多美（一九五四―）西表島出身。琉球大学卒。一九七九年、「街の日に」（新沖縄文学賞佳作）でデビュー。作品集に『くりかえしがえし』（砂子屋書房、一九九四年）、『ムイアニ由来記』（砂子屋書房、一九九九年）、『ゆらてぃく ゆりてぃく』（講談社、二〇〇三年）、『月や、あらん』（なんよう文庫、二〇一二年）、『うんじゅが、ナサキ』（花書院、二〇一六年）、『クジャ幻視行』（花書院、二〇一七年）。エッセイ集に『南島小景』（砂子屋書房、一九九六年）、『コトバの生まれる場所』（砂子屋書房、二〇〇四年）。

（2）日本社会文学会『社会文学』第五〇号（二〇一九年）は「現代沖縄文学のたくらみ」と題する特集を組んでいる。そこで主として取り上げられているのが崎山多美である。崎山自身の講演録、呉世宗「身体の音から他者の音へ――崎山多美作品のオノマトペについ

月に立つ影は」「クジャ奇想曲変奏」の七編からなる。このうち「孤島夢ドゥチュイムニ」と「クジャ奇想曲変奏」は本土からやってきた写真家を語り手とする前後編となっており、全体を枠づける役割を果たしている。ほかの五編には物語としての連続性はなく、それぞれ異なった技法・趣向の幻想譚が試みられている。ここでは『クジャ幻視行』への入り口となる「孤島夢ドゥチュイムニ」を読みながら、この小説がどのように読者を作品世界に誘うのかを見ていこう。

まず書き出しにおいて提示されるのは、「一面まっ黒に染めあがったドブドロの水のゆらめき」のイメージ、そこに響き渡る「ウおおーッおおおーッ」という叫喚である。続いて、それが本土から来たフリーの写真家として設定される語り手「オレ」の見る夢であり、目覚めた彼は**劇場**の客席にいることが示される。「淵の風景」なるものをテーマに撮るこの写真家は、沖縄島北端の辺戸岬《へど》(3)を目指していた。しかし、男はバス路線を乗り間違え、その「マチ」に入り込み、雨宿りしていた店の軒先で目にした劇団「クジャ」の芝居公演案内と「覚えていますかあの時代を。憶い出してくださいあのマチのあのヒトを」というメッセージに誘われ、寂《さび》れた路地裏で廃墟と化している映画館に設けられた公演会場にいるのだった。

この小説の圧巻は「高江洲《たかえす》マリヤ」、「名前そのものがいかにも基地のマチ、クジャのにおいを漂わせる役者」、「最後の「クジャ」の団員」と推測される、**混血**の女優の一人語りである。当初この女優は延々と足を組み替えてはタバコをふかすだけの動作

て」、渡邊英理「再開発と言葉――崎山多美『クジャ幻視行』「孤島夢ドゥチュイムニ」「クジャ奇想曲変奏」」、新城郁夫「崎山多美論――『ピグル風ヌ吹きば』にみる翻訳の位相から」といった論考が掲載されている。

(3) 奄美諸島の南端に位置する与論島を望むことのできる辺戸岬は、米軍の統治下におかれた沖縄で続けられてきた日本復帰運動の「記憶の場」である(櫻澤誠『沖縄現代史』中公新書、二〇一五年)。

を舞台上で続けていたが、やがて客席に直に語りかけ始める。「あっちの兄《ティ》ニーもこっちの姉《ネエ》ネーも、ちょいと肥りぎみにそっちの席で反り返っている小母《アバ》グァも。アネッ、ついさき居眠り《ニーブィ》カーブイから覚めたばかりの、あっちの端《ハタ》でガタガターしている小父《ヤッチー》か兄《ニー》ニーかはっきりしないやつ（といって女の指先は真ッ直ぐにオレの顔を差している）も、さあさあさ、おめめをパッチリあけてくださあい[4]」。このようにごてごてとした方言まじりの言葉で、彼女が語るのは、「泥沼のイクサがあった時代」、米兵たちが女を買い漁ったり乱闘騒ぎを起こしていた「あの時代」であり、そこで生まれ育った自身の来歴である。「何を隠そうアタシは、フィリピン系米国軍人の落《ウ》トゥシン子《グァ》だってば。あなたのお見かけどおりアタシはピナー。あ、でもピナーは見かけと出自だけでアタシの中身はそうじゃないって言っておかなければコトは正しくないのですハイ[5]」。そして、母親に捨てられ、祖母に育てられ、といった境遇が語られていく。

彼女が発する言葉は「オレ」に「湿地帯を渡る影」のイメージを喚起し、「うつつながらの妄想」を見せ、彼はそれをクジャに漂う「あの時代に野戦場で闘った兵士たちの死にきらない記憶」だと考える[6]。やがて写真家は、舞台上で語る女にカメラを向ける。ところが、その姿は撮ることができない。

ファインダーに頰を押しつけ、そこから覗かれるマリヤの、絶え間なく移ろいつづ

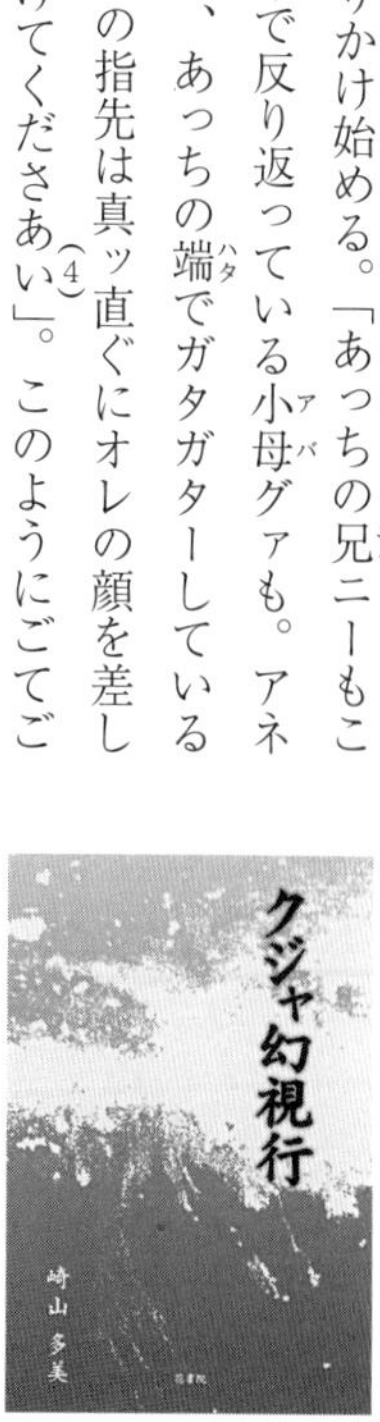

崎山多美『クジャ幻視行』（花書院）カバー

（4）崎山多美『クジャ幻視行』花書院、二〇一七年、一四—一五頁。

（5）同書、二一頁。

（6）同書、二〇頁。

ける表情の、ある瞬間を、捕らえた、と思ったときだ。指先に震えが走った。ビリッとした電光に当てられたような痺れの感覚。焦点はすでにズレ、レンズからマリヤの姿が消えた直後だった。ふわりと脳天から背筋に向かって降りてきた、黒い光のゆらめきのようななまあたたかいモノに、全身をからめとられたと感じたのは。突然に降りてきた黒い幕の世界にオレはくらくらと沈んでいった。
　気がついてみると、舞台の幕も下りていた。観客もいない。一人も。(7)

　写真に撮ろうとした瞬間、高江洲マリヤはその舞台空間もろともに消失してしまう。彼の手元に残されたのは、劇団「クジャ」のパンフレットのみ。夕闇迫る辺戸岬に立ち、パンフに印刷された劇団員たちの顔写真を眺めるところでエンディングとなる。

　「孤島夢ドゥチュイムニ」は、本土から来た写真家の男＝外来者の視点から、混血の舞台女優の身体と言葉を通じて、かつて基地の街として栄えた**都市の記憶**を提示しようとする小説だといえる。(8)虚構《フィクション》の言説と社会的現実との関係を考えようとする場合、ここで重要な論点となるのは、作中で「クジャ」と呼ばれる「マチ」と、作家自身が長年住まい、アメリカ空軍嘉手納基地の東側のゲート前に戦後形成され、朝鮮戦争開始からヴェトナム戦争終結までの時期（一九五〇年代―七〇年代初頭）に戦地と行き来する合間に酒と女を求める米兵たちの歓楽街として急速に発展した、基地の街

(7) 同書、二一四―二一五頁。

(8) 渡邊英理は、この作品において「クジャ＝コザの歴史は〔…〕抑圧を被る女性たちの生＝性の証言において語られ」ていることを指摘し、マリヤと男が邂逅する廃墟化した劇場空間の場面で仕掛けられた「沖縄を女性ジェンダー化する構造そのもの」の転倒を分析している（「夢の言葉の現実性――崎山多美「孤島夢ドゥチュイムニ」」一柳廣孝・吉田司雄編『幻想文学、近代の魔界へ』青弓社、二〇〇六年、一八三―一九七頁）。

「**コザ**」との関係である。一連の作品を書いていた時期、崎山は、地元新聞への寄稿のなかでコザについてこう書いている。

「コザ」は、戦後、奄美大島や先島、ヤンバルや本当周辺の離島から、まさに基地に吸い寄せられるようにやって来た人々と米兵とで賑わったマチ、としての歴史をもつ。最も賑わいをみせたのは、六〇年代の、いわゆるベトナム景気とかベトナムブームとか呼ばれた時代である。〔中略〕現在「コザ」という行政区はない。七四年四月、旧コザ市は旧美里村との合併によって沖縄市に市名が変更され、以後、「コザ高等学校」を例外に公の看板からコザの名称は消えた。とはいえ、通称としてのコザはまだ生きている。〔中略〕私も「コザ」を愛用する一人だ。もともとコザという地名そのものが米軍支配下の産物であった。終戦直後、本島中部一帯に置かれた米軍キャンプと嘉間良収容所のあったあたりを、米軍が勝手に「KOZA」と称したことが、カタカナ地名コザの由来だという(9)。

しかし生活者として日常的に「コザ」を愛用するという彼女が、小説で描くのは「クジャ」である。そこには、コザを「クジャ」と呼び変える、**フィクション化**の操作を見てとることができる。つまり『クジャ幻視行』の読みどころ(のひとつ)は、作家・崎山多美が基地の街コザをどのように文学として形象化しているかにある(10)。

(9)『沖縄タイムス』二〇〇七年三月六日朝刊十七面。コザの一帯はもともと越来村と呼ばれる農村地域だった。米軍上陸後の一九四五年四月、越来村嘉間良に避難民収容所が設置され同年九月「胡差市」が発足するが、同年十二月には避難民帰還に伴う人口減少により、越来村に戻る。その後、嘉手納基地ゲート前の基地の街として発展した越来村は、一九五六年六月にコザ村に村名変更、その翌月にコザ市となる。

(10) 喜納育江は、崎山が描き出そうとする「クジャ」は「迷い込んでしまった人が偶然に辿り着くような、淵の淵にある異空間的な場所」という特徴を持ち、そこにおいて「街の匂い」として「染みついた女たちの存在と声の記憶」を呼び起こそうとするものであると論じている(『〈故郷〉のトポロジー』第六章「淵を居場所とする者たちへ——崎山多美のクジャ連作小説における記憶と交感」、水

アタシが生まれ育ったマチ、と舞台の女が語ってみせるそのマチに、オレは今迷い込んでいるのだった。真ッ昼間だというのにどんよりと暗く、陰気で、カビ臭と殺気ムードに土のにおいが混濁した腐臭がどこからともなく漂ってくるマチ。

それがクジャ。

戦後まもない占領時代のドサクサ、周辺の集落や離島やらからやって来て、半島の窪みに居着いたヒトビトが寄せ集まって出来上がった市《マチ》。歴史の折々に表層に漂ったにおいのさまざまがそっくりマチの体臭となって底にこもり、路地や屋根や壁からも吹いてくる裏マチだ。[11]

かつてそこに存在した者たちや出来事の**痕跡**が「におい」として残るような、過去が滞留する「裏マチ」。表の「マチ」が復帰後に名称変更した沖縄市だとすれば、「裏マチ」に対応するのは米軍占領時代と結びつく過去として抹消されたコザだろう。それは表向き抹消されているがゆえに、見えにくい、あるいは見えない。作中の写真家は「クジャ」を体現する「高江洲マリヤ」を撮ることができないし、その「マチ」自体も視覚的に把握困難なものとして現われる。[12]そのことは、二作目の表題に掲げられた「見えないマチ」というフレーズに表わされてもいる。

このように崎山多美は、ヴェトナム戦争下の「あの時代」が、表向きは見えなくな

声社、二〇一一年、一八八頁)。

(11) 前掲『クジャ幻視行』一六頁。

(12)「オレの眼の中でマチの空間が歪に揺れていた。カメラをこの手に構えているというわけでもないのに、このマチは、すでにオレに見られることさえ拒んでいるのか」(同書、一一頁)。

(13) これらの論点については、前掲諸論考のほか、松下優一「幽霊に憑かれたマチ――崎山多美の「クジャ」連作小説における記憶の共有不可能性」(加藤宏・武山梅乗編『戦後・小説・沖縄――文学が語る「島」の現実』鼎書房、二〇一〇年、一〇五―一四五頁)参照。

(14) 渡邊英理「再開発と言葉」前掲。

っているが、裏に張りついているような記憶の「マチ」として、「クジャ」という小説上の都市を形象化する。そして、そこに基地の街を生きた女たちの声や身体、混血性・雑種性を帯びた登場人物、言語的な異種混淆性、あるいは廃墟性、ディスコミュニケーションといった諸要素がさまざまに織り込まれ、組み合わされ、沖縄の基地の街の記憶をめぐる小説が紡ぎ出されていく。[13] コザの記憶を召喚しようとする崎山の連作に賭けられていたのは、**再開発**と**郊外化**、それに伴う土地の記憶の抹消が進行する二〇〇〇年代沖縄の社会的現実に対して、**文学には何ができるか**という問いだったといえる。[14]

戦後沖縄と米軍基地の街の表象

沖縄の近・現代文学研究を開拓した一人である仲程昌徳は、「沖縄戦後の文学は「アメリカ」との格闘であったといっていい」と述べている。[15] 米軍基地内での親善パーティーとその背後で起こる米兵による沖縄の少女暴行事件の波紋を描いた**大城立裕**の芥川賞受賞作「**カクテル・パーティー**」（一九六七年）、米軍カーニバルでの出来事を描いた又吉栄喜「カーニバル闘牛大会」（一九七六年）など島に駐留する米軍の存在は、戦後沖縄文学（と呼ばれる作品群）における大きなテーマであり、複数の書き手によって小説化が試みられてきた。その際、米軍が沖縄を占領し駐留するなかでその名が生まれ形成されたコザは、基地社会としての戦後沖縄を象徴する街であり、[16]

(15) 仲程昌徳『アメリカのある風景——沖縄文学の一領域』ニライ社、二〇〇八年。

(16) 波平勇夫「戦後沖縄都市の形成と展開——コザ市にみる植民地都市の軌道」（谷富夫・安藤由美・野入直美編『持続と変容の沖縄社会——沖縄的なるものの現在』ミネルヴァ書房、二〇一四年、二四三—二七九頁）によれば、「コザ市（現沖縄市）は、戦後の沖縄都市あるいは沖縄の戦後史を集約したモデル地域」、「戦後のコザの軌道をたどれば沖縄の戦後史が見えてくるといっても過言ではない」（二四三頁）。コザに関する研究は、歴史学、人文地理学、都市社会学といった学問領域で近年積み重ねられている。小野沢あかね「米軍統治下沖縄における性産業と女性たち——一九六〇—七〇年代コザ市」（『年報日本現代史』第一八号、二〇一三年、六九—一〇七頁）、加藤政洋「コザの都市形成と歓楽街——一九五〇

数々の作品がコザを舞台に選んできた(17)。

たとえば長堂《ながどう》英吉「黒人街」（一九六六年）は、黒人兵相手のクラブを経営する娼婦上がりの女の視点で、黒人兵と白人兵の人種間対立の場としてのコザが描かれる。又吉栄喜「ジョージの射殺した猪」（一九七八年）は、鬱屈を抱えた若い米兵から地元民へ向かう暴力の現場としてのコザを、また上原昇「一九七〇年のギャング・エイジ」（一九八二年）はハウジング・エリアに住むアメリカ人の子どもたちと地元少年たちの抗争の舞台としてのコザを描いている。吉田スエ子「嘉間良心中」（一九八四年）では、六十歳近い娼婦と十八歳の脱走兵との未来のない同居生活の空間としてのコザが描かれる。

とりわけコザを舞台にした小説として名高いのは**東峰夫**の芥川賞受賞作「**オキナワの少年**」（一九七一年）である。マイク・モラスキーは、この小説について論じるなかで、文学的表象にとってのコザは、占領状態の沖縄の換喩表現になると指摘している(18)。一九五〇年代のコザを舞台とする「オキナワの少年」は、プライヴェートな領域であるはずの自分の寝台が母親の仲介で米兵相手の売春行為の現場になってしまうという状況の提示から開始される(19)。彼の一家は、隣接する美里村からコザへと移り住み、アメリカ兵相手の飲屋を営んでいる。この小説の主人公は、純粋なものを求めて猥雑な街から脱出しようと企てる。その振舞いは、コザ高校中退後、沖縄を離れ、東京で日雇労働をしながら、この作品を書いたという東峰夫自身の軌道と重なり合う。

年代における小中心地の簇生と変容」（『立命館大学人文科学研究所紀要』第一〇四号、二〇一四年、四一—七〇頁）ほか。

(17) 文学作品に限らず、たとえばジャーナリスト森口豁が手がけた、日本テレビ系NNNドキュメント「一場・幕・沖縄人類館」（一九七八年七月三十日放送）ではコザを根拠地とする劇団「創造」の舞台、「邦人歓迎いたします〜コザ世替り情話」（一九七九年二月十一日放送）では衰退しつつあるセンター通りの商店主たちやホステスらの姿を通じ、沖縄の現在が提示されてきた（『森口豁ドキュメンタリー作品集「復帰願望」——昭和の中のオキナワ』海風社、一九九二年）。またコザは、沖縄の音楽文化の揺籃としても知られ、紫やコンディショングリーン、あるいは喜納昌吉やりんけんバンドなどを生み出した（沖縄国際大学文学部社会学科石原昌家ゼミナール編『戦後コザにおけ

「オキナワの少年」がコザを脱出しようとする者を描いていたとすれば、『クジャ幻視行』はコザに迷い込む者やそこに留まる（留まらざるを得なかった）者たちを描いている。過去にコザをめぐって書かれてきた諸作品が形作る**間テクスト的な関係性**のなかで崎山作品はどのような特異性をもつのか。先行作品との比較を通じて、崎山が描くコザ（「クジャ」）の特徴をさらに探求していくことができるだろう。

　さて、ここで取り上げた崎山多美は、**沖縄で書く**という自らの**文学生産の条件**についてきわめて自覚的な作家であり、文学の社会性・政治性、フィクションと社会的・政治的文脈の関係を考えようとする読者にとって、彼女の作品は触発的である。それは、必ずしも沖縄の社会的現実を克明に映し出しているからというわけではない。沖縄をめぐる社会的・政治的状況のなかで小説を書くということ、こういってよければ文学という表現領域（文学的想像力）の可能性をクリティカルなかたちで問うているからである。そうであるがゆえに、崎山作品は、米軍基地と隣接する地域に対する社会学的想像力もまた触発してやまないのである。（松下）

る民衆生活と音楽文化』（榕樹社、一九九四年）、DeMusik Inter. 編『音の力〈沖縄〉コザ沸騰編』（インパクト出版会、一九九八年）。

(18) マイク・モラスキー『占領の記憶／記憶の占領――戦後沖縄・日本とアメリカ』鈴木直子訳、青土社、二〇〇六年。

(19) 沖縄方言を多用する文体でも注目された「オキナワの少年」は、寝ていた「ぼく」が、「あのよ、ミチコー達《たあ》が兵隊《ひいたい》つかめえたしがよ、ベッドが足らん困《くま》っておるもん、つねよしがベッドいっとき貸らちょかんな?」と母親にゆすり起こされるところから始まる。引用は、岡本恵徳・高橋敏夫編『沖縄文学選――日本文学のエッジからの問い』（勉誠出版、二〇〇三年）所収のテクストによる。

戦火が映すヒューマニティ

阿壠『南京　抵抗と尊厳』

アジア的近代の焦点・南京陥落

一九三七年**南京陥落**。この世界史的大事件を描こうとした同時代の知識人はすべて悲惨な運命に見舞われている。このテーマ最初の文学作品となったのは**石川達三**「**生きてゐる兵隊**」で、一九三八年『中央公論』三月号に掲載されたが発売と同時に発禁処分となり、従軍記者だった石川は逮捕される。逆に大好評のうちに三百万部ものヒットとなった「兵隊三部作」『**麦と兵隊**』の通信兵**火野葦平**は、戦後すぐ戦犯として告発されており、自身ものちに自殺している。さらに当時ナチ党員でドイツ・シーメンスの中国支配人として南京に駐在していた**ジョン・ラーベ**は、自らの見聞を詳細な日記[1]にまとめていたが、ナチスへの厳しい追及のために数十年もの間公表を控えざるを得なかった。そして本項で紹介する阿壠《あろう》は、中国人作家として初めて南京陥落を作品化したのだが、当時高い評価を得ながら公刊が見送られ、数奇な人生の果てに、人民共和国となった中国天津の監獄で衰弱死した。国民党陸軍将校だった彼は、「反革命分子」として逮捕拘禁されたのだった。南京戦の同時代に生きた文学者たちを襲う厳しい運命に、慄然とせざるを得ない。

（1）『南京の真実』平野卿子訳、講談社文庫、二〇〇〇年。

南京虐殺は政治の次元で大きなテーマとなり、さまざまなアプローチがなされていくが、時代が降ってから作られる物語には、別な価値が加えられ、必ずしも歴史の真実を伝えているとは限らない。同時代を生きた文学者の人生の意味を、そして彼らの語った戦争の真実に触れる覚悟を、私たちは意識しなければならないだろう。

文学者、戦士——阿壠

阿壠（一九〇七—六七、本名陳守梅）は杭州の没落した商家の出身で、貧しい環境のなか、独学で教養を身につけた。二十歳の頃、救国の情熱に燃えて南京に向かい、黄埔軍官学校(2)に合格、長い軍人生活を開始する。一九三六年に卒業して陸軍少尉小隊長を拝命、翌年の日中開戦時には、上海防衛戦に小隊を率いて出動した。しかし激戦のさなか、重傷を負って撤退。半年の療養を経て、大尉に昇進、保安団教練官として湖南省に赴任する。このころ**魯迅**の愛弟子、文芸評論家で戦闘的な文芸誌『七月』の主編だった**胡風**と知り合い、戦場のルポルタージュ作品を投稿するようになる。

その後阿壠は胡風を通して共産党に接近し、延安の共産党抗日軍政大学で学んだ。阿壠は国民党と共産党双方の軍校を経験したことになる。延安で阿壠は、火野葦平や石川達三ら侵略者の側のルポルタージュが刊行されたことを知って衝撃を受け、南京陥落をテーマにした中国で最初の長編小説「南京」(3)の執筆を開始するのだ。しかしまもなく彼は古傷の療養のため延安を離れ、西安に向かった。そして「南京」を西安で

阿壠と息子の沛（逮捕前年の記念写真）

(2) 一九二四年「陸軍軍官学校」として広州に設立。初代校長蒋介石。二七年から「中央陸軍軍官学校」として南京に移転。阿壠は第十期生。

(3) この小説の執筆ノートを元に一九八七年に『南京血祭』という題で人民文学出版社から刊行。拙訳により邦題『南京慟哭』として一九九四年、五月書房から刊行

完成する。この作品は、戦友や同僚からの情報など、当時の第一線にいた人間でしか知り得ない内容によって構築された歴史的意義のある文学だった。

一九四〇年、阿壠は重慶の『抗戦文芸』(4)誌主催の長編作品公募に「南京」を投稿し、高い評価を得て賞金を獲得したが、出版はうやむやのうちに見送られた。その理由は「南京」が戦争の現実をあまりに露骨にそして鮮明に描きすぎていたからである。戦意高揚を目指す**国共合作**政策にとって好ましくない内容だったのだ。

一方軍人としての阿壠は、その後重慶に転出し少佐参謀に昇進している。その後すぐ陸軍大学に入学し、中佐に昇進。この重慶で彼は、十五歳年下の張瑞と知り合い、激しい恋愛の末に結婚する。そして日本敗戦の年八月に息子沛《はい》が誕生。熱愛を経ての結婚と一子の誕生ではあったが、成都名家の令嬢だった張瑞は出産に伴う神経症と将校夫人としての煩瑣な日常に耐えきれず、生後数カ月の息子沛を残して服毒自殺をしてしまう。妻の死を悼む長編の詩「悼亡」には深い愛情と哀しみが刻まれている。

抗戦勝利後、国民党と共産党の**内戦**が激しく展開する。この頃の阿壠の足取りは不明な点が多い。阿壠は戦闘的な創作を続ける一方、共産党側に国民党軍部の機密情報を提供していた。こうした情報が共産党軍の勝利に貢献していたことは、のちに阿壠を尋問した公安警察の担当者も証言している。緊張の日々を送っていた阿壠だが、共産党との関係を密告するという警告文書が届き、四川から避難せざるを得なくなる。苦しい逃避行を経て、友人のつてで南京中央気象局に就職、やがて南京の陸軍大学に

されたがこのときは完全訳ではなかった。完全版は邦題『南京　抵抗と尊厳』（拙訳）五月書房新社、二〇一九年。

（4）抗日戦争時期に中華全国文芸界抗敵協会（文協）の機関雑誌として刊行された。一九三八年創刊、一九四六年終刊。

復帰して参謀学校教官となり同時に大佐に昇進する。阿壠は、**中国人民解放軍**の**南京解放**[(5)]の時を国民党陸軍大佐として迎えることになるのだ。

一九四九年、阿壠は国民党の軍服を棄て、共産党の新中国を選んだ。彼は上海鉄路公安局に一時就職し、のちに天津市で文学関係の重職を紹介されて息子とともに移住する。そして新しい時代の希望に燃えて、詩論や評論を次々に発表した。天津の文学界での阿壠の暮らしぶりは、極めて質素で清廉、「聖者」とまで噂されるほどだった。特に注目すべきは、一九五一年に刊行された長編の評論『詩与現実』である。これはこの時代最大の詩論であり、もっとも先端的な考察を展開した大著だった。

しかし建国後すぐに**粛清**が始まり、自由な創作に対する拘束の網が絞られていった。そして一九五五年五月「**胡風反革命集団事件**」と規定された、国家に対する反逆事件が摘発された。それは毛沢東自らが下した決定で、「思想」を国家犯罪と認定する最初の事件だった。この時、全国で二千名が摘発され、九七名が起訴された。阿壠は中心的犯罪者である「骨幹分子」とされ、十二年の実刑判決となった。しかし彼は一貫して自己の正当性を曲げることはなかった。十二年の刑が終了する一九六七年、中国は**文化大革命**の暴力が荒れ狂う時代を迎えていた。阿壠の釈放は却下され、獄中生活は無期限に延長された。そしてこの年、彼は脊髄カリエスを発症し、最後には触れるだけで骨が崩れ、全身が鱗のようになって、監獄内の病院で衰弱死したという。

阿壠の冤罪が晴れて名誉回復がなされたのは文革後の一九八二年だった。「反革命

(5) 共産党指導下の中国人民解放軍は一九四九年四月に長江を渡り、南京市に進駐した。

分子」の遺灰はゴミとして処理されるのが原則だったというが、阿壠の追悼会には、故人の遺灰が祀られていた。それは獄中の阿壠の人格に魅せられた看守が密かに保存していたものだった。「聖者」阿壠の品性が偲ばれる逸話である。

長編小説「南京」

阿壠の長編小説「南京」の刊行は作品完成から半世紀後の一九八七年、書名は『南京血祭』と改題されていた。しかもこれは原作そのものの出版ではなく、執筆用のノートに書かれた原稿を基にしたもので、三十万字あったという長さも原作の半分ほどとなっていた。

『南京血祭』は九章とエピローグからなる作品で、南京陥落直前の一九三七年十一月の状況から陥落当日までが描かれており、エピローグには陥落後の象徴的な戦闘が語られている。これはいくつものエピソードを重ねる形で書かれた作品で、もちろん日本侵略軍の悪逆が怒りを込めて描かれていたが、同時に、当時の南京防衛軍内部の問題も鋭く抉り出されていた。また市民の生活や感情、知識人と農民間の矛盾とその克服の過程、中国人の覚醒の実態なども描きこまれていて、南京陥落の真の意味を問う作品であった。阿壠は日本との戦いの只中にいる戦闘者・軍人として、戦闘の勝利への道の確信に燃えながら、直面した敗北の意義を闡明しようとしたのだ。

作品の登場人物について考えてみると、大きく分けて四つの群像を見ることができる。第一は厳龍《イエンロン》、袁唐《ユエンタン》と曾広栄《ツァンクアンロン》ら学生知識人出身の青年将校。第二は張涵《チャンハン》を中心とした農民出身の将兵。第三は、描写は少ないものの、中国軍最高首脳や上級将校の群像であり、エピローグ（尾声）における将軍もこのグループと見られる。第四はほとんど各章に描かれている一般の市民や農民の群像である。阿壠はこの四つの群像を一つの小説世界に結び付けようとする物語構成を放棄して、独立性の強いエピソードも大胆に配置し、主要な登場人物によるストーリーの統一を無視した。それは阿壠がこの長編を時間的経緯によってコントロールしようという強い意図を持っていたからである。つまり南京陥落という事態の想像を超える広がりをそのまま描きぬこうとしていたのだ。まさに南京陥落に対する作者の情念によって結びつけられたいくつかの短編と中編の集合体なのである。

　阿壠の情念を正面から受け止める役割は、第一の群像グループにあった。彼の描く四つの群像のなかで、特に鮮烈なイメージを結ぶのがこの知識人出身者の群像である。最初に登場する厳龍は若い知識人の典型であり、抗日の民族的情熱を持っているものの、実際の戦闘の前では本来の気質的弱さに悩んでいる。それはある意味で、文化と教養によってはぐくまれた高貴な優しさでもあったのだが、彼は級友たちと共に敗色の濃い実戦のなかで本当の強さに目覚めていくのだ。やがて最終章において、圧倒的な戦死者のなかを決然と進んでいく彼の姿に焦点が結ばれる。それは端的にいって**ビルドゥングスロマン**（成長物語）の特質と考えられよう。抗日戦争の真の意義は、この群像の覚醒の物語によって全体のものとなっていく。彼らは南京をめぐる時間の経緯のなかで、因襲的中国の腐敗、堕落、享楽、裏切り、怯懦、そして背徳に直面していく。それらは軍首脳や地方の名士たちによるものばかりではなく、一般市民や農民、そして彼らの指揮下にある兵隊たち（それらの多くは農民だった）によって突き付けられる現実だった。彼らはまた精神性においても、想念の確かさを検証されなければならなかった。たとえば、中国伝来の悲観主義と楽観主義、無力感、**「阿Q精神」**(6)、これらの現実を直視し、その誤謬を徹底して暴くことが彼らに課せられたのだ。この過程で彼らは、自分の青春のすべてを犠牲にしなければ、中国の真の勝利はないことに気づいていく。冷厳な事実を前にした彼らの悲壮な決意は、とりもなおさず原作者阿壠の覚悟を示すもので、本作を支える情念のもっとも根元的要素である。

第二の圧倒的多数である農民出身の将兵の物語では、伝統的な中国の忌むべき性格と中国の軍隊の実情が冷静に描かれ、物語の主旋律としては、ぎりぎりの土壇場でなければ発揮され得ない中国人の底力、その魂のありのままの姿を浮かびあがらせている。多くの場合、その底力の発揮はあまりにも遅く、多くの犠牲を伴うものであった。しかもその最後の力さえ出し切れずに悲惨な最期を遂げる者も実に多かったのである。阿壠は容赦なくこの暗黒に切り込んでいる。

第三の中国軍最高首脳、上級将校の物語は、一方に南京防衛軍最高首脳たちの腐敗と排他的野心の逸話が、もう一方に民族的な怒りに燃えた将軍の英雄的な故事が配さ

（6）魯迅（一八八六―一九三六）の名作『阿Q正伝』（一九二一年）に描かれた農村貧民の愚昧な精神性を指す言葉。

れており、極めて対照的な姿で描かれている。第四の市民農民の物語は、南京戦最大の犠牲者である彼らが無残に生命を奪われ、一切を失っていく姿が主題となっている。ここに描かれる群像はそれぞれ個別で関連性は薄いのだが、積み上げられた逸話はさまざまな角度から「**犠牲**」の真相に迫っており、戦争の犯罪性が作者の悲痛な叫びとともに伝わってくる。

本作は、南京陥落を頂点とする日本の侵略に対する怒りが中心的なテーマとなっているが、単純な**プロパガンダ**ではない。ここには抗戦に直面した中国人の生き方を詳細に描出しようという意志が強く働いており、明日の勝利につながる力を導き出す覚悟が込められている。阿壠のリアリズムの精神は、まさにこの単純なプロパガンダ的展開を否定したところにあると言える。

『南京　抵抗と尊厳』で特に強調しておきたいのは、日本兵に対する描写がステレオタイプではないことである。本書において阿壠は**涙を流す日本兵**を丹念に描き、中国の戦場に追いやられた日本人もまた戦争の被害者であることを強く訴えた。そして強大な日本侵略軍の歴史的敗北が必然であることをその倫理性から証明したのである。石川達三は「生きてゐる兵隊」で、知識人の繊細な精神性をかなぐり捨てなければ「聖戦」の勝利はないと描いたが、これと全く正反対のベクトルで、阿壠は高い精神性を示す作品世界を作り上げたのである。

（関根）

戦争と女性　ルドゥレダ『ダイヤモンド広場』

スペイン内戦を五感で語る

バルセロナ出身の女性作家マルセー・ルドゥレダによる**カタルーニャ語**(1)の小説『ダイヤモンド広場』(2)は一九六二年に出版された。三十以上の言語に翻訳されており、現代カタルーニャ文学のなかでもっとも重要な作品とされる。一九二〇年代末から五〇年頃にかけてのバルセロナを舞台に、主人公ナタリアの娘時代から結婚、出産、夫の戦死、再婚、そして子どもの自立に至るまでを一人称で描く。この小説については英語圏を中心に**フェミニズム**研究の立場からの評論、分析も多いが、ここでは**スペイン内戦**前後の激動の時代がどのように語られているのかを中心に述べる。

作者のマルセー・ルドゥレダは一九〇八年、芸術と自由を愛する両親のひとり娘としてバルセロナに生まれる。当時この街ではムダルニズマ(3)と呼ばれる芸術運動が最盛期を迎えていた。建築家ガウディが活躍したのもこの頃のことだ。二十歳で結婚するが、ほどなくして結婚生活は破綻の兆しを見せる。雑誌記事や童話を書くなどして作家への道を歩みはじめたのもこの頃だった。スペイン内戦が始まると共和国派支持の立場からカタルーニャ自治政府の広報局で働くが、フランコ軍の勝利が決定的となっ

(1) カタルーニャ語は、スペイン語、フランス語、イタリア語、ポルトガル語などと同じく、古代ローマ帝国で使用されていたラテン語を起源とする言語である。

(2) 邦訳はマルセー・ルドゥレダ『ダイヤモンド広場』田澤耕訳、岩波文庫、二〇一九年。

(3) 十九世紀末から二十世紀初頭にかけて、経済的発展と政治的カタルーニャ主義の台頭を背景として起こった芸術運動。ピレネー山脈以北の新しい芸術思潮を貪欲に取り込むとともに、カタルーニャの風土や伝統に根ざした表現の探求が行なわれた。

た三九年一月にフランスへ亡命。これ以降、ともに亡命した作家で評論家のアルマン・ウビオルスが彼女の伴侶となる。だがフランスでもナチスの侵攻による戦火を目の当たりにし、苦労が絶えない。やがて五四年、ウビオルスが国連で翻訳の仕事を得たのを機に、ふたりはジュネーヴに移り住む。レマン湖の畔でルドゥレダは精力的に文筆活動に励み、『ダイヤモンド広場』もここで執筆されることとなる。ウビオルス死去の翌年にあたる七二年、亡命生活に終止符を打って帰国。八三年に亡くなった。

まずはあらすじを紹介する。物語はバルセロナに実在するダイヤモンド広場から始まる。広場のダンスパーティで、ケーキ屋で働くナタリアは家具職人のキメットと出会い、結婚する。キメットはナタリアをクルメタ（「小鳩」の意味）と名付け、すべて自分の意向に従わせて支配する。子どもがふたり生まれるが、キメットは趣味の鳩の飼育に夢中で、家計は苦しくなるばかり。ナタリアは家政婦として働きに出る。やがてスペイン内戦が勃発。キメットは志願して共和国軍の民兵となり、アラゴン戦線で戦死する(4)。内戦は終結するが、ナタリアは幼子を抱えて困窮を極め、心中すら考える。乾物屋の店主アントニの心配りでなんとか窮乏を脱し、のちに彼と再婚するが、その後もキメットから受けた抑圧のトラウマと戦争の記憶は彼女を苦しめるのだった。

ではこの作品の背景となった時代を概観しつつ、重要な歴史的出来事が小説内ではどのように表現されているのかを見ることにする。

一九三一年四月十四日、国王が亡命し共和政が成立。共和国の誕生は階級的・経済

(4) アラゴン戦線については、ジョージ・オーウェル『カタロニア賛歌』やロバート・キャパの一連の写真を参考にされたい。

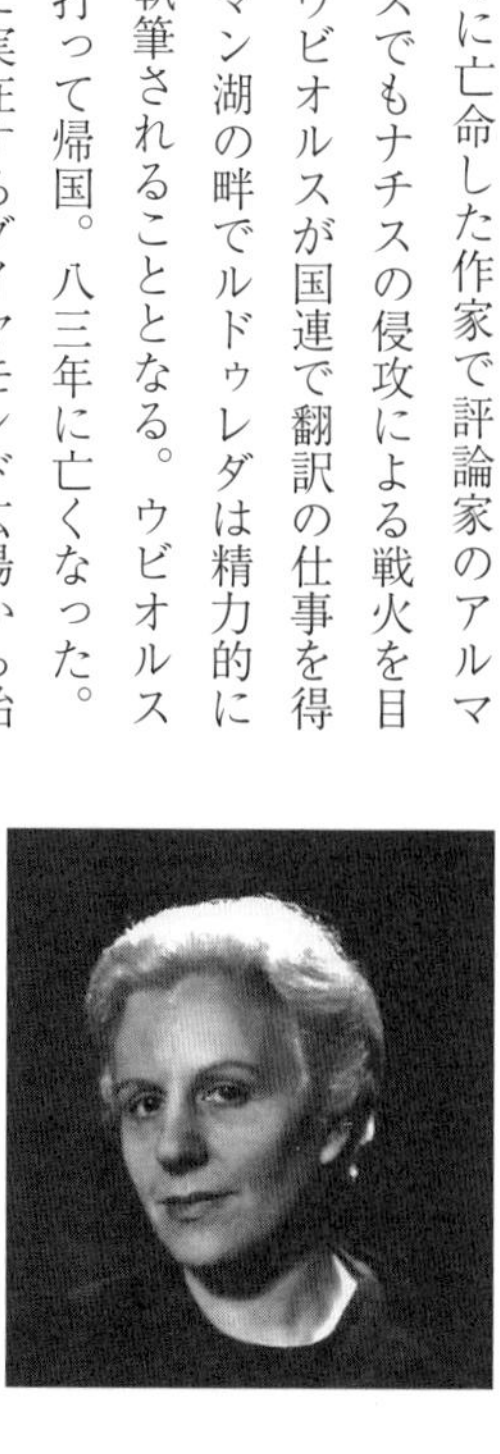
マルセー・ルドゥレダ

的差別に苦しみ、旧弊な社会に不満を抱いていた人々に大きな希望をもたらした。

〔前略〕共和国がやってきた。キメットは熱狂し、大声で叫んだり、どこから引っ張り出してきたのかしらないけど旗を振ったりして行進した。(5) まだわたしはあの爽やかな風を覚えている。思い出すことはできても、もう二度と感じることのできない風。もう二度と。若葉やつぼみのにおいと一緒に去ってしまった風。あのあとやってきたどんな風も、あの日のあの風とは違った。あの日、わたしの人生に大きな裂け目ができた。(6)

共和国政府は大規模な社会改革に着手するが、それに抵抗する右派勢力との対立は激しさを増し、三六年七月十七日、共和国政府とフランコ将軍率いる反乱軍とのあいだで内戦が始まる。バルセロナはマドリードと並んで共和国派の重要な拠点だった。

〔前略〕来るべきものが来た。それはそう長引くことではないように見えたのに。まず、ガスが来なくなった。〔中略〕もう最初の日から、黒い鉄枠で固定した灰色のかまどを使って物干し場で食事の支度をしなくてはならなくて、調理に使う樫の炭を大慌てで買いに走った。

「これが最後だよ」と炭屋の奥さんは言った。彼女の旦那さんも街に繰り出して

（5）労働者たちが街に繰り出して、共和国政府を支持する示威運動を盛んに行なったことを指す。

（6）Mercè Rodoreda, *La plaça del Diamant*, Club Editor, 2016, p. 88.

いたのだ。キメットもまた街を走り回っていた。毎日出かけて行くので、そのうち会えなくなるんじゃないかと思っていた。彼は青いつなぎを着た。(7) 街に煙が上がり、教会から火の手の上がるのが何日か続いた後、(8) キメットはベルトに拳銃を差し、肩から二連銃を下げて現われた。そして暑かった。すごく暑かった。服は背中にはりつき、シーツは体にまとわりつき、そして人々はおびえて暮らしていた。(9)

戦況は次第にフランコ軍優勢となり、三九年一月二十六日、ついにバルセロナは陥落、そして四月一日、**共和国側の敗北**により内戦は終わる。

人々が街を去りはじめた。階下の店のご主人が言った、「ごらんよ、ごらん。あんなに新聞やポスターが(10)…ほら…ほら… 散っていく」。最後の日は風が強く寒かった。破れた紙が風に吹かれて飛んでいき、道を白いしみで埋めつくした。身体のなかの寒さはいつまでたっても収まらない。あの頃、毎日をどうやって生きたのかわからない。人々が去って行き、そしてまた別の人たちが街に入ってくるあいだ、(11) わたしは家に閉じこもった。近所の人たちが略奪したそのへんの倉庫からアンリケタおばさんが缶詰をいくつか持ってきてくれた。どこか知らないけど、誰か知らない人が食べ物を分けてくれると聞けば、出かけていった。わからないけど。(12)

(7) 青いつなぎは共和国派のシンボルである。共和政支持者たちは労働者との連帯を示すために、労働服である青いつなぎを着用した。

(8) 教会は権力と癒着して体制維持に荷担してきたと見なされたため、共和国派の過激な分子による焼き討ちが多発した。

(9) *op. cit.*, p. 147.

(10) 戦時中、戦意高揚のために建物の外壁に数多く貼られたポスターのこと。

(11) 「人々が去って行き、そしてまた別の人たちが入ってくる」とは、共和国派の人々が逃れていき、フランコ軍が街を制圧したことを指す。

(12) *op. cit.*, p. 184.

スペイン内戦前後を時代背景としているにもかかわらず、この小説には戦闘場面がまったくない。歴史的事実の記述もほぼ皆無で、共和国という語は数回出てくるが、フランコ将軍や反乱軍にいたっては原文では一度も直接的言及がない。社会の激変の渦中に放り込まれ、日々の暮らしだけで精一杯のナタリアは、三番目の引用のように「わからない（知らない）」と繰り返すのみだ。彼女にとって歴史的事実とは理知的に把握されるものではなく、爽やか、暑い、寒いという感覚や飢えへの恐怖とともに記憶され、五感を駆使した言葉によって表現されるものなのだ。

語り手自身が「わからない」と繰り返すにもかかわらず、この小説には当時の社会の様相が広く捉えられているが、それは巧みな人物配置による。共和国軍の民兵となるキメットとその友人シンテットとマテウ。キメットとシンテットは戦死し、マテウは広場で処刑される。ナタリアの幼なじみジュリエタは**女性民兵**(13)で、前線で戦う同志との激しい恋に身を焦がす。一方、ナタリアの親代わりのアンリケタおばさんは王政支持者。ナタリアが家政婦として働く屋敷の主人は、「金持ちがいなけりゃ貧乏人もおしまいさ」が口癖の人間で、戦争中、共和国派に不動産を接収されたことを恨みに思う。キメットの徒弟だった若者は内戦で片足を失うものの、「もう一方の側（＝フランコ側）で戦ったおかげで」、戦後は「らくに暮らせる」。主人公ナタリアは、誰に対しても面と向かっては批判や反駁をすることなく意見を受け止めることによって、これら多様な人々の結節点の役割を果たす。

（13）共和国陣営では女性が志願して民兵となることもあった。

ようやく内戦が終わったあともナタリアは、戦争と夫から受けた抑圧の双方の**トラウマ**に苦しめられることになる。たとえば戦争のトラウマとしての青い街灯。戦争中、空爆を避けるためにバルセロナ市内は明かりを落とし、青く塗られた街路灯だけが点灯した(14)。戦後、ナタリアは街中で青い街灯の幻影を見て倒れてしまう。そして夫からの抑圧の象徴としての鳩。キメットの生前、鳩は繁殖し続け、住居を侵犯し、臭いと鳴き声とで「クルメタ」ことナタリアを追い詰めた。彼女はついに鳩の退治に乗り出し、キメットの戦死が伝えられたその日、最後に一羽残った鳩も死ぬ。戦後ナタリアは、飢えて痩せこけた自分の子どもが鳩に襲われる幻覚を抱く。これらの幻覚の描写は、恐ろしくも繊細かつ精緻で美しく、どこかレメディオス・バロ(15)の絵を思い出させる。偶然にも、この優れたシュルレアリスムの女性画家もカタルーニャの出身で、ルドゥレダと同じ年に生まれ、内戦後はメキシコに亡命したのだった。

ナタリアの人生の転換点はアントニとの再婚だ。アントニは彼女に求婚する際、戦争で負った傷のせいで不能になってしまったことを告白してこう言う、「ぼくは誰も騙したくないんだ、ナタリア」と。主人公が、前夫に強要された名前から解放されて、はじめて本来の名で呼ばれる瞬間である。とはいえ心の傷から立ち直るのは平坦な道ではない。抑鬱状態が続き、不眠に悩まされる。だがある時アントニがナタリアに対して、結婚してからの日々が幸福であると言い、感謝の気持ちを伝える。みずからの存在をこのように肯定されたその夜、ナタリアの夢のなかに再び鳩が現われる。

(14) フランコ軍からのバルセロナへの空爆は一九三八年一月に始まった。余談だが、ダイヤモンド広場の地下には内戦中に掘られた防空壕がある。

(15) レメディオス・バロ(一九〇八―六三) カタルーニャ地方のジローナで生まれ、マドリードで絵画を学ぶ。内戦後、フランスを経てメキシコに亡命。神秘的な人物や幻想的な風景を繊細なタッチで描く。

もはやそれは自分を苛んだ鳩ではなく、天使のように宙を舞う鳩なのだ。彼女は感じる、「何もかも同じ。でも何もかもが美しい」と。こうして彼女は苦しみつつも長い時間をかけて少しずつ快復への道をたどる。

　過去との訣別は、最終章、娘リタの結婚式の翌日に起こる。早朝、家をひとりで抜け出したナタリアは、かつてキメットと住んだアパートを訪れ、その外壁に「クルメタ」という名をナイフでしっかりと刻みつける。クルメタと呼ばれた日々をそこに封印するかのようにして。そして彼女はその足で、小説冒頭の場所、ダイヤモンド広場へとむかうのだ……

『ダイヤモンド広場』について、チカーノ文学[16]を代表する女性作家サンドラ・シスネロスは「最初から最後まで一気に読んだ。読み終えて、まるで広大な太平洋を発見したバルボアのように茫然自失となった」と述べる[17]。また、二十世紀文学の傑作『百年の孤独』の作者である**ガブリエル・ガルシア＝マルケス**は『ダイヤモンド広場』をこよなく愛し、「内戦後にスペインで書かれたもっとも美しい小説」と述べ、「何度、この作品を読み返したのか覚えていないほどだ[18]」と言う。しかも彼はそのうちの何回かは苦労してカタルーニャ語で読んだと言うのだ。ガルシア＝マルケスがわざわざ苦労してまで原語で読もうとしたのには、それなりの理由があった。

　そもそもカタルーニャは中世において、アラゴン連合王国の一角を担い、地中海の

（16）メキシコ系アメリカ人による文学のこと。

（17）Sandra Cisneros, "Foreword", en Mèrce Rodoreda, *Camellia Street*, trad. por David H. Rosenthal, NY, Open Letter, 2018, p.viii.

（18）Gabriel García Márquez, "¿Sabe usted quién era Mèrce Rodoreda?", en *El País*, 18 May, 1983.

交易で富み栄え、カタルーニャ語による文芸も盛んだった。しかし十六世紀以降、マドリードを首都と定めたハプスブルク朝スペインの王権のもとカタルーニャは停滞期を迎え、やがて十八世紀、中央集権化を進めたブルボン朝の時代には、カタルーニャ語の公的使用が禁止されてしまう。十九世紀後半に他の地域に先駆けて産業の近代化に成功し商工業が盛んになるとともに文芸復興の動きが始まり、カタルーニャ語での創作活動も再び勢いを取り戻す。共和政の時代には自治州の公用語としての地位を与えられた。しかし内戦後のフランコ体制下では公的使用が禁止され、弾圧が特に厳しかった独裁政権初期には、「スペイン人ならスペイン語を話せ！」というポスターが街角に貼られた。とはいえこうした時代にあっても私的な空間においては、カタルーニャ語は連綿として使われてきた。この言語が公用語としての地位を取り戻すのは、フランコ死後の一九七八年に制定された民主主義憲法によってである(19)。

カタルーニャの人々にとってカタルーニャ語とは、自分たちの共同体と命運をともにしてきた言語だ。亡命をしたマルセー・ルドゥレダにとってこの言語で書くことは、アイデンティティの証であり、故郷への愛の告白であり、そして当時まだフランコ政権の圧制下にあったバルセロナの人々への連帯の表明でもあっただろう。そして何よりも、主人公ナタリアの心の奥底の微細な襞に分け入り、その心情と体感とに密着した表現をするために、ルドゥレダはカタルーニャ語で執筆し、またこの小説を深く味わいたいと願ったガルシア＝マルケスは原語で読もうとしたのだった。（坂田）

(19) 憲法第三条第一項に「カスティーリャ語（いわゆる「スペイン語」）は国の公用スペイン語である。すべてのスペイン人はこれを知る義務を負い、かつこれを使用する権利を有する」とした上で、第三条第二項に「その他のスペイン諸語も、それぞれの自治州内で、自治憲章の規定に応じて公用語となる」と定められた。

コラム　沖縄文学の過去と現在

アンソロジーは、ある一定の共通項をもつ複数の作家・作品を集めることで、読者に対してそのまとまりの意識化を促す媒体となる。少なくとも筆者は、沖縄文学を冠するアンソロジーを通じて、沖縄の作家たちの作品の数々と出会い、その過去と現在、その奥行きと広がりについて学んだように思う。

自分史を顧みるに、一九九〇年代後半に長野県南部の高校生だった筆者は、当時の担任教師（国語担当）の影響で芥川賞作品を読もうとふと思い立ち、とりあえず直近の受賞作からさかのぼることで、目取真俊「水滴」（一九九七年）と又吉栄喜「豚の報い」（一九九五年）に触れた。それから数年後、二〇〇〇年代初めの就職氷河期のなかで大学生活を終えようとしていたころ、ふと立ち寄った新宿の書店でタイトルと装丁に魅かれて、崎山多美の作品集『ゆらてぃく ゆりてぃく』（講談社、二〇〇三年）を手に取った。そのようにして偶然、個別的に沖縄という場所に根ざした小説に触れてはいたが、それらを「**沖縄文学**」として認識するようになったのは、「沖縄文学の、はじめての本格的なアンソロジー」（本浜秀彦）とされる『沖縄文学選——日本文学のエッジからの問い』（岡本恵徳・高橋敏夫編、勉誠出版、二〇〇三年）によってである。このアンソロジーを介して私は、崎山多美あるいは又吉栄喜や目取真俊といった作家がその現在に位置づけられるような「沖縄文学」という文学の系譜に辿り着いた。その当時、社会学研究科の大学院生になっていた筆者にとって、沖縄文学のテクストは「社会学的想像力」（C・ライト・ミルズ）に満ちたもののように感じられた。

海外に目を向けてみると、英語圏でもほぼ同時期に、S・ラブソンやM・モラスキーらアメリカの研究者の手によって、沖縄からの日本（語）文学を翻訳・収録したアンソロジーが複数出版されている（Michael Molasky and Steve Rabson eds., *Southern Exposure : Modern Japanese Literature from Okinawa*, University of Hawaiï Press, 2000; Frank Stewart and Katsunori Yamazato, eds., *Living Spirit : Literature and Resurgence in Okinawa*, University of Hawaiï Press, 2011; Davinder L. Bhowmik and Steve Rabson eds., *Islands of Protest : Japanese Literature from Okinawa*, University of Hawaiï Press, 2016)。

国内外の出版の動向をみると、沖縄文学は、時期的には二〇〇〇年前後から、メディア的にはアンソロジーという形態で日本国内でも海外でも読者に届くものになりつつあったことがわかる（文学社会学的には、こうしたアンソロジーの出版それ自体が「沖縄文学」を生成する営みであり、なぜその時期だったのかが問われるべきテーマとなる)。そして、このようなアンソロジーによる国内外での**受容**の回路の獲得こそが、(少なくとも受容という面では)沖縄文学の現在を特徴づけるものであるように思われる。

さて、これらのアンソロジーに収録されているのはおおよそ、南西諸島が近代日本に領有され沖縄県となる一八七九年以降に、沖縄出身ないしは沖縄に定住する書き手によって、日本語で書かれてきた、明示的・暗示的に沖縄を題材とする作品(小説を中心に、詩歌や戯曲)である。具体的には、池宮城積宝「奥間巡査」(一九二二年)、久志富佐子「滅びゆく琉球女の手記」(一九三二年)、山之口貘「天国ビルの斎藤さん」(一九三九年)、太田良博「黒ダイヤ」(一九四九年)、喜舎場順「暗い花」(一九五五年)、大城立裕「亀甲墓」(一九六六年)、嶋津与志「骨」(一九七三年)、中原晋「銀のオートバイ」(一九七七年)、下川博「ロスからの愛の手紙」(一九七八年)、山入端信子「鬼火」(一九八五年)、長堂英吉「エンパイア・ステートビルの紙飛行機」(一九九四年)などのほか前述の作家たちの小説、詩では山之口貘、牧港篤三、川満信一、高良勉、与那覇幹夫らの作品、戯曲では知念正真「人類館」(一九七六年)が含まれる(以上は英訳アンソロジーの収録作より)。

以下、各アンソロジーに付された解説や文学研究者たちの知見をもとに沖縄文学にかんする受容の回路が大きく開かれていく、一九九〇年代までの文学史の流れ(沖縄文学の過去)をごく簡単にではあるが跡付けておきたい。一般的に、沖縄の近現代文学史は、一九四五年(=沖縄戦)以前の沖縄近代文学、一九四五年から七二年(=沖縄返還)までのアメリカ統治下の文学、それ以後の復帰後の文学というように、政治・社会的な時期区分を目印としたいくつかの局面によって辿られる。

戦前の沖縄近代文学は、いわば沖縄文学前史である。書き手は主に、**琉球方言**を日常言語とする地域で近代日本語による読み書き能力を学校教育を介して身につけ本土に渡った人々である。その特徴は、本土と沖縄とのあいだの文化的差異や差別、それがもたらす屈折を描くことなどにみられる。

多くの住民が巻き込まれ犠牲となった**沖縄戦**ののち、日本から切り離され**米軍基地の島**となった沖縄で、本格的にその独自性を追求すべき文学領域としての沖縄文学の営みが開始される。ここで大きな役割を果たしたとされるのが、琉球大学(一九五〇年設立)の学生たちによって発行された文芸誌『**琉大文学**』である。その同人たちは、米軍基地の拡張とそれに伴う強制的な土地接収と住民による抵抗運動(島ぐるみ闘争)を背景に、**文学と政治**をめぐる模索と論争を繰り広げ

（琉大文学論争）、新川明・川満信一・岡本恵徳・清田政信・中里友豪ら数々の文学者・知識人を輩出した。

六〇年代後半になると、「沖縄は文学不毛の地か」という問題提起的な紙上座談会とともに雑誌『**新沖縄文学**』（沖縄タイムス社）が創刊される。九〇年代初めまで続いたこの雑誌はその後の沖縄文学の主要な発表媒体になるとともに、沖縄をめぐるさまざまな思想的・社会的トピックについて特集を組む言論誌でもあった。この雑誌に発表した小説「カクテル・パーティー」（一九六七年）によって沖縄初の芥川賞作家となったのが、**大城立裕**である。

一九七二年の復帰以降、「琉球新報短編小説賞」「新沖縄文学賞」といった沖縄地域に独自の**文学賞**が相次いで創設され、新たな書き手たちの登竜門となる。大城立裕は四半世紀にわたってこれらの賞の選考委員を兼任し、この時期の沖縄文学のゲートキーパーとして大きな役割を担った。これらの文学賞への応募や受賞をきっかけに、それ以降の沖縄文学の書き手たち、すなわち、九〇年代に相次いで芥川賞作家となった又吉栄喜、目取真俊、あるいは崎山多美といった書き手たちは、作家としてのキャリアをスタートさせている（崎山多美のデビュー作「街の日に」は、第五回新沖縄文学賞佳作）。

このようにして産出され、蓄積されてきた文学的伝統が、やがてアンソロジーの編纂や外国語への**翻訳**といった営みを通じて、沖縄地域にとどまらず日本国内、さらには世界の読者に向けて提示されていくことになるのである。

（松下）

第Ⅷ章　歴史をどう語るか

歴史は人間の生に外部から押し寄せてくる力であり、個人の意志だけではそれに抵抗することが難しい。**戦争**や**革命**や**疫病**などは、荒々しい地殻変動のように人間の運命と社会のあり方を大きく変えてしまう。しかしその地殻変動を理解し、その意味を問うことが人間の尊厳を支えるのであり、それこそが文学の重要な課題だった。実際、日本でも数多くの読者をもつ歴史小説というジャンルに示されるように、**文学は絶えず歴史を表象**し、過去を解釈しようと努めてきた。十九世紀、国民国家の誕生とともに学問としての歴史学が成立して以来、過去の解釈をめぐって文学は絶えず歴史学と実り多い競合関係を生きてもきた。現代の歴史学がその方法と概念を絶えず刷新しているように、文学もまた過去を語る方法を多様化させてきたのである。

二十世紀文学において、戦争とそのトラウマは普遍的なテーマだった。野上彌生子の『迷路』は、日中戦争期を描きながら、民族、階級、イデオロギーの対立を架橋する希望を語る壮大なスケールの小説である。崔仁勲《チェインフン》の『広場』は一九五〇年代の朝鮮戦争を題材にして、北の共産主義思想にも、南の親米政策にも賛同できない主人公が、新たな理想郷を模索する姿を感動的に語る。李鋭の『旧跡』は、四川省の架空の町、銀城で権勢を誇る二つの名家の運命をたどることで、欧米列強の侵略、抗日戦争、中華人民共和国の成立、そして文化大革命までの激動の歴史を描く大河小説だ。ゼーバルトの『移民たち』は、ドイツの戦後第二世代の文学が、ナチスの悪夢という過去をいかに克服するかという課題への新たな応答である。

（小倉）

哲学の戦争　野上彌生子『迷路』

歴史の迷路に出口はない

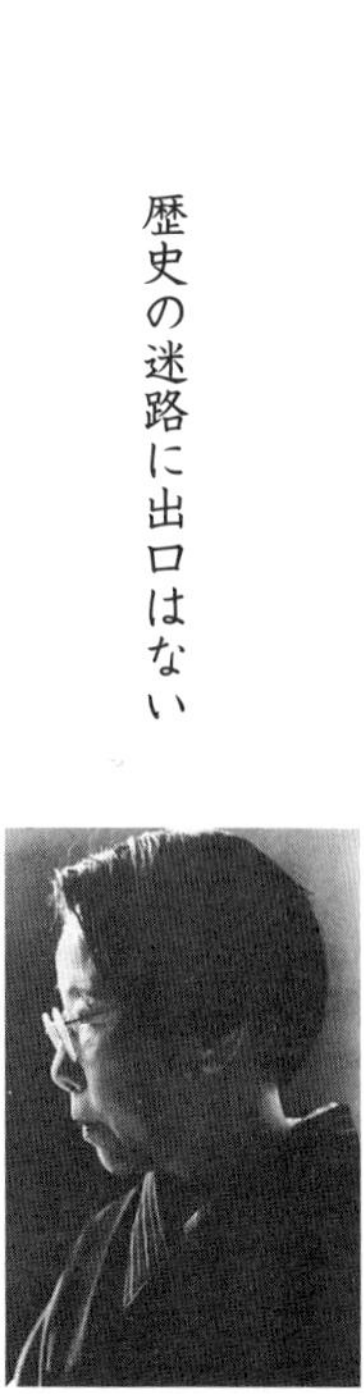
野上彌生子

戦後アジアのなかの日本

野上彌生子[1]の『迷路』[2]は、**日中戦争**期を描いた大作である。女性である彌生子に従軍体験はなく、多くの資料や取材に基づいて書き上げたものであるが、歴史がどのようにとらえなおされるのかを見るうえで興味深い。

作中の時間は、一九三五年から、第二次世界大戦で東京への空襲が現実味を帯びる頃までである。主役の菅野省三は、政治家や豪商などのブルジョワと縁のある家の出身であるにもかかわらず、学生時代に左翼活動を行ない、弾圧により転向した。日中戦争で招集され、軍隊で中国人への理不尽な行為を目の当たりにして懊悩するなか、情報を得て、中国共産党と結んで反戦活動を行なっていた日本人民解放同盟への合流を目指して、延安に向けて軍を脱走し、銃殺される。

戦後の日本では、**戦争責任**を考え、これからの個人や社会、国をどうしたいか、多くの議論や論争が重ねられたわけだが、作家も深く関与している[3]。特に、戦中の弾圧から解放された左翼的な作家は、次にアメリカによって圧力が加えられるまで、**民主**

(1) 野上彌生子（一八八五―一九八五）　大分県臼杵市出身。上京し、明治期に先進的な女子教育を行なった明治女学校で学び、夏目漱石の知遇を得て、作品を発表した。代表作は『真知子』『秀吉と利休』『森』など。夫は法政大学総長も務めた英文学者で能楽の研究者・野上豊一郎。

(2) 『迷路』は、戦前に発表した「黒い行列」（『中央公論』一九三六年十一月）、「迷路」（一九三七年七月）を、戦後の一九四八年、第一部・第二部として改稿出版し（岩波書店）、続きは一九四九年一月から岩波書店の『世界』に掲載

主義の構築を積極的に担う存在であった。一方では、サンフランシスコ講和条約をめぐって、アジア・アフリカ諸国の独立を横にみながら、全面講和か、アメリカへの依存を意味する単独講和かの選択が、日本という国の真の独立の問題として議論されていた。『迷路』掲載誌の岩波書店『世界』は、これに関連する記事や意見を多く載せていた総合誌である。

だから、『迷路』の主人公の行動は、戦中の状況を描写しただけでなく、執筆時の状況から捉えなおされた理想や希望も描きこまれたものである。端的にいえば、民族、階級、イデオロギーの対立を架橋することへの希望が、多くの挫折を経ながらも、なお愛の可能性として追求されている。さまざまな角度からの考察が可能だが、ここではまず、イメージを効果的に使った小説ならではの構造化を確認したうえで、一見戦争とは無縁に見える学問や芸術の領域がどのように戦中・戦後にかかわっていたのかを考えたい。

作中人物も多いが、主要な男性は、省三の親戚筋で東條内閣の政治家や実業家などの年配者と、同世代では共に**左翼活動**にかかわった友人・木津などで、両者は階級やイデオロギーの対立が顕著である。さらに戦争がかかわると、民族的対立によって権力や商機を得る側と、国家よりは共産思想による連帯を持とうとする側になり、対立はより深まる。(4) 女性人物は、政治家の娘で省三の幼馴染・多津枝、木津のハウスキーパーで彼を愛するせつ、省三が仕事を求めた阿藤子爵家の妻・三保子などだが、彼女

した。掲載の終了は一九五六年十月である。

(3) 主だったものでも、主体性論争、政治と文学論争、国民文学論争など、文学者だけでなく、哲学者や左翼的な論客などが多く参加した論争が行なわれた。

(4) 共産主義の活動において、周囲に怪しまれないために夫婦を装い、家事などを分担した。

たちは、それぞれの立場で経済力と愛と性の一致しない関係をあぶりだす。

　これらの架橋をしようとするのが省三とその妻となる万里子であり、その結合は赤と青の色彩的イメージを中心に読み解ける。まず「**血**」のモチーフが、民族の違いを言い表わすものとして、また一方では、奔騰する男性の情欲を言い表わすものとして全編で使用されている。前者は例えば、省三が日頃は中国民衆への同情心すら持つにもかかわらず、不意に現われたゲリラとの撃ち合いで、思わぬ敵意にかられて相手を殺してしまう、その原因が民族の違いによって「沸《たぎ》りたつ血」（「振子」）とされている。後者は、裕福だが空虚な生活を不倫で埋め合わせようとする三保子との場面などに現われる。

　省三と結婚する親類筋の万里子は、日本人の父とイギリス人の母の間に生まれ、両親とも早くに亡くしており、周囲の人間から「異質的な血」（「万里子」）を執拗に注視されている。しかし一方、万里子は対照的な青色のイメージも身にまとっている。父母との思い出につながるカリフォルニアの青い海や（「小さい顔」）、光の加減によって青くも見える目などである。物語の途中まではまったく地味な存在である万里子は、結末に至って最重要人物になるのだが、それは省三が、スパイの濡れ衣で監禁された中国人を連れ出して自身も軍を脱走し、ゲリラに合流するという決断が、万里子の**ヒューマニズム**に影響されているからである。

　留守宅の万里子は、子どもを身ごもったことから、聖母マリアに祈るようになるが、マリアが図像的には、赤と青で描かれることは言うまでもない。しかし、彼女の信仰は、キリスト教の教義からは外れており、「みなさんは御自身のことより、世の中のためになることを考へたのです。貧乏で困つているものが貧乏でなくなり、お金があつて威張つているものが威張れなくなり、誰もが正しいこころで、同じようにしあわせに暮らされる世の中にしたいと考えたのですわ。〔中略〕みなさんは神様が望まれることを、人間の手ではじめたので、つまりは、同じことをしていなさるのだって。」というように、マルクス主義者を神様にたとえる独自なものである。つまり彼女は省三と感応しあうことで、政治的・文化的に対立する東西や、階級の上下、宗教と**マルクス主義**を架橋する。それは愛の実践なのだといえよう。

哲学と戦争、そして対峙する愛

この最終的な構成に大きな影響を与えたのは、哲学者の**田辺元**(5)との交流である。二人の関係を、よく言われる老年の恋ではなく、思想的な交流として考えよう。田辺の重要な思想に、生涯取り組んだと言ってもいい〈**種の論理**〉がある。戦中のエリート学生たちに影響を与えた〈種の論理〉を、簡単にまとめておくと、類と種と個の関係について考察したものだが、これは田辺にとって、民族主義に基づいた全体主義が国家を戦争に向けて急速に押しやっていくなかで、国家をいかに理性的なものならしめるかという、社会的・実践的な意図を持ったものであり、ヘーゲルの弁証法、マルク

(5) 田辺元(一八八五―一九六二) 西田幾多郎とともに京都学派を代表する哲学者。ドイツ留学時にはフッサールやハイデガーと交流した。〈種の論理〉は一九三四年頃に整えられる。
北軽井沢の別荘村で近所だった彌生子との交流が大きな転換を迎えたのは、一九五一年に田辺夫人が亡くなった後である。彌生子の夫、豊一郎もすでに亡くなっている。二人の書簡のやり取りは、『田辺元・野上弥生子往復書簡』上・下(岩波書店、二〇一二年)で読める。

スの唯物弁証法の双方を批判したものであった。

〈種の論理〉において、類と種と個は、連続した関係における量による相対的な違いではない。それぞれはそれ自身の固有なる内容を持つ。個は種との対立において成立し、類も種の否定を通して成立し、いずれも否定を介して相互に関係しあう、〈絶対媒介〉と言われる関係性としてとらえられる。それは、哲学の思考法の一つである**弁証法**(6)の徹底としての意義がある。

田辺にとって真の弁証法とは、矛盾を矛盾のまま包蔵していなければならず、しかも、止揚しなければ弁証法ではない。止揚するものが何か〈有〉であるならば、それは絶対と言えども、他との依存関係にある相対の一つに過ぎない。絶対が可能だとすれば、矛盾の綜合ではなく、両者とも否定することによってかえって生かされるような、逆説的媒介の働きしかない。田辺が主張する絶対無、すなわち死即生である。これが現実的な種や**国家**について展開されたのが〈種の論理〉である。

種は、「血」や「土」に関連付けられる統一原理で、個を強制する。それぞれの種族はほかの種族と対立する特殊なものである。個は種から逃れ出ようとし、種は個を絶滅しようとして深刻な対立に陥るが、この交互否定が絶対否定的に主体の肯定に転じたものが、個の人類的普遍性の獲得、つまり類との統一において個がそれとして生まれなおすことである。田辺は、この理想的な類を国家として論じている。

この分量ではまとめきれないので、解説は専門家によるものを読んだ方がよいが、

(6) 物の考え方の一つの型。哲学において、物の対立・矛盾を通して、その統一により一層高い境地に進むという考え方。定立(テーゼ)と、その否定である反立(アンチテーゼ)を、さらに高い立場である綜合(ジンテーゼ)に統一する作用を止揚(アウフヘーベン)と言う。

『迷路』との関連で当面問題なのは、自分の個を積極的に生かすはずの〈否定〉が、現実の〈死〉として捉えられ、個人が国家のために死ぬことを正当化する論理として、知識階級の学徒たちが戦場に赴く後押ししたことである。『きけわだつみの声』(7)の木村久夫の文章が、田辺元の『哲学通論』の余白に書かれたものであることは有名である。インテリであればこそ、戦中の自分の行動を納得させてくれる拠り所が必要だったのだ。だから、その後の田辺は、自身の仕事を反省的な『懺悔道としての哲学』(一九四六年)などに鍛えなおし、戦後は軽井沢に閉じこもり、思索だけを続けた。

ではその思想はどこが変わったのか。端的にいえば、理性的ではあり得なかった国家と、個人の実践の後景化である。それとともに、愛としての神の重要性が強調されることになる。これは仏教的な用語をもっては「自力」から「他力」への移行として語られ、同時にキリスト教の「神の愛」「隣人愛」にも同様の働きをとらえている。

そうすると、『迷路』の終局が類似の構造を持っていることが理解されるだろう。たしかに田辺は、結末を書きあぐねる彌生子に対し、「此際、科学主義リアリズムの限界を自覚自認なさって、その最後の帰結を、この立場の絶対否定、すなわちその死即生に御委ねになるのが霊的絶対無の転換ではございませぬでしょうか。その時無の積極的内容として還相せられるのは、すなわち無即愛の救済力でございます。」と書き送っている。省三が自ら死んでも中国人・陳を救うことが、復活でもあり、マルク

(7) 第二次世界大戦で戦没した学徒兵の遺書を集めた遺稿集。一九四七年、東京大学協同組合出版部。編集に関しては、さまざまな議論がある。木村久夫は、京都帝国大学学生だったが、BC級戦犯裁判で死刑になった。

スの説いた人類愛になるとアドヴァイスしているのである。(8)

確かに、省三は類―種―個の問題系を個人の生き方として具現化した恰好の例だとも言えよう。省三の郷里の町は、二分された勢力が政治・商機をめぐって争い続けており、土地に根ざし、個人を強制的に従わせる閉じられた社会は、田辺のいう種に相当する。政治家・垂水や豪商・増井のように、このような郷里のつながりによって動かされている日本国の政治・経済も、田辺のいう意味ではいまだ種に留まる。省三のみはそうした因習を破るべく、敵対する勢力の慎吾と接触を試みるし、国を超えてゲリラに合流も試みる。種の強制力を突破する個が、類という人間の普遍に向けて行動を開始すると言えるだろう。それを田辺はマルクス主義と宗教の絶対媒介まで徹底するように彌生子に勧めたのだ。完成した結末を読んだ田辺は、「深き感動に打たれました」と大満足だった。(9)

しかし、高名な哲学者の影響を受け、作品が素晴らしく仕上がったことを言いたいわけではない。田辺は、万里子の存在をとらえ損ねているからである。先ほど述べたとおり、なぜ数多い女性人物のなかで、万里子だけが終局の重大な役回りを任せられるのかといえば、それは彼女についてだけ、**愛**と**性欲**が幸福な形で結びついているからである。万里子は恋愛についても奥手だったが、結婚後は健やかな性欲を充足させていることが明示されており、子どもはその結実として、複数の血と時間を引き継いでいく。すべての作中人物が死にゆくなかで、万里子はただ一人、それゆえに生きて

(8) 彌生子宛書簡、一九五六年二月二四日、『田辺元・野上弥生子往復書簡(上)』岩波書店、二〇一二年。

(9) 彌生子宛書簡、一九五六年四月十二日、同書。

いる。冒頭の図式をもっていえば、〈血〉を身に引き受ければこそ、他のすべてを包括できるのである。

だが田辺思想における**身体**は、高度な思索として扱われてはいるが、基本的に克服されなければならないものである。田辺にとって〈血〉は、否定すべき種的社会に関連づけて使われており、それ以前に、「情欲に克つの人も、その克己を誇る我性に支配せられざること稀」(「社会存在の論理」一九三四年)と言われるように、情欲は、思惟の前に否定されるべき卑俗な現象であったと言える。田辺は、万里子を省三と精神的に一体のものと見ているようだが、小説にとっては、対立した上での万里子の感化が重要なのである。

田辺からすれば、この単純な対立は低レベルの弁証法かもしれない。だが戦後の田辺の「この東洋的無を現に思想として活かすことのできるもの、日本人を措いて外にない」(10)などの日本人として自負が、思考の優位性、言い換えれば敗戦によって実際の政治参加を無力化された位置の裏返しであることをみるとき、事は複雑である。それへの批判を含む彌生子の小説を、戦争に行かなかった者の絵空事とばかりは言えないからである。田辺と野上は、省三と万里子のような一体化する愛だとは言い切れないのかもしれない。

(小平)

(10)「キリスト教とマルクシズムと日本仏教」『田辺元全集』第十巻、三〇四―三〇五頁。

第三の広場　崔仁勲『広場』

南でも北でもなく、小さな青い広場

朝鮮戦争（韓国戦争　一九五〇―五三年休戦）が起こってから七〇年、一九四五年に南と北が分かれてからは既に七五年を数える。この間、戦争と分断を語った詩と小説は数多いが、崔仁勲《チェインフン》(1)の『広場』はそのなかで依然として最高の座を維持している。特に、一九八八年南側による越北文人作品の解禁措置後、二〇〇〇年代に入り、映画『ＪＳＡ』『シュリ』『トンマッコルへようこそ』など、イデオロギーのタブーが解けた**分断小説**、**分断映画**があふれんばかりに現われたが、依然として小説『広場』のオーラを超えることはできなかった。

小説『広場』が誕生し得たのは、一九五〇年代に押し寄せたマッカーシズムという反共主義の姿が暫時、姿を隠した一九六〇年四月革命のお陰であった。しかし、小説『広場』の誕生の出発点は、崔仁勲が高校時代に接した朝鮮戦争当時の原経験、すなわち北側の元山港を発ち、米海軍のＬＳＴ艦艇に乗って南に避難してきた経験であろう。南と北という大地から離れて揺れるＬＳＴ艦艇のなかで、すでに南と北という巨大な「広場」を見失ってしまったことによるとおもわれる。

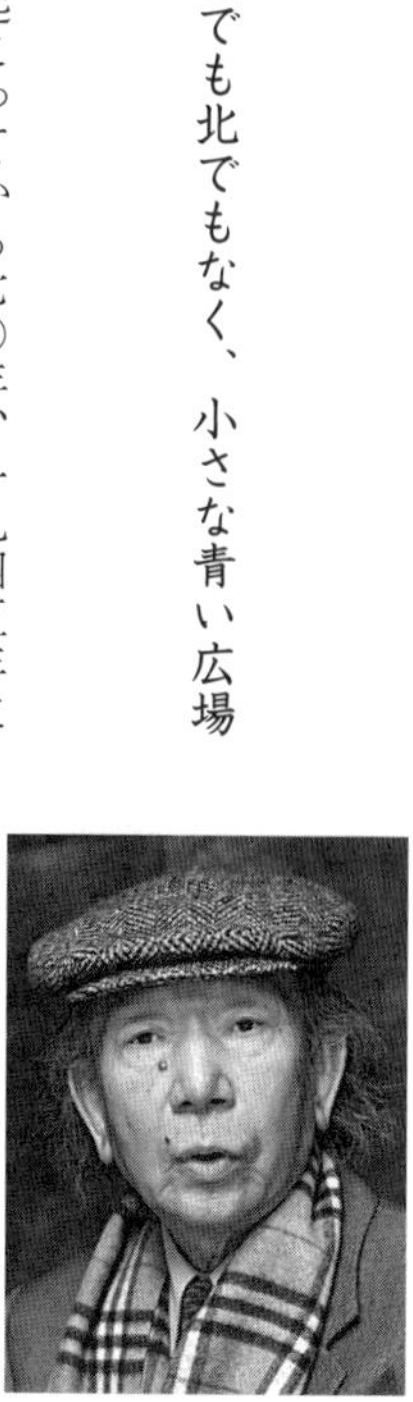
崔仁勲

（1）崔仁勲（一九三六―二〇一八）　朝鮮の咸鏡北道会寧郡に生まれる。ソウル大学法学部中退。一九五九年「グレイ倶楽部顚末記」と「ラウル伝」で小説家として登壇。一九七七年からソウル芸術大学の教授として在職した。代表作は『広場』『九雲夢』『総督の声』など。

科学の広場から詩の広場へ

小説『広場』の主人公、李明俊《イミョンシュン》は韓国戦争を前後して朝鮮半島を縦断する。戦争直前にはソウルから平壌へ、戦争とともに再び南に戻る。戦争中、愛していた恩恵《ウネ》が亡くなってから捕虜になるが、**捕虜収容所**から出ると、彼は南でも北でもない中立国行きを選ぶ。しかし、中立国行きさえ放棄して、結局、海へ身を投じる。

このように主人公の李明俊は世界との戦いに敗れるほかなかったが、作家崔仁勳は「主人公が出会った運命はあまりにも突然だった」し、それを克服できず「力尽きた」という。また世界との戦いに勝つのは「小説ではなく歴史」の役割だともいう。(2) 戦争と分断の傷跡が七〇年後の今も依然として無惨な形で残っているのだから、一九六〇年の李明俊にそのすべてを越えろというのは無理な頼みに違いない。しかし、李明俊は「風聞に満足しないで、常に現場に留まろうとした」(3) 人である。

朝鮮戦争以前の李明俊は、南の広場に幻滅を感じ、北の広場を訪れるほど、世界との戦いで負けまいとする覇気を備えていた。

政治？　今の韓国の政治とは、アメリカ軍部隊の食堂から出るゴミをもらって、〔…〕政治の広場に出る時、袋と斧とシャベルを持ち、覆面をして泥棒しに行きます。／〔…〕市場、それは経済の広場です。経済の広場は盗品だらけです。／

（2）崔仁勳『광장／구운몽』序文、문학과지성사、一九九四年（初版一九七六年）、一三―一四頁。

（3）崔仁勳『広場』吉川凪訳、CUON、二〇一九年、五頁。原作は『광장（広場）』Moonji Publishing Co.、一九九六年版。以下、本文中では訳書の頁数のみ記す。

〔…〕文化の広場はどうだって？　でたらめの花が満開です。／またそこではアヘンの栽培が盛んです。（六二―六四頁）

そうだ。労働新聞社編集室にいた頃。その集団農場の記事に関して自我批判をした日の夕方、彼を見つめていた編集長と三人の同僚らが、こんな目をしていたわけ。／〔…〕小ブルジョア的判断によって、現地の同胞たちの英雄的な増産闘争の様子の姿を把握することに失敗し、主観的判断に基づいた、誤った報告を送ってきました。（一一四―一一六七頁）

南側にいた李明俊が北に去ったのは南側の政治の広場が米軍部隊のゴミでいっぱいになったためで、ブルジョアらの「略奪と詐欺」が済めば、がらがらになる広場、「死んだ広場」（六六頁）だったためだ。しかし、彼が北で出会った広場は「一等になっても賞品がない」ため「誰も走ろうと」しない（一六五頁）広場であった。北で労働新聞社の記者になった李明俊は、集団農場を見て回った後「個人的な欲望がタブーにされている」北の政治経済の広場を批判する記事を書く。しかし、結局、自己批判の対象になるだけであった。南と北のどの広場にも頼れなくなった彼がついに探し出した「最後の広場」は、これまで彼が描いてきた広場のなかで最も小さなものであった。

彼は万年筆を指に挾んだまま、机の上に両腕で円を作り、両手の指を組んでみた。両腕の中の丸い空間。人が一人入れば埋まってしまうこの空間が、ついに彼がたどり着いた最後の広場であるらしい。真理の庭はこんなに狭いものか。(一六五頁)

その「狭い」広場は、李明俊が北で出会い愛することになった恩恵が入れば、いっぱいになる広場であった。そのため、その狭い広場に英雄が入る場所はない。「僕は英雄が嫌いだ。平凡な人が好きだ」、「何億匹の人間の中で、名もない一匹」、すなわち「小さな広場」と「一匹の友」をくれ(二四一頁)と彼はいう。

一匹の友が入る小さな広場は、まさに南と北の巨大な広場が崩れた場所に入った広場である。その広場は、イデオロギーが支配するいわゆる「科学」の広場、対立と葛藤が常に存在する広場ではなく、英雄のいない平凡な人々の愛だけが残っている「詩」の広場である。

「李トンムが首相だったらどうしたと思う?」/「僕? 僕ならこんな馬鹿なまねはしない。戦争なんてしない。僕なら、こんな内閣命令を出すね。朝鮮民主主義人民共和国のすべての人民は、人生を愛する義務を負う。愛さない者は人民の敵であり、資本家の犬であり、帝国主義者たちのスパイだ。何人《なんぴと》といえども、愛さない者は人民の名において死刑に処す。／「〔…〕そんな詩人を首相に持つ人民は、とんだ災難ね」／「詩人？　ああ、それなら、こんなことを引き起こすやつらが科学的だとでも言うのかい？　違うよ」（二〇四―二〇五頁）

崔仁勲が李明俊を通じて探しだした広場は、人類が二十世紀という近代に入ってから見つけた二つの巨大広場の向こう側の広場である。六〇年代の冷戦と、新自由主義の溶鉱炉を越えて、ついに到達する近代以降の広場、すなわち持続可能で、分かち合い愛があふれる、小さなコモンズで構成される小さな村、**小さな広場**である。そこは**「科学」**の名で戦争をし、科学の名で環境を破壊し、科学を搾取と収奪の道具にするところではなく、「愛する義務」を持つ人民共和国、「詩人」が首相を務める共和国である。

中立の広場と対岸の広場

巨大な広場が消えたところに残ったその小さな広場も、李明俊には許されなかった。彼の小さな広場は、二つの巨大な広場の衝突によって崩壊した。**洛東江戦闘**(4)で北は釜山まで陥落させるため、南は釜山だけは守るため総力戦を繰り広げた。そのなかで李明俊が抱いていた小さな広場さえ崩されてしまった。

（4）朝鮮戦争中である一九五〇年八月から九月にかけて、朝鮮半島の東南部に位置する慶尚道《キョンサンド》一帯を流れる洛東江を挟んで南と北が激しく攻防を繰り広げた戦闘。

李明俊が洛東江戦闘の真っ只中で、ロシア慰問公演に出かけた恩恵と再会し、「戦車と大砲を守れと連れてこられた」その戦場で、彼らは「原始の広場」を訪れた。しかし、「半径三メートルの半月形の広場、生きていることを確かめる、最後の広場」で「死ぬ前にせっせと会いましょう」という約束（二〇九頁）を守れず、恩恵は、「洛東江に水ではなく血が流れた」という戦闘があった日、戦死してしまう。

戦争が休戦に入り、巨済島《コジェド》捕虜収容所で生き残った李明俊にも送還登録の日程が決まった。恩恵という「最後のマスト」まで折れた李明俊の船は「狂信」だけが残っている北の広場に行く理由もないし、「狂信」どころか「何の信念も存在しない」南の広場（二二四頁）はもっと虚しいので、李明俊は南と北どちらも選ぶことができない。

その時「袋小路で魂が抜けたようにしゃがみこもうとしている」ところへ、「突然ロープが下りてきた」（二二六頁）。それがまさに**「中立国」という広場**であった。

李明俊は中立国の「病院の守衛」になったり、「消防署の見張り番」または「劇場の切符売り」になったりする夢を見る。戦争に導いた南北の巨大イデオロギーの広場ではなく、中立の広場が持つ素朴で小さな喜びを彼は望む。病院の守衛になって「看護婦たちに頼まれるお使い」を喜んで引き受けていったら、たぶん「小遣いを集めて安物の帽子や靴下みたいなささやかなプレゼントをくれる」かも知れないし、その場合、彼は「お礼を言い、腰をかがめて受け取」った後、にっこりするといった想像（二三三頁）をする。

しかし、愛を分かち合う「一匹の友」もいない中立国の広場は、まるで「扇の要《かなめ》」みたいだと彼は言う。扇子を広げた時、扇子の先端部分の面積が一番広くて、手の内側に移るにつれだんだん狭くなっていくように、李の広場も年をとるにつれてだんだん狭くなった。ソウル大学の新聞を小脇にはさんで歩いていた哲学科の学生李明俊が「扇子の広い方の縁」を歩いていたとするなら、「朝鮮人集団農場の宿舎の窓から燃える夕焼け」を眺めていた彼は扇面の中ほどを歩いていたわけで、その後、彼の広場は次第に縮んでしまい、恩恵がいなくなったあとは「扇の要《かなめ》」すなわち「ついに両足の立つ面積」になってしまった（二五二頁）。恩恵が消えたあと選択した「中立国」という広場は、ただ小さくてささやかな喜びを抱かせるだけのもので、彼が望んでいた広場ではなかったのだ。

希望への船出、新たな人生の門出ではないか。どうしてこんなに寂しいのだ。／〔…〕海。彼女たちが思い切り飛び回る広場に、明俊は初めて気づいた。扇の要まで後退した彼は、今、後ろを振り向く。正気を取り戻した目に、青い広場が映る。／〔…〕墓に打ち勝った、忘れ得ぬ美しい女たち(5)が、手招きをする。わが子よ。ようやく安心する。昔、野原で神秘的な体験をしたことを、ふと思い出す。すると、いつだったたか、こんなふうにこの船に乗っていて、あの原野を今みたいに思い出したこと、そして娘を呼んだこと、こんなふうに安心したことを思い出した。鏡のな

（5）「美しい女たち」とは「カモメ」のことである。

かの男は、晴れやかな笑顔だ。（二四二―二五三頁）

崔仁勲が数回にわたる改作で完成した『広場』の最後の部分である。一九六〇年十月、雑誌『夜明《セビョク》』に発表した時、中編小説の大きさだったものが、単行本で出版されたときには、四万字も書き加えられた。以後、版が変わるたびに少しずつ修正されたが、『崔仁勲全集』では、再び大幅に修正された。彼が最後まで苦慮し、修正を繰り返したのは、「カモメ」が登場する前記の引用箇所である。

「カモメ」は小説の最後だけでなく、小説の導入部分にも登場する。中立国行きの捕虜たちを乗せて行ったインドの船タゴール号の船長は李明俊に、彼を追いかけてくるカモメを指して「死んだ船乗りの魂」あるいは「船乗りのことが忘れられない女の心」（二三頁）と教えてくれる。李明俊はその時、その船長室から眺めた海を「まぶしい光の扇」のようだ（二二頁）と言う。

中立国行きの素朴な夢に胸を膨らませるものの、その広場は「扇の要」、両足の面積ほどの広場／密室しか持っていなかった。しかし彼は、ついに新しい広場を見つける。それは彼が言及したとおり「**青い広場**」である。密室しか残っていない広場の端っこで、「墓の中で子供を産んだ」恩恵と生まれたばかりの娘、カモメたちを見つけたのである。

密室だけが残った「扇の要」から「後ろを振り向く」とそこに広がる「光の扇子」

のような広々とした青い広場が見える。すると、ようやく彼は「はれやかな笑顔」になる。しかし、その光の扇子のように広くて青い広場は、現実ではなく想像のなかの広場にすぎない。李明俊は結局、世界との戦いで負けてしまったのだろうか。

崔仁勲は一九七三年版の序文で「李明俊という潜水夫を想像の工房で製作し、生という海の中に潜らせた」が、彼は「イデオロギーと愛という深海の隠れた石に引っ掛かり再び浮上しなかった」と言った。広場で敗れ、密室に退いた「案内のない海に潜った勇士」とも言った。世界との戦いに負けたことを認めたのである。

それなら、彼はなぜ一九六〇年の原作を発表した後も数回の修正を経て、李明俊が愛した恩恵と彼女の娘を青い広場に呼び出したのだろうか。釈放捕虜である李明俊の中立国選択は、南と北に代表される近代イデオロギーが生み出した広場の否定と読まれているが、それでいいのか。またそれと同時に、彼が夢見た小さくて素朴だが、「愛する義務」を持つ広場は今なお有効なのだろうか。

明らかなことは一九六〇年、小説『広場』が書かれた頃、李明俊は「ヒョウ皮の太鼓が鳴り響く」原始の広場ではなく、「同じ社会にいても仲間であるとは気づかずに生活する」**近代の広場**（三頁）で暮らしていたということである。彼は二十世紀の近代が作り出した二つの巨大な広場がぶつかった狂気の戦争を直接体験しており、その狂気の戦争が終わった後は、「たんぽぽの種」のような小さな広場で「永遠」を見つけようとしていた。近代以後の光の扇子のような持続可能な小さな広場を求めて旅立ったが、彼はついにたどり着けなかったのだ。

そのうえ、狂気の戦争はまだ終わっていない。七十年余り休戦しているだけである。近代は依然として二つの巨大な広場の間で綱引きをしていて、小さいけれど愛のあふれる広場は依然として模索中である。巨大な広場を取り壊し、DMZ(6)の上に青い広場を建てる計画は依然として容易ではなさそうだ。（申）

（6）Demilitarized Zone の略。朝鮮戦争の休戦にともない、休戦線から南北各二キロ以内は武装しない協定を結び形成された非武装地帯。

「歴史」が踏み潰した言説

李鋭『旧跡　血と塩の記憶』
文革は中国人のアウシュヴィッツだった

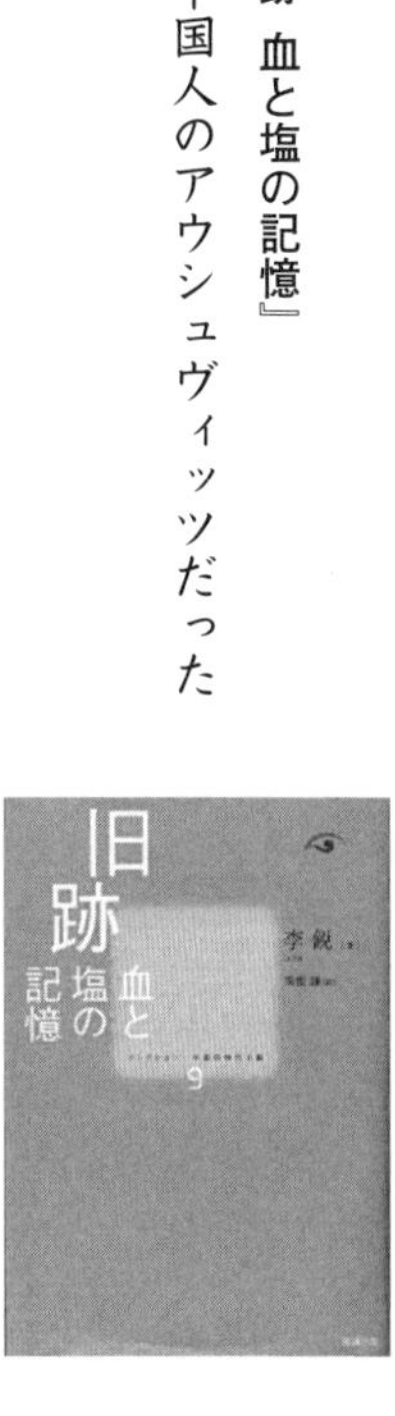

李鋭『旧跡　血と塩の記憶』勉誠出版

真実の集合が歴史となる、という善意の解釈は二十世紀中国には当てはまらない。その時代の「歴史の真実」を認定し、公式なディスコースとして提示する操作は権力によって行なわれる統治のルーティーンであり、それに反対することなど考えられなかった。こうして作られた歴史が権力の正統性を証明する道具として重要な地位を占める。皮肉なことに、この傾向が顕著となるのは中国の**抗日戦争期**のことで、中国の知識層はこの時初めて一つの正義の旗印のために表現が統一される経験を強いられた。その後人民共和国が建国されると、ただちに凄惨な**粛清**が連続し、**文化大革命**に至って、滑稽なほど単一なテキストのなかに「歴史」が押し込まれていった。

E・H・カーは「歴史とは歴史家と事実の間の相互作用の不断の過程であり、現在と過去とのつきることを知らぬ対話(1)」だと述べ、歴史家の思想、哲学の不可欠性を指摘したのだが、ここには重要な前提が必要だった。その「現在」に生きる存在が個としての自由と尊厳を持っていることである。中国では文革の嵐の収まる一九七〇年代最後期にようやく「**改革開放**」の経済的向上と情報社会の発展が人々を包み込んでい

（1）カー『歴史とは何か』清水幾太郎訳、岩波新書、一九六二年。

き、思想的自由度は相対的ではあるものの、それまでになく広がっていった。この時代の雰囲気は文学界に反映され、多くの作家がタブーに挑み始めた。一九八〇年代、文革の悲痛な実態を暴く小説群がその先駆けとなり、**実験小説**と呼ばれるポストモダン的作品が勢いづいて後に続き、歴史の再構築の試みが多くの読者を獲得していった。この趨勢は八九年の**天安門事件**で冷や水を浴びせられるが、さまざまな文学的表現が展開するなかで、確実に継承されていく。李鋭の『旧跡』はその優れた成果と見ることができる。李鋭は本作の後記に次の一文を記した。

私のペンの下で登場人物が一人一人死んでいき、私の惨憺たる物語が冬の寒風のなかで終わりを迎えるのを見つめていると、時間の冷たい水のなかに、どうしようもない悲哀が深く浸されていく……〔中略〕私はすべてが偽りだと知っている。／私はすべてが真実だと知っている。／私はすべてが活きている一人一人の、死んでしまった一人一人の中国人の話だと知っている。

李鋭[(2)]は一九五〇年九月、建国一年後に北京で生まれた。原籍地は本作の舞台となった四川省自貢。ちょうど文革の始まる年に北京の中学校を卒業、文革の嵐に巻き込まれて、山西省呂梁の山村に「**下放**」している。下放とは都市部の青年学生を農山村に送り込み、開拓や農耕の労働に従事させながら思想改造に取り組ませる運動で、文革

（2）本名同じ。かつて毛沢東の秘書であった「李鋭」とは別人。

中に一六〇〇万人もの若者が都市部から辺境に移住した。毛沢東自らの指示によるもので、自己の革命性を証明するために志願して都市を離れるものが多かった。李鋭も高級幹部だった父李成之に反革命の嫌疑がかけられたことで、下放を志願せざるを得なかった。山村で六年間農民として生活したのち、山西省の地方都市の労働者として転出する機会を摑んだ李鋭は、工場労働に従事することになるが、ここで彼は文学の創作を開始する。そして文革の終結をその地で迎え、やがてそれまでの創作活動が認められるようになり、山西省の文芸誌『汾水』編集部に異動する。文壇での飛躍は一九八六年、短編小説集『厚土』(3)が高く評価され、彼は国内と台湾で複数の文学賞を受賞したのだ。その後、九〇年代に『旧址』(拙訳『旧跡』(4))をはじめとする数編の長編作品を発表し、作家李鋭の名は広く知られるようになる。その優れた文学上の功績に対し、二〇〇四年にはフランス政府から「**芸術文化勲章**(5)」が授与された。『旧跡』以外に、李鋭の作品の邦訳としては『無風の樹(6)』があり、この小説では**風土病**としてカシンペック氏病が蔓延する寒村の文革期を中心にした凄絶な物語が、濃密な文体で繰り広げられている。この他の長編としては、『無風の樹』の姉妹編となる『万里無風』、『旧跡』の舞台となった「銀城」の歴史をさらに辛亥革命まで遡った『銀城故事』、伝道のために四川に入ったキリスト教宣教師の苦悩を描く『張馬丁的第八天』(「張馬丁の八日目」)などがあり、邦訳がないのは残念だが、いずれも迫力に満ちた傑作である。李鋭文学は日本語の他に、英、仏、独、オランダ、スウェーデンなどの

(3) 副題「呂梁山印象記」。
(4)『旧跡——血と塩の記憶』関根謙訳、コレクション中国同時代小説第九巻、勉誠出版、二〇一二年。
(5) L'Ordre des Arts et des Lettres
(6) 吉田富夫訳、岩波現代文庫、二〇一一年。

言語に翻訳紹介されている(7)。李鋭は現在北京在住で旺盛な文学活動を続けており、夫人蔣韻、一人娘の笛安も同じく作家でそれぞれ活躍している。

李鋭『旧跡　血と塩の記憶』に描かれる世界

本作は二十世紀中国の凄絶な歴史を生きた人々の人生を描く大河小説である。この時代、中国は欧米列強の侵略にさらされ、清朝末年の混乱から、**辛亥革命**、数々の蜂起と軍閥の抗争を経て、抗日戦争の十五年間を迎える。抗戦勝利後の一時の安定は、再び国共内戦によって破られ、人民共和国建国の希望も束の間、人々は繰り返される政治運動に巻き込まれて、粛清と抑圧の厳しい生活を強いられていく。そして文化大革命十年の動乱が人々を凄惨な運命に追い込んでいくのである。物語の舞台は「銀城」という四川省の架空の地方都市、この町は古くから岩塩の産地として名を馳せていた。この古い町で大きな勢力を誇る二つの名家、九思堂李家と大興公司白家の一族をめぐって物語は紡がれていく。九思堂は伝統的な塩業の旧家であり、大興公司はアメリカ資本のモービルをバックに急成長した新興財閥だったが、激しい勢力争いを展開して深い憎悪を抱くようになっていた。この敵対する二大ファミリーに生を受けた李乃之《リーナイチー》と白秋雲《バイチュウユン》が、さまざまな困難を乗り越えて愛を育んでいくストーリーが物語前半を牽引する。まさに『ロミオとジュリエット』を彷彿とさせる長編であった。

物語冒頭に置かれるのは、中華人民共和国建国後まもない銀城で行なわれた大規模

(7)『旧址』の英訳は *YingCheng*（銀城）、ハワード・ゴールドブラッツ訳。

な**公開処刑**の場。この日、人民の敵「反革命分子」として九思堂李一族の成人男子三二名を含む一〇八名が銃殺された。この処刑を免れた李家のただ一人の男子は李乃之、それは彼が当時中国共産党の地下組織のリーダーだったからであった。そして国共内戦後台湾に移住した新興の白家では、これもただ一人で銀城に残った女子がいた。その名は白秋雲、彼女を引き止めたのは、敵対していた李家の後継者李乃之への愛だった。物語はこの公開処刑の残虐な場面を詳細に伝えあと、一気に一九二〇年代に遡る。李氏中興の祖である李乃敬《リーナイチン》（乃之の父）と智謀戦略を巡らしてのし上がる白家総帥白瑞徳《バイルイドー》の激しい抗争を語り起こしていく。一方、李家の跡取り、乃之はその当時まだ学生だったが、革命派の教師に強くひかれており、頻発する**農民蜂起**に深く同情していた。そして蜂起失敗後に斬首の刑に処せられる恩師の姿を見た時、未来は革命でしか開けないことを確信し、次第に革命運動に身を投じていく。白家においては、瑞徳がモービル総支配人と留学時代に同窓だった縁故から一気にアメリカ資本を背景に巨大な勢力を築きつつあった。家庭内では欧米風の教育に徹しており、娘秋雲は教会学校に通わされていた。親の修羅場とは無縁に、秋雲は慎み深い優しい女性に成長していった。やがて運命の出会いがこの両家の娘と息子を結びつけるのである。一族の燃えるような野望と青年の理想、革命への献身と愛の葛藤、これらのファクターが複雑に絡み合って、一九三〇年代を波乱万丈の展開が貫いていく。

以上の物語を前半とすれば、後半は中華人民共和国建国の時代から始まる。乃之と秋雲は多くの子どもたちに恵まれ、新中国における幸福な人生をスタートさせたように思えた。しかし共産党政権は建国後すぐに苛烈な粛清を開始する。冒頭の銀城における公開処刑はその端緒に過ぎなかった。当時中国では国民党のスパイ、大地主、大資産家などを**反国家的犯罪者**として摘発する運動が全国で展開されていた。銀城の処刑はその一環だったのだ。次の一歩は思想文化面に対する粛清で「**胡風事件**(8)」や「**反右派闘争**(9)」など大規模な政治運動が展開し、自由な思想を持つこと自体が反革命として断罪されていったのである。李乃之と白秋雲をめぐる状況は極めて厳しいものとなっていく。そして毛沢東による文化大革命の発動がこの二人の愛の家庭を完全に粉砕してしまう。個人の出自から経歴の微細な部分に至るまで、反革命の証拠として調べ上げられ、乃之は自己の大地主の家の出身であることや抗日戦争時代の秘密裏の革命活動などが大きな問題とされ、**労働改造農場**に送られる。白秋雲は大資産家の娘であってブルジョア思想の塊とみなされて、極めて不衛生な肉体労働の現場で大衆の監督下に置かれることになる。二人は離れ離れのまま、乃之は衰弱死し、秋雲は自死して果てる。二人の間に生まれた子どもたちもそれぞれ凄惨な宿命に投げ込まれていく。

この物語は、李家のたった一人の生き残りである李京生《リーチンション》(乃之・秋雲の息子)がのちに地方史研究者となって銀城を訪れ、父母の生きた証を確かめる場面で終わる。銀城で京生を案内する文化部の役人は、公開処刑の最初の弾丸を李家当主の頭に撃ち込んだ男であり、京生を銀城に行かせたのは、渡米後老人ホームで暮らす白家の大叔

(8) 一九五五年に毛沢東によって発動された一大冤罪事件。「胡風反革命集団」として全国で二千名以上の知識人らが摘発された。

(9) 一九五七年に毛沢東の指示により展開した政治運動。思想粛清を徹底し、大学教授はじめ多くの知識人が労働による思想改造のために職場を追われ、辺境の地で強制労働に従事させられた。

母だった。李京生の前に響きわたる竹の林のさざめき、時の流れが止まってしまったような感覚に捉われ、物語は結ばれていく。

銀城と自貢――塩の物語

『旧跡』は作家李鋭の家族の歴史を踏まえて構想された長編小説である。舞台となった自貢は、内陸の塩の産地として有名な町だった。広大な四川盆地の南部に位置し、西北の成都、東南の重慶と等距離で結ばれている。平均海抜三百メートルほどの台地状の土地で、非常に古い地層の上にあり、漢代以来岩塩の生産で栄えてきた。**太平天国**(10)の頃にはすでに四百を超える塩井ができていたという。また長江に流れ込む河川を有する地の利を活かし、塩の運搬のための河運が発達した。のちに**戦時首都**(11)となる重慶と緊密に繋がり、船舶運輸によって全国に塩が運ばれていったのだ。抗日戦争において、自貢はその存在価値を決定的に高めた。日本軍の沿海部制圧によって海塩の国内への供給が絶たれ、塩は四川に頼らざるを得なくなり、自貢が中国の命綱となったのだ。日本軍の**重慶爆撃**の際には、自貢も爆撃されたが塩の生産は堅持された。

発展した塩業は、運輸、畜産、天然ガスなど他の産業の隆盛も招いた。自貢にはギルドが成長し、海外資本からも着目されていく。そして産業の発展が文化や教育を向上させ、誇り高い知識人が育っていった。中央に対する強い抵抗意識も自貢の風土的特色である。自貢には「塩の物語」を構成するための劇的な要素が揃っていたのだ。

(10) 清末一八五一年に起こったキリスト教を中心思想とする大規模な反乱。十年以上にわたって全土を制圧した。

(11) 日中戦争の際、一九三七年の首都南京陥落を目前にして、蔣介石政府は重慶を戦時首都に決定していた。

李鋭の実家も名門の塩商だった。『旧跡』の主人公李乃之のモデルとなる実父李成之は、実際内戦時に共産党地下組織の指導者で、建国後は一時期北京郊外の専門学校校長を務めていた。また父の姉はのちに中将にまで出世する国民党軍将校に嫁いでおり、内戦後は台湾で暮らしていて音信不通だったが、**改革開放**後に消息がわかった。その手紙のやり取りが本書執筆の重要な動機となっているという。実父にはもう一人の姉がおり、印象深い登場人物李紫痕《リーツーヘン》のモデルとなった。彼女は伝奇的な活躍で党組織の地下活動を支えていたのだ。しかし共産党政権下の粛清の嵐は、李鋭の一族に容赦なく襲いかかった。実父は地下活動中に一時国民党軍に拘束されたことがあったが、このことによって文革中に「反革命」の嫌疑をかけられ「五七幹校」と呼ばれる思想改造所に入れられ、劣悪な環境のなかで死んだ。そして母も強制労働と自己批判に明け暮れる日々を送り、監視されたまま病死した。李鋭自身も辺境での厳しい労働に志願せざるを得ず、教育の機会も失われた。こうした凄絶な記憶が『旧跡』の登場人物のリアリティを決定的に裏付けているのだ。

『旧跡』は、官製の歴史に対するアンチテーゼであり、微小な存在の歩みを積み重ねることによって再構築された、中国人の真実の歴史である。李鋭は統治者たちの宿痾である知識人への深い憎しみの矛先を全身で受け止め、小さきものの叫びを綴った。文革は中国人の「**アウシュヴィッツ**」だったと彼は言う。そしてこの廃墟を踏まえてすべての中国人は出発しなければならない、と語るのである。

（関根）

戦後第二世代　ゼーバルト『移民たち』

ナチスを知らない世代による「過去の克服」

ドイツにおける戦後第二世代の文学を語るためには、その前の世代のことからはじめなければならない。小説**『ブリキの太鼓』**(1)（一九五九年）は、世界的にもっともよく知られる戦後ドイツ文学の一つである。その著者**ギュンター・グラス**は、一九二七年生まれで、ナチス・ドイツ時代（一九三三―一九四五）に青春時代を過ごした。つまり、いわば「戦争を知らない子供たち」として育った戦後第二世代とは異なり、第二次世界大戦を直に体験した世代である。グラスは戦後ドイツを代表する作家として、善良ぶった市民がファシズムをたんに黙認しただけでなく、多かれ少なかれそれに協力し加担していたことをくり返し告発した。**ホロコースト**という未曾有の残虐を生みだしたドイツ市民社会を批判的に描き、その自己欺瞞を暴露しつづけたのである。それによりグラスは、ドイツのいわゆる「**過去の克服**(2)」を文学で体現する存在とみなされるようになった。政治的にはドイツ社会民主党（ＳＰＤ）を積極的に支持する良識的左派として知られ、一九九九年にはノーベル文学賞を受賞した。

ところが、である。よりによってそのグラスが、二〇〇六年に刊行された自伝『玉

(1) フォルカー・シュレンドルフ監督による映画化『ブリキの太鼓』（一九七九年）もすぐれており、カンヌ国際映画祭でパルムドール賞、アカデミー外国語映画賞を受賞している。

(2)「過去の克服」とは、ホロコーストや侵略戦争をはじめとするナチスの過去に対する戦後ドイツのさまざまな取り組みの総称である。

ねぎの皮をむきながら』で、十七歳の時にナチスの武装親衛隊に所属していたという過去をはじめて告白した。マスコミは騒然となり、ノーベル賞は返還するべきだという声まで出てきた。しかしなぜグラスは、自らもナチの一員だったという過去を、このタイミングで打ち明けたのだろうか。この告白によって、過去の作品の信憑性までもが揺らいでしまうことは誰の目にも明らかであったのに。

グラスの告白の背景にあったのは、ドイツ史上のみならず、世界史的な意味をもつ政治的激変である。**一九八九年**、資本主義の西側諸国と社会主義の東側諸国との対立を目に見える形で象徴していた**ベルリンの壁**が崩れ、翌年には**東西ドイツが再統一**された。これによって、冷戦という政治的枠組みが通用しなくなり、戦後ドイツをめぐる言論に大きな変化が生じた。冷戦の最中には当たり前とされていた歴史観が一気に揺らぎ、相対化され、複数化され、右派からも左派からも、新たな戦後像が競うようにして提示されるようなった。そこにはたとえばネオナチのように、それまでタブーだったものも含まれていた。**冷戦の終了**とはつまり、戦後の終了ではなくて、むしろ新しい戦後の開始だったと言うこともできよう。先に述べたグラスの告白は、このような政治的コンテクストを視野に入れてはじめて理解の端緒が開かれるものである。

戦後ドイツ文学を代表する一人であるグラスは、第二次世界大戦を直接経験した世代に属する。この世代は、ナチス時代をその現場で見た目撃者として語ることができる。対して、それに続く戦後第二世代は、大戦を、身をもって体験していない。彼らはナチスという「過去の克服」をめざす戦後ドイツの枠組みのなかで教育を受け、反ファシズムの価値観をごく自然に身につける一方で、自分たちが直接加担してはいない戦争責任の問題に直面させられている。一九六八年の革命的な学生運動を担い、前の世代の戦争加担を呵責なく批判したのはこの世代の人々である。

一九四四年生まれの**W・G・ゼーバルト**は、この**戦後第二世代**に属する作家である。風光明媚で知られる南ドイツのアルゴイ地方を故郷とするが、ドイツ社会に馴染めなかったと見え、若い頃から国外で暮らした。スイスや英国マンチェスターで文学研究者としてのキャリアを積み、一九七〇年から交通事故で亡くなる二〇〇一年まで、イングランド東部の町ノリッジにあるイースト・アングリア大学でドイツ文学を講じ、そのかたわらで文学創作に励んだ。一九九二年に刊行された物語集『**移民たち**』は、完成度から見ても、テーマから見ても、代表的なゼーバルト作品であるといってよい(3)。そのテーマとは、移民として故郷から離れ、いわば根無し草として生きる人々の苦難であり、その典型としての二十世紀の**ユダヤ人**の受難史である。これは、ゼーバルトの最後の作品となった『**アウステルリッツ**』を貫く中心テーマでもある。

『移民たち』は副題が示すとおり「四つの長い物語」からなる。それらはそれぞれ独立して読める内容だが、少なくとも二つの点で共通している。主人公の名前をタイトルとしていることが一つ、著者であるゼーバルトその人と見まがうほど似ているドイツ人の「私」によって語られることがもう一つである。

(3)『移民たち——四つの長い物語』鈴木仁子訳、白水社、二〇〇五年。ゼーバルトの散文作品としてはほかに『目眩まし』(一九九〇年)、『土星の環——イギリス行脚』(一九九五年)、『アウステルリッツ』(二〇〇一年)がある。

最初の物語「ドクターー・ヘンリー・セルウィン」の主人公は、語り手である「私」が一九七〇年、ノリッジに着任したときに借りた家の家主である。セルウィンは徐々に「私」に対して自分の境遇を語るようになる。七歳のときにリトアニアから移民してきた身の上で、ケンブリッジ大学を出て医者となった。財産家の女性と結婚し、そのおかげで豪勢な生活を送るが、第二次世界大戦とそれに続く二十年あまりは、彼にとって「暗澹《あんたん》たるひどい時代で、あの頃についてはは語りたくても語ることができない」[4]。開業医の仕事から引退した一九六〇年以降、社会とのつながりを失い、妻との関係も破綻し、動物と植物のみを友として生きている。語られる過去のディテールからは、セルウィンがユダヤ系の出自であることが暗示される。彼は七十歳を過ぎて、猟銃で自らの命を絶つ。

二つ目の物語「パウル・ベライター」では、「私」の小学校時の担任教師が主人公である。「私」は一九八四年、ベライターが、故郷の町の鉄道線路に身を横たえて自殺したという知らせを受けとる。怪訝に思い、七十四歳で自死をとげた元担任教師の来歴を調べはじめる。町には事情を語ることができる者は一人もいない。しかし、ナチス時代にフランクフルト[5]からスイスへ亡命した一家に育ち、ベライターの晩年の伴侶であったルーシー・ランダウが、「私」にとって思いもよらなかった過去を語る。若き日のベライターの婚約者が**ナチスの強制収容所**の一つであるテレージエンシュタットへ連行され、そこから帰ってくることがなかったということ、そしてナチス政権

（4） W. G. Sebald, *Die Ausgewanderten—Vier lange Erzählungen*, Frankfurt a. M. (Fischer) 1994, p. 35.

（5） フランクフルトはヨーロッパの金融の中心地（今日では欧州中央銀行の所在地）で、ユダヤ人が多く暮らした町であるから、ルーシー・ランダウがユダヤ系であることが暗示されている。

の時代にベライターが教職を追われ、それは彼自身にもユダヤの血が流れていたからだということである。セルウィンとベライターはともに晩年になって自殺するという点で共通しているが、彼らの孤独の原因にユダヤの出自があるという点でもまた相通じているのである。

三つ目の「アンブロース・アーデルヴァルト」は、「私」の大叔父の物語である。したがって主人公はドイツ人であり、ユダヤ系ではない。しかし移民としてアメリカに渡り、ユダヤ系で銀行業をいとなむ大富豪ソロモン家の子息コスモ・ソロモンの、執事兼、友人および愛人として世界中を旅しながら生きた経歴をもつ。コスモは第一次世界大戦のさなかに精神を病み、ニューヨーク州イサカ(6)の精神病院で亡くなる。その意味で、この物語もまた二十世紀におけるユダヤ人の苦難という『移民たち』の中心テーマに関わっている。コスモの死後、アーデルヴァルトもまたイサカの精神病院に入り、自ら進んで過酷なショック療法を受け続けたあげく、廃人のようになって死んで行く。

最後の物語「マックス・アウラッハ」は、一九六六年に二十二歳の「私」がマンチェスターに移り住んだときに知り合ったユダヤ系の画家が主人公である。一九二四年生まれのアウラッハは十五歳の時に、ナチスの支配下で**ユダヤ人迫害**が日常化するミュンヘンから、いわゆる「キンダートランスポート」(子どもの輸送)によってロンドンに亡命した。その際に生き別れた両親は一九四一年にリガの強制収容所に送られ

(6) イサカ (Ithaca) という地名は、ホメロス『オディッセイア』の主人公オデュッセウスの故郷と同名である。

て殺害されている。彼には、その後の人生がそのすみずみにいたるまで、両親の強制収容所への移送によって決定されてしまったかのように感じられている。アウラッハは「私」に身の上を語った後、母親ルイーザ・ランツベルクが残した手記を託す。それを頼りに「私」は一九九一年、ルイーザの故郷を訪れるが、そこで明らかになるのは、ドイツ人がナチスの過去についての記憶をすっかりなくしているということだけである。「私」は次のように述べている。「どこにいても目の当たりにするドイツ人の精神の貧困化と記憶の欠如、万事を解決済みにしてしまう手際の良さに、しだいに自分の頭脳と神経がさいなまれつつあることを、ますます強く感じるようになっていた」[7]。語り手の**記憶をめぐる旅**は、これまで埋もれていた記憶を掘り起こすことはない。その反対に、**記憶の抑圧と忘却**を明らかにするのである。戦後第二世代の「私」にとって、グラスに代表される戦後ドイツの「過去の克服」は、内実を欠いた絵空事でしかない[8]。

　家族あるいはごく親しい人をナチスの強制収容所に奪われ、自分だけが生き残るという経験は、アウラッハとベライターの物語では明示的に語られ、セルウィンの物語では暗示されている。強制収容所を生き残った者の**良心の呵責**というテーマは、オーストリア出身のユダヤ系作家ジャン・アメリー（一九一二―一九七八）やイタリア出身のユダヤ系作家プリーモ・レーヴィ（一九一九―一九八七）などによる、いわゆる**ホロコースト文学**の中心にある問題である。**アウシュヴィッツ**強制収容所を身をもっ

（7）W. G. Sebald, *Die Ausgewanderten*, p. 338.

（8）戦後ドイツの「過去の克服」の批判は、ゼーバルトの講義『空襲と文学』（一九九九年）の中心テーゼでもある。

て経験したアメリーやレーヴィは、その極限状態について**証人**として語る。(9) それに対してゼーバルトは、ホロコーストを直接経験したわけでもなければ、ホロコーストの犠牲者の子孫でもない。(10) むしろ加害者の側であるドイツ人である。それにもかかわらず『移民たち』は、これまでにないスタイルのホロコースト文学として評価されている。自らもドイツから距離をおく移民である「私」が、ユダヤ系の人々の証言や物語を聞きとり、それを自分の語りによってまとめるという手法により、ドイツ人が語るホロコースト文学(11)が可能となったのである。

　語りの手法という点でもう一つ重要なのは、**写真**である。**記憶メディア**としての写真を、証拠や証言として物語にモンタージュするのがゼーバルト特有の手法である。他の散文作品と同様、『移民たち』においても、数多くの写真が挿入されている。しかしこれらの写真はたんなる挿絵ではない。物語自身が、挿入される写真を前提として語られるのである。たとえば次のような具合である。「フィーニ叔母は〔…〕かたわらのテーブルのアルバムを手に取った。叔母はページを開いて見せながら私に言った。これがアーデルヴァルト叔父さんよ、あのころの叔父さん。左側が、ほら、わたしとテオ。叔父さんの右は、はじめてアメリカに遊びに来た姉のバルビーナ。一九五〇年五月とあるわね」(12)。このように、写真アルバムを出発点とした語りによって過去が喚起される一方で、書物にはその話題となっている当の写真が挿入されている。戦後第二世代にとって、写真は貴重な過去の証人である。ゼーバルトにとって写真は、

(9)「証人」の問題は、ジョルジョ・アガンベン『アウシュヴィッツの残りのもの――アルシーヴと証人』（上村忠男・廣石正和訳、月曜社、二〇〇一年）を参照。

(10) たとえば「死のフーガ」で知られるパウル・ツェランは、ナチスの強制収容所で両親を亡くしている。

(11) ハリウッドで映画化されたベルンハルト・シュリンクのベストセラー『朗読者』（原作・一九九五年。邦訳は松永美穂訳、新潮社、二〇〇三年）も、戦後第二世代のドイツ人の立場からホロコーストを語る試みである。

(12) W. G. Sebald, *Die Ausgewanderten*, p146ff.

自分で直接体験していない過去について知り、それについて語るためにかけがえのない記憶メディアなのである。物語集の最後、「マックス・アウラッハ」の結末部で、「私」は一枚の写真を眺めている。ナチスが一九四〇年にポーランドの町ウッチに建てた強制収容所で撮影されたものである。写真には、三人の若い女性が機織り機の前に座っている。「私」は彼女たちが私の方を見ていると感じる。収容所で働くユダヤ人の三人の娘たちは、ドイツ出身の「私」の運命を紡ぐ女神なのかもしれない。

（川島）

コラム　ホロコーストと文学

ホロコーストとは、ナチス・ドイツが強制収容所で行なったユダヤ人の大量殺戮を指す言葉である。一九四一年から一九四五年までのあいだに**アウシュヴィッツ**をはじめとするナチスの収容所では、およそ六〇〇万人のユダヤ人が組織的に殺害されたと言われる。ホロコーストという語は「〔神に捧げられた生け贄の動物が祭壇で〕焼き尽くされる」を意味するギリシャ語を語源とする。今日では広く定着している用語だが、『旧約聖書』のみならずキリスト教の文脈で「神聖で崇高なる犠牲」というニュアンスを帯びるため、ナチスによる大量殺戮をこのように呼ぶのは不適切であるとの指摘もある。ナチスの強制収容所では、いかなる意味づけも不可能な理不尽な死しかなかったからである。そのためとくにユダヤ教徒は、ホロコーストというかわりに、ヘブライ語で「カタストロフィー」すなわち「厄災、破局」を意味する「**ショアー**」という語を用いる。

　ホロコーストとかかわる文学は、まずなによりもアウシュヴィッツをはじめとする強制収容所の生存者たちの自伝的な手記である。つまり、フィクションではなく、**ドキュメント**としての文学である。たとえばフランスで一九五八年に出版された『夜』は、ルーマニア出身の**エリ・ヴィーゼル**（一九二八—二〇一六）が、家族と村のユダヤ人ともどもアウシュヴィッツやブーヘンヴァルト強制収容所に拘留された日々を語ったものである。六人家族のなかで唯一生き残ったヴィーゼルは、「**証人**」としての生き方を引き受け、同胞や家族や自分自身に対して行なわれた言語に絶する残虐行為をあえて書きとめようとし、犠牲者たちの記憶を忘却から守ろうとした。ユダヤ人が人間であることを否定し、彼らの人間性を破壊・剥奪するアウシュヴィッツという極限状態を証言することは、哲学者ジョルジョ・アガンベンによれば、証言しえないものについて証言することにほかならない。

　ヴィーゼルと並んで重要なアウシュヴィッツの証人は、イタリア系ユダヤ人の**プリーモ・レーヴィ**（一九一九—一九八七）である。彼は一九四三年にナチスに逮捕され、アウシュヴィッツに送られた。その代表作『これが人間か』（一九四七年／一九五八年）は、『アウシュヴィッツは終わらない——あるイタリア人生存者の考察』という邦題で刊行されている。序文には、「ここに書かれた事実が、一つたりとも創作によるものではないのは、言うまでもないだろう[一]」とある。「事実」を書くことがそのまま「文学」となるというパラドックスがホロコースト文学の特色である。

　同様のことが、アウシュヴィッツ、ブーヘンヴァルト、ベルゲン＝ベルゼンの強制収容所を生き延びたオーストリア系ユダヤ人作家の**ジャン・アメリー**（一九一二―一九七八）にもあてはまる。一九四三年にゲシュタポに逮捕されたアメリーは『罪と罰の彼岸』（一九六六年）のなかで、アントワープ近郊のブーレンドンク収容所で自分が受けた拷問について語っている。後ろ手につながれた両手を支点にして地上一メートルまで吊り上げられ、両肩の骨が砕けるまで宙に吊られたのだという。このあまりに凄惨な光景は、クリストフ・ランスマイアー『キタハラ病』（一九九五年）やW・G・ゼーバルト『アウステルリッツ』（二〇〇一年）などの戦後第二世代によるナチス・ドイツの描写にも重要なモティーフとして取り入れられている。

　証言の問題とは別に、ホロコーストと文学の関係をめぐってたびたび引用されるのは、ユダヤ系の哲学者テオドーア・アドルノの「**アウシュヴィッツの後に詩を書くことは野蛮である**」（一九五一年に刊行され、後に論集『プリズム』に収録された論文「文化批判と社会」より）という言葉である。「詩」に代表される文化は本来「野蛮」と対立するもののはずである。しかしヨーロッパの啓蒙（＝文化）の果てにアウシュヴィッツという未曾有のカタストロフィー（＝野蛮）が起こった以上、従来的な「文化」と「野蛮」の対立が通用しなくなった。アウシュヴィッツ以前と同様に、あたかも何もなかったかのようにこれまでどおりの「文化」を営むことは「野蛮」に等しいのではないか、というのがアドルノの問題提起である。

　しかしユダヤ系の詩人**パウル・ツェラン**の場合のように、アウシュヴィッツの現実に詩によって肉迫しようとするような例も存在する。ナチスの強制収容所で両親と生き別れたツェランの「**死のフーガ**」（一九五二年刊行の詩集『罌粟《けし》と記憶』に所収）は次のように始まる。「夜明けの黒いミルクわれらはそれを晩に飲む／われらはそれを昼に朝に飲むわれらはそれを夜に飲む／われらは飲むそして飲む(2)」。強制収容所で生きることは、「黒いミルク」という死の源を一日中飲まされることだったのかもしれない。「黒いミルク」という鮮烈なメタファーにしても、フーガという古典的音楽形式に依拠する反復のリズムにしても、ここにはある種の美があると言ってよいだろう。するとアドルノの立場から見れば、これもまた想像を絶するアウシュヴィッツの現実を美化するという「野蛮」でしかないのだろうか？　この議論は今日までさまざまな形で展開され、継続されている。

（川島）

（1）プリーモ・レーヴィ『アウシュヴィッツは終わらない――あるイタリア人生存者の考察』朝日新聞出版、一九八〇年、ii頁。

（2）Paul Celan, *Werke in sieben Bänden*, Frankfurt a. M., 2000, Bd. 1, p. 41.

編者あとがき

「はじめに」でも述べたように、本書は読者を文学の世界に招き入れることを意図した著作である。そして幅広い地域で、さまざまな言語によって書かれた個別の作品を切り口にして、人間と社会と世界について文学が何を語ってきたのかを深く問いかけたという点で、他の文学入門書の類と異なる。国ごとや時代ごとではなく、テーマごとに章を設けたのはそのためである。「自己と他者」のテーマで樋口一葉とマルコムXを、「家族」のテーマで巴金《ぱきん》とガルシア＝マルケスを、そして「異邦と越境」のテーマで尹東柱《ユンドンジュ》とマリーズ・コンデを並べて論じることには、大きな意義と意外性があると思う。また入門書とはいえ、現代における文学研究の趨勢を十分意識しながら、その成果を取りこんだ叙述を展開したつもりである。

取りあげた国として英米独仏は世界文学の定番だが、他方、同じ西洋でも二十世紀スペイン文学となると、詩人ガルシア・ロルカ以外はわが国でほとんど知られていない。本書にフォルトゥンとルドゥレダ（バルセロナ生まれで、カタルーニャ語で書いた）を論じた項目が収められているのは、新鮮味が大きいのではないだろうか。また沖縄の作家、崎山多美に関する一項目を設けたのは、日本文学の多面性を浮き彫りにするためである。

もちろん読者によっては、「なぜこの国の文学が論じられていないのか」、「どうしてこのテーマが欠落しているのか」といった疑問を抱くかもしれない。しかし、一冊の書物ですべての国の文学とあらゆるテーマを語ることはできない。東南アジアや、中近東や、東欧・北欧などの文学を射程に入れて、本書の続編を構想することは可能だろう。

かつてわが国では、いくつもの出版社から「世界文学全集」と銘打たれたシリーズが刊行されていたし、そのラインナップでは西洋近代文学が主要な位置を占めていた。編者（小倉）を含めて本書の執筆者たちの多くは、そのような「世界文学全集」を読んで文学の面白さに目覚めた世代に属する。西洋諸国が文学シーンで大きな比重を有することは現在でも変わらないが、「世界文学」を語るに際して他の国や地域を等閑視することは今や時代錯誤でしかない。本書にもその認識は通奏低音として響いていると思う。

この「編者あとがき」を執筆している二〇二〇年三月現在、新型コロナウィルスが世界中に蔓延し、人々は危機感を募らせている。そして新聞の報道によれば、二十世紀フランスを代表する作家の一人アルベール・カミュの『ペスト』（一九四七年）が日本でよく読まれているという。アルジェリアのオランでペストが発生し、封鎖されて外部から孤立した町で住民たちが病と闘うという小説である。周囲から隔絶し、感染と死の恐怖に絶えずさらされるという極限状態のなかで、善と悪、献身と裏切り、高貴さと卑劣さのドラマが展開し、最終的には人間の勝利と尊厳が高らかに謳われる。この作品のペストは、第二次世界大戦時のナチスを指す寓意と解釈されることが多いのだが、現代の読者はそこに、文字どおり新型コロナウィルスの脅威と、それに立ち向かう人間の勇気と叡智の物語を読み取っているのだろう。七十年以上も前に発表された小説が、作家の予想もしなかった状況のなかで甦った。これもまた文学の力と言うべきだろう。

大学、カルチャーセンター、市民講座、公開講座のような教育現場では、文学入門ないしは文学概論と題された講義がおこなわれている。特定の作品を教材にする場合を除いて、そうした教育の場で授業を担当する者は、適切なテキストを見つけるのに苦労し、結局はみずからテキストや資料を準備しているのが現実であろう。本書は、大学や市民講座における授業の教科書あるいは参考書として使われることも想定しており、そのためにコラムやブックガイドを補足として付した。活用していただければ幸いである。

新曜社編集部の渦岡謙一さんと編者が本書の構想についてはじめて協議したのは、もうかなり以前のことである。その後、編者のさまざまな事情により作業が一時中断していたが、本書の趣旨に賛同してくれた慶應義塾大学文学部の同僚である小平麻衣子氏（日本文学）、宇沢美子氏（アメリカ文学）、そして川島建太郎氏（ドイツ文学）

の協力のもとに企画を再開できたことは幸いだった。三氏は、編者が思い至らなかった貴重な視点とアイディアを提供してくれた。

シリーズ・ワードマップは一般に、特定の学問や研究分野の動向と課題をめぐって書かれた著作を収める。それに対して本書は、芸術の一分野である文学を、個別の作品を出発点にして語っていくという、これまでのラインナップになかった叙述様式を採用したので、渦岡さんにはいろいろご配慮いただいた。細かな編集の労を取ってくださったことと併せて、あらためて感謝する次第である。

二〇二〇年三月

執筆者を代表して　小倉孝誠

やすい概説書。関連年表と参考文献リストが非常に有益である。

寺尾隆吉『100人の作家で知るラテンアメリカ文学ガイドブック』勉誠出版、2020年

19世紀から21世紀に至る100人のラテンアメリカ作家の作品をリスト化し、その主要作を解説した、便利で貴重なブックガイド。

柳原孝敦『テクストとしての都市――メキシコＤＦ』東京外国語大学出版会、2019年

メキシコ市をめぐる都市論というスタイルをとりつつ、ロベルト・ボラーニョなどこの都市に関わった作家に関する優れた文学論でもある。

久野量一『島の「重さ」をめぐって――キューバの文学を読む』松籟社、2018年

ラテンアメリカ文学のひとつの拠点であるキューバで革命後に作家たちがたどった運命を解き明かす論考。現代キューバ文学の輪郭がくっきりと浮かび上がる。

シャトーブリアンからランボーまで、19世紀フランス作家によるさまざまな旅の物語をとおして、異邦体験と創造性の関係を探る。
小倉孝誠『愛の情景――出会いから別れまでを読み解く』中央公論新社、2011年
出会い、告白、嫉妬、別れなど愛の物語の諸段階を体系的に分析。フランス文学だけでなく、世界文学全体に広く目配りする。
小畑精和『ケベック文学研究――フランス系カナダ文学の変容』お茶の水書房、2003年
20世紀のカナダ・ケベック州において、フランス語文学がどのように展開したかを、ケベック文化と関連づけながら叙述している。
慶應義塾大学文学部フランス文学研究室編『フランス文学をひらく――テーマ・技法・制度』慶應義塾大学出版会、2010年
作品の主題、多様なジャンル、物語の技法、そして教育などの制度面をつうじて、フランス（語圏）文学へといざなう恰好の入門書。
塚本昌則『フランス文学講義――言葉とイメージをめぐる12章』中公新書、2012年
主観性とまなざし、近代の日常性、写真の詩学などを切り口にして、近代フランスの12人の作家とその代表作を解説する刺激的な著作。

スペイン文学

牛島信明『スペイン古典文学史』名古屋大学出版会、1997年
中世からバロックに至るまでの名作を取り上げ、作品の意義や独創性、革新性を語る。巻末付録の「18世紀以後のスペイン文学」はコンパクトな文学史としても読める。
佐竹謙一『スペイン文学案内』岩波文庫、2013年
第1部は中世から20世紀末までのスペイン文学の通史、第2部は主要な作家と作品の紹介。巻末のおもな邦訳書リストも便利。
立石博高編『概説　近代スペイン文化史――18世紀から現代まで』ミネルヴァ書房、2015年
18世紀以降のスペイン文学を文化的、思想的、社会的文脈に位置づける上で参考になる。第8章は「国民文学と地方文学」を扱う。

ラテンアメリカ文学

木村榮一『ラテンアメリカ十大小説』岩波新書、2011年
ガルシア＝マルケス、バルガス＝リョサ、コルタサル、フエンテスらラテンアメリカの主要作家を紹介したベテラン翻訳者による入門書。
寺尾隆吉『ラテンアメリカ文学入門』中公新書、2016年
現在のラテンアメリカ文学研究翻訳業界における第一人者による分かり

20世紀アメリカ文壇を席巻した仮想・仮装の日本人学僕コラムニスト「ハシムラ東郷」の軌跡を追う画期的文化研究書。日本人ステレオタイプ表象の起源がここにある。

ヘンリー・ルイス・ゲイツ・ジュニア『シグニファイング・モンキー——もの騙る猿 / アフロ・アメリカン文学批評理論』松本昇・清水菜穂訳、南雲堂、2009年

アメリカ黒人民話の手法「シグニファイング」に揶揄・茶化し・模倣といった複層的意味の文学戦略を見出すアフリカ系アメリカ文学研究必携の書。

F. O. マシーセン『アメリカン・ルネサンス——エマソンとホイットマンの時代の芸術と表現』上・下巻、飯野友幸・江田孝臣・大塚寿郎・高尾直知・堀内正規訳、上智大学出版、2011年

「アメリカン・ルネサンス」という時代区分を創造した碩学マシーセンの19世紀男性アメリカ文学文化論の古典。

ドイツ文学

手塚富雄・神品芳夫『増補　ドイツ文学案内』岩波書店、1993年

ドイツ文学入門書の定番。格調の高さと読みやすさを同時に備えた文章が魅力的。巻末に書名・人名索引があり、文学辞典のようにも使える。

柴田翔編著『はじめて学ぶドイツ文学史』ミネルヴァ書房、2003年

中世から現代まで、ドイツ文学の歴史を展望できる。実例として著名な作品の一部とその解説を読めるのが嬉しい。

リッチー・ロバートソン『1冊でわかるカフカ』明星聖子訳・解説、岩波書店、2008年

カフカ研究の第一人者による入門書。近年の研究動向を踏まえつつ、カフカにアプローチするための興味深い観点を分かりやすく説明している。

フリードリヒ・キットラー『グラモフォン・フィルム・タイプライター』石光泰夫・石光輝子訳、筑摩書房、1999年；ちくま学芸文庫、2006年

1900年前後のメディア革命が人間の在り様を根底的に変容させたことを論じ、それと文学がどのように関わるか、豊富な実例で示す。

ハラルト・ヴァインリヒ『〈忘却〉の文学史——ひとは何を忘れ、何を記憶してきたか』中尾光延訳、白水社、1999年

記憶と忘却という観点から、古代から現代までヨーロッパの文学と思想を幅広く論じる。著者の途方もない博識さに圧倒される。

フランス(語圏)文学

石井洋二郎『異郷の誘惑』東京大学出版会、2009年

がら、作家・批評家、大学、出版社からなる文学システムに向き合う。

イギリス文学

福原麟太郎・西川正身監修『英米文学史講座』全13巻＋別巻、研究社、1960－84年

中世から現代まで、詩、演劇、小説はもちろん、文化的社会的背景も英文学を中心に詳説した基本書。興味のある作家や時代を拾い読みしてみては？

日本英文学会（関東支部）編『教室の英文学』研究社、2017年

英文学作品を読む意義と研究手法をさまざまな角度から丁寧かつ簡潔に解説した好著。主要作品や作家、文化的社会的現象、研究書についても情報満載。

ノースロップ・フライ『想像力とは何か』山内久明訳、音羽書房鶴見書店、1967年

言語の実用性と文学性の境界に豊かに広がる想像力の効用を、批評的実践を通して簡潔明快に論じている。同著者の『批評の解剖』（海老根宏ほか訳、法政大学出版局）も併読をおススメしたい。

高橋康也『エクスタシーの系譜』あぽろん社、1966年；筑摩書房、1986年

愛と性と死を軸に、ジョン・ダンからサミュエル・ベケットに至る主に詩作品を、鋭利な感性と豊潤な知性、そして明晰な言語で論じた批評的実践の名著。

デイヴィッド・ロッジ『フィクションの言語――イギリス小説の言語分析批評』笹江・野谷・西谷・米本訳、松柏社、1999年

文学を読む面白さも研究する愉しさも、すべては精読に始まる。小説を対象に、緻密な言語分析と文学研究の醍醐味をあますところなく示した、作家にして研究者ロッジの名著。

アメリカ文学

亀井俊介『サーカスが来た！――アメリカ大衆文化覚書』東京大学出版会、1976年；平凡社、2013年

アメリカ文学史は演劇や音楽、見世物などの大衆文化史と切っても切り離せない。半世紀近くも前に出て今も色褪せぬ予言書。

巽孝之『ニュー・アメリカニズム――米文学思想史の物語学』青土社、1995；増補決定版、2019年

17世紀ピューリタン植民地時代から20世紀ポスト冷戦時代まで、アメリカがいかなる文学思想を培ったかを、代表的作家群とともに考察する。

宇沢美子『ハシムラ東郷――イエローフェイスのアメリカ異人伝』東京大学出版会、2008年

中国文学

尾崎文昭編『「規範」からの離脱』アジア理解講座５、山川出版社、2006年

中国現代文学の個性的な時代、1980年代以降に焦点を当て、多角的な視座から現代文学の深層に迫った魅力的な書。

藤井省三『中国語圏文学史』東京大学出版会、2011年

巨人魯迅からノーベル文学賞高行健、さらに香港・台湾の作家群を網羅、勃興する映画まで視野に収めた総合的な文学紹介書。

関根謙編『近代中国　その表象と現実──女性・戦争・民俗文化』平凡社、2016年

多様な表象世界を生む近代中国の現実を女性、戦争、民俗を切り口に解析し、中国の真実を立体的に明らかにした意欲的な一冊。

下村作次郎『文学で読む台湾──支配者・言語・作家たち』現代アジア叢書22、田畑書店、1994年

日本統治下の時代から90年代までの台湾文学の展開を丹念に追跡し、先住民の文学の状況もつぶさに紹介した先駆的研究書。

村松暎『儒教の毒』PHP 研究所、1992年

中国の真実の姿を追求しようとする時、必ず直面するのが儒教。現代文学の世界にもその影響は及ぶ。儒教の本質的誤謬を魅力的な語り口で解き明かした必読の書。

韓国文学

申明直ほか『韓国文学ノート』白帝社、2009年

古典から1990年代以降の韓国文学まで韓国の代表的な文学作品を取り上げる。これまで断片的にしか紹介されたことのない韓国文学の世界を時系列的に理解することができる。

波田野節子『韓国近代文学研究』白帝社、2013年

韓国近代文学の祖といわれる李光洙の作品世界、韓国の短編小説を確立した金東仁の創作論、洪命憙の歴史小説『林巨正』分析などを中心とする研究。

金明仁『闘争の詩学──民主化運動の中の韓国文学』藤原書店、2014年

韓国の民主化運動に深くかかわった詩人・小説家である高銀、黄晳暎などの作品世界を分析し、民主主義と文学のあり方を問い続ける。

姜仁淑『韓国の自然主義文学』クオン、2017年

廉想渉の作品の変遷を縦糸に、フランス・日本・韓国における自然主義文学の受容と変容過程を横糸にして、韓国の自然主義文学を探る。

ジョ・ヨンイル『柄谷行人と韓国文学』インスクリプト、2019年

柄谷行人の「近代文学の終り」が韓国の文学者に与えた衝撃を分析しな

日本文学

金子明雄・吉田司雄・高橋修編『ディスクールの帝国――明治30年代の文化研究』新曜社、2000年

美術、日本人、ファッション、差別、冒険などのテーマを横断し、近代文学が拠る文化的文脈を明らかにした論集。研究の切り口を眺めわたせる。

日比嘉高『〈自己表象〉の文学史――私を書く小説の登場』翰林書房、2002年

私小説が多いイメージのある日本近代文学だが、自分を書くことと小説との関係について、モデル問題、倫理、美術など多方面から考え直す。

小平麻衣子『女が女を演じる――文学・欲望・消費』新曜社、2008年

〈女性〉として承認されるとはどういうことか。日常的なふるまいと演劇をつないで考察する。ジェンダーとセクシャリティの関係にも言及。

和田敦彦『読書の歴史を問う――書物と読者の近代』笠間書院、2014年

図書館や鉄道などの読書空間や、書物の移動や蓄積、管理の具体相を通して、読書が政治・社会的行為であることを明確にするリテラシー史。

五味渕典嗣『プロパガンダの文学――日中戦争下の表現者たち』共和国、2018年

文学は、いつも自由なわけではない。文学が軍による報道・宣伝の一翼を担った時期の作家の営為を、検閲の問題などを併せて詳述する。

沖縄文学

岡本恵徳・高橋敏夫・本浜秀彦編『[新装版] 沖縄文学選――日本文学のエッジからの問い』勉誠出版、2015年

2003年刊行の同名アンソロジーの新装版。主要作品を収録し、第一線の研究者による作品解題が充実。入門書として最適。

新城郁夫『沖縄文学という企て――葛藤する言語・身体・記憶』インパクト出版会、2003年

沖縄文学批評を刷新した画期的な著作。ポストコロニアル理論など現代批評理論を背景に精緻な読解を提示。著者の他著書も必読。

マイク・モラスキー『占領の記憶／記憶の占領――戦後沖縄・日本とアメリカ』鈴木直子訳、青土社、2006年［1999年］

米軍による占領という経験を戦後日本文学はどのように表象したか。沖縄と本土の戦後文学の両方を視野に検討する一冊。

大城貞俊『抗いと創造――沖縄文学の内部風景』コールサック社、2019年

沖縄現代詩を扱った基本文献。小説分野で精力的に活動する著者は、もともと詩人であり研究者でもある。

さらに学ぶためのブックガイド

文学をさらに掘り下げて考察したいという読者のために、以下では概説書と、本書で論じられたテーマや作家と関連の深い研究文献を挙げておく。まず文学全体、続いて各国の文学に関する文献である。

文学全体について

エーリッヒ・アウエルバッハ『ミメーシス』篠田一士・川村二郎訳、ちくま学芸文庫、1994年

古代のホメロスから20世紀まで、西洋文学における現実描写の歴史をたどった大著。70年前に書かれた本だが、いまだに輝きを失っていない。

秋草俊一郎ほか編『世界文学アンソロジー　いまからはじめる』三省堂、2019年

言葉、自己、孤独、戦争、環境などのテーマごとに、世界各国27人の作家の作品（とくに短編小説と詩）を収めたアンソロジー。

岩波講座『文学』全13巻・別巻１、岩波書店、2002－2004年

メディア、自然、歴史、身体と性などを切り口に、日本と外国の文学を総体的に分析したシリーズ。21世紀初頭における文学研究の集大成。

河出書房新社編集部『池澤夏樹、文学全集を編む』河出書房新社、2017年

独自の視点で「世界文学全集」と「日本文学全集」を編んだ池澤夏樹と作家の対談を中心に編まれ、古今東西の文学の楽しみを語る。

エドワード・サイード『文化と帝国主義』全２巻、大橋洋一訳、みすず書房、1998－2001年

近現代の英米文学とフランス文学を論じた濃密な評論集。文学はつねに政治的だということを教えてくれるポストコロニアル批評の聖典。

宮下志朗・小野正嗣編著『世界文学への招待』放送大学教育振興会、2016年

20世紀～現代に軸をすえて、アメリカ、フランス語のアフリカ文学、アラブ・パレスチナ文学、そして日本文学などへと読者を招く。

TEN-BOOKS 編『いま、世界で読まれている105冊2013』テン・ブックス、2013年

アジア、欧州、アフリカ、南北アメリカ、大洋州の現代小説、さらにはエスペラント語の小説から105冊選んで紹介。いずれも本書の刊行時には日本未翻訳だった作品ばかり。現代世界文学の見取り図として興味深い。

や　行

ら　行

わ　行

ま　行

は　行

な　行

た 行

さ　行

か　行

事項・作品名索引

ラ　行

ワ　行

マ 行

ヤ 行

ナ 行

ハ 行

サ　行

タ　行

人名索引

著者紹介（五十音順）

宇沢美子（うざわ よしこ）
慶應義塾大学大学院文学研究科博士課程修了、博士（文学）。現在、慶應義塾大学教授。専門、アメリカ文学・文化論。著書：『ハシムラ東郷――イエローフェイスのアメリカ異人伝』（東京大学出版会、2008年）、『女がうつる――ヒステリー仕掛けの文学論』（勁草書房、1993年）など。

小平麻衣子（おだいら まいこ）
慶應義塾大学大学院文学研究科博士課程単位取得退学、博士（文学）。現在、慶應義塾大学教授。専門、近代日本文学。著書：『夢みる教養――文系女性のための知的生き方史』（河出書房新社、2016年）、『小説は、わかってくればおもしろい――文学研究の基本15講』（慶應義塾大学出版会、2019年）など。

川島建太郎（かわしま けんたろう）
ボーフム大学博士課程修了(Ph.D)。現在、慶應義塾大学文学部教授。専門、近現代ドイツ文学・思想、メディア理論。著訳書：*Autobiographie und Photographie nach 1900 : Proust, Benjamin, Brinkmann*, Barthes, Sebald (transcript)、ヨッヘン・ヘーリッシュ『メディアの歴史』（共訳、法政大学出版局）など。

坂田幸子（さかた さちこ）
名古屋大学大学院博士後期課程修了、博士（文学）。現在、慶応義塾大学文学部教授。専門、スペイン文学。著訳書：『ウルトライスモ――マドリードの前衛文学運動』（国書刊行会、2010年）、フランシスコ・ウンブラル『用水路の妖精たち』（現代企画室、2014年）など。

申 明直（シン・ミョンジク）
韓国・延世大学校大学院博士課程卒業、文学博士。熊本学園大学教授。専門、韓国文学・文化。著書：『東アジア市民社会を志向する韓国』（風響社、2019年）、『韓国文学ノート』（白帝社、2009年）など。

関根 謙（せきね けん）
慶應義塾大学大学院文学研究科修士課程修了。博士（文学）。現在、慶應義塾大学名誉教授、『三田文學』編集長。専門、中国近現代文学。訳書：阿壠『南京 抵抗と尊厳』（五月書房新社、2019年）、虹影『飢餓の娘』（集英社、2004年）など。

巽 孝之（たつみ たかゆき）
コーネル大学大学院博士課程修了（Ph.D,）。現在、慶應義塾大学文学部教授。専門、アメリカ文学思想史・批評理論。著書：『ニュー・アメリカニズム』（青土社、1995年）、『モダニズムの惑星――英米文学思想史の修辞学』（岩波書店、2013年）など。

原田範行（はらだ のりゆき）
慶應義塾大学大学院文学研究科博士課程修了。博士（文学）。現在、慶應義塾大学文学部教授。専門、近現代イギリス文学。著書：『「ガリヴァー旅行記」徹底注釈』（共著、岩波書店、2013年）、『セクシュアリティとヴィクトリア朝文化』（共編著、彩流社、2016）など。

松下優一（まつした ゆういち）
慶應義塾大学大学院社会学研究科後期博士課程修了。博士（社会学）。現在、法政大学ほか非常勤講師。専門、文化社会学。訳書：ジゼル・サピロ『文学社会学とはなにか』（共訳、世界思想社、2017年）など。

松本健二（まつもと けんじ）
大阪外国語大学大学院修士課程修了。現在、大阪大学言語文化研究科准教授。専門、ラテンアメリカ文学。訳書：ロベルト・ボラーニョ『通話』（白水社、2014年）、パブロ・ネルーダ『大いなる歌』（現代企画室、2018年）など。

編著者紹介

小倉孝誠（おぐら　こうせい）

パリ・ソルボンヌ大学博士課程修了、慶應義塾大学教授、専門は近代フランスの文学と文化史。

著書：『写真家ナダール――空から地下まで十九世紀パリを活写した鬼才』（中央公論新社、2016年）、『ゾラと近代フランス――歴史から物語へ』（白水社、2017年）、『『パリの秘密』の社会史――ウージェーヌ・シューと新聞小説の時代』（新曜社、2004年）など。

ワードマップ

新曜社

世界文学へのいざない

危機の時代に何を、どう読むか

初版第1刷発行　2020年6月5日

編著者　小倉孝誠

著　者　宇沢美子・小平麻衣子・川島建太郎・坂田幸子・申　明直・関根　謙・巽　孝之・原田範行・松下優一・松本健二

発行者　塩浦　暲

発行所　株式会社　新曜社

101-0051　東京都千代田区神田神保町3-9
電話（03）3264-4973（代）・FAX（03）3239-2958
E-mail：info@shin-yo-sha.co.jp
URL：https://www.shin-yo-sha.co.jp/

印刷所　星野精版印刷

製本所　積信堂

ISBN978-4-7885-1683-0　C1090